56 56!

Knights' Strange Night

ゴロゴロ

Characters

雨霧八雲

島内最悪の殺人鬼と噂される男。口癖は『俺は、まともだ』。

シャーロット

探偵気取りの米英ハーフ。ドジ少女？

シャーロック

シャーロットの弟。皮肉屋。

雪村ナズナ

東の護衛部隊員である刃物使いの少女。八雲に好かれている。

葛原宗司

西区画の自警団長である、元警察官。島の番犬。

ケリー

島の情報源である海賊放送『ぶるぶる電波』のオーナーである女性。

ギータルリン

東区画を仕切る組織のボス。通称、暇人魔神。

イーリー

西区画を仕切る組織の幹部。中国人と英国人のハーフ。

戌井隼人

元山賊にして海賊であった青年。かつて人工島の最下層の中心だった狂犬。

狗木誠一

自暴自棄な青年。イーリーの右腕である猟犬。

リーレイ

イーリーの妹。鉄パイプを持った組織の始末屋。可愛い物が好き。

麗凰

イーリーの兄。島を管理する西区画の幹部。冷徹で凶暴な男。

名もなきオヤジ
本土から来たばかり。リーレイを天使だと思いこんでいる。

『入口』

西暦２０２１年　某《ぼう》月某日　早朝

その時、その瞬間――確かにその島は平和だった。

数ヶ月前に連続爆破《ばくは》事件があったばかりだというのにも関わらず、島の住人達はいつも通りの生活を取り戻している。

もっとも、それを平和な光景と言えるのかどうか、見る者によって千差万別に受け取られる事だろう。

地面にガレキやゴミなどが散らばる廃墟《はいきょ》のような空間を、一組の男女が闊歩《かっぽ》している。

海風に運ばれる潮の香りの中には、錆《さ》びた鉄と古びた油の臭《にお》いが混じっていた。

巨大なデパートか、あるいはショッピングモールのイベント広場のような場所なのだろう。

広い空間の中に、太陽の光が複雑に反射して屋内に入り込み、男女の歩く空間を柔《やわ》らかく照らし出している。

だが、そこが本来なんの一部だったにせよ、現在は本来の目的で使われるような場所ではなくなっていた。

本来は鏡のような輝きを持っていた筈《はず》のフローリングには風によって運ばれた土埃《つちぼこり》が累積《るいせき》しており、そこから芽吹いた雑草の数々が揺らめきながら『ここは廃墟《はいきょ》である』と主張していた。

壁はスプレーによる落書きで埋《う》め尽くされ、所々に弾痕《だんこん》と思しき穴が空いている。

地面には段ボールや工具などがそこかしこに散らばっており、人の通るスペースだけが空いているような空間だ。

空間の中央に位置する水の枯《か》れた噴水《ふんすい》。その周囲には段ボールを敷いた上に寝ている者が何人か存在していたが、男女に気付いているのかいないのか、横になったまま何の反応も示していない。

壁に浮いた染みの中には、何ヶ所か明らかに血痕《けっこん》と思しきものもあり、普通に過ごしてきた者ならば、どんなに鈍《にぶ》い者でもこう思う事だろう。

ここは、足を踏み入れてはならない場所だ、と。

そして、その場所に居る者達は皆——それを理解した上で、結局足を踏み入れてしまうような者達だった。

それでも——確かにこの瞬間、この空間は平和だった。

周囲の風景だけ見れば、安易《あんい》に平和であると言い難いのだが——少なくともその男女の顔には安らぎが感じられ、近所のホームセンターからの買い物帰りというようにも見える。

銃声《じゅうせい》も悲鳴も聞こえない。

ただそれだけの事で、今は充分に『平和な時間』であると男女は認識していたのだ。


「よいしょ、と。この辺でいーんじゃねーかな？」

青いレンズの嵌《はま》ったサングラスを掛けた女が、段ボールのように薄《うす》いモニターを運んでいる。

透き通るような白肌《しろはだ》に金色の髪《かみ》を靡《なび》かせる彼女は、黙《だま》っていれば充分に美形として通用する顔立ちをしていたのだが——残念な事に、彼女は黙るどころかおよそ外観に似つかわしくない言葉の弾幕《だんまく》を空気中にばらまいた。

「ったく、今日もムカツクぐらい平和だねぇ！　退屈は人を殺すっつーけど、私の場合退屈だとメシの種《たね》までなくなっちまうからマジで餓死《がし》する5秒前だぜ！　心も殺して体も殺す。本当に退屈ってのは史上最大の殺人鬼《き》だよ。一人殺せば殺人者、百万人殺せば英雄。じゃあ退屈はなんだ？　確かに人を殺すのに誰もそれを証明できねぇ。ってことはなんだ？　退屈ってのは英雄でも罪人でもなくそれこそ神様とか悪魔《あくま》とかそういう感じなのかもな！　ヒャハハハハ！　いっそ新しい宗教団体でも創《つく》るか？　教義は三つ、楽しむな、怒るな、悲しむな！　って奴《やつ》か？

そりゃもう人間として死んでるようなもんだよなぁ。見ーろーよ！　やっぱり退屈は人を殺すってのは本当だったんだ！　ヒャハハハハハ！　なあ、そう思うだろ、クズ！」

重量一キロにも満たない超薄《うす》型のモニターに自分の顔を反射させながら、女はケタケタと笑い袋《ぶくろ》めいた哄笑《こうしょう》を響かせる。

そんな彼女に『クズ』と呼ばれたのは、脚立《きゃたつ》を担《かつ》いで彼女の後ろを歩く大男だった。

「すまん、聞いてなかった」

「ったく、なんだよ！　ボーっとしちまって、とうとう暑さでやられちまったのか？　それとも本土から飛んできたセミにでもぶち当たって脳味噌《みそ》がふっとんじまったか？　ヒハハ」

「いや、意識はハッキリしてたぞ。明確な意思を持ってきちんと聞き流しただけだ」

「ヒャハハハハ！　死ね！　てめぇ、返せ！　私の吐《は》いた言葉を返しやがれ！　鼓膜《こまく》の振動のエネルギーがもったいねぇだろ！　エコロジー一つできねぇのかよこのクズ野郎《やろう》」

笑いながら怒る女は足を止めると、目の前に立つホールの支柱を仰《あお》ぎ見る。

「まあテメーは後でワゴンの毛布の中でたっぷりと殺してやらぁ。今はとりあえず作業をとっとと終わらせねーとな」

「……ったく、こんなとこにモニター付けたところで、盗《ぬす》まれるか壊《こわ》されるかして終わりだぞ。このあたりは西と東の縄張《なわば》りの境界が曖昧《あいまい》な所だからな……どっちにも付かない連中がうろうろしてる最下層みてえな場所なんだからな」

「いーっていーって。最初の一分で盗まれるとしても、その一分の為だけにわざわざこうして作業するなんてカッコイイじゃねえかよ。ヒャハハハ！」

「その無駄《むだ》な作業に付き合わされる俺《おれ》の身にもなれ」

男は文句を言いながらも、無駄の無い動作で脚立を組み立て、いくつかの工具を手にして作業を開始する。

どうやら女の持っている薄型モニターを柱に設営する作業をしているようだ。

「ケチケチすんなよ。無駄な作業にしたくなかったら、お前ら自警団が付きっきりで見張ってりゃいいだろ？」

「俺達を便利屋か何かと勘違《かんちが》いしてないか？」

「実際イーリーの奴《やつ》の便利屋だろ？」

「……」

男は脚立に登りながら小さく首を振り、柱の一部に壁掛け用の器具を取り付け始めた。

「しかし、本当にやるのか？　ラジオだけでもあんなにグダグダなのに、この上映像まで放映するなんてよ」

「ヒャハハ！　グダグダってお前よー、もうちょっと言い方あるだろよ？　乙女《おとめ》に向かってグダグダなんてゾンビを鍋《なべ》で煮てるような擬音《ぎおん》使いやがって！」

「気味悪い事を言うな！」

仲がよいのか悪いのか良く解《わか》らない会話をしながらも、男はテキパキと作業を進める。

「俺《おれ》の爺《じい》さんが若い頃、こういう街頭テレビに齧《かじ》り付いたとか言ってたな。その時は一家に一台のテレビなんてねぇから、こういうとこで、町のみんなでプロレス中継とか見たんだとよ」

「ヒャハハハ！　そっか！　プロレスか！　いいねいいね！　興奮してきちまったよ！　張《チャン》の奴《やつ》でも呼んで、カメラの前でクズと殴《なぐ》り合わせてみるかね？　前に一回やりあって勝ったんだろ？　クズ」

「運が良かっただけだ」

苦笑しながら呟《つぶや》き、男は女から受け取ったモニターを器具に設置する。

しっかりと固定された事を確認すると、男は複雑な表情をして呟いた。

「……新宿《しんじゅく》のアルタビルならともかく、こうしてみると本当に昭和の街頭テレビだな」

「いいんじゃやねえの？　この島にゃ時間なんて関係ねーんだからな！」

女は脚立《きゃたつ》に背を預けながら呟き、次いで、狂ったように笑い始める。

「時間が島を見捨てたのか、島が時間を見捨てたのか、どっちなんだろうな？　って、時間に人格なんてねえっての！　馬鹿じゃねえの？　ヒャハハハハハハハハ！　時間って……誰よ！　やっぱ挨拶《あいさつ》は『時間ですよ』とか言うの？　ヒーハハハハハハハハハハ！」

「自分の言った事に笑いだしやがった……」

一体何がそんなにおかしいのか、腹を抱《かか》えて地面を転げ回る女。

クズと呼ばれていた男は理解できないというように首を振るのだが——

釣《つ》られる形で浮かべてしまった笑顔が、柱に設置されたモニターの硝子面《ガラスめん》に映り込んでいた。

その顔の背後に映り込んでいるのは、廃墟《はいきょ》と化したモールの内部と、その壁に開かれた一部分から見える広大な広大な大海原《おおうなばら》。


ここは、本土でも島でもない。

日本にありながら日本ではない。

陸でも無ければ海でもない。

佐渡《さど》と新潟《にいがた》の間に掛けられた、世界で一番巨大な橋。

その中央にそびえる、名前が付けられる事の無かった島——

数々の運命が交錯《こうさく》するこの場所において、モニターが何を映す事になるのだろうか。

映し出されたものは何を人々にもたらすのだろうか。

予想すらせぬまま、モニターには映像が映し出される事となる——


誰かの運命を映し出し、誰かの運命を動かす為に。

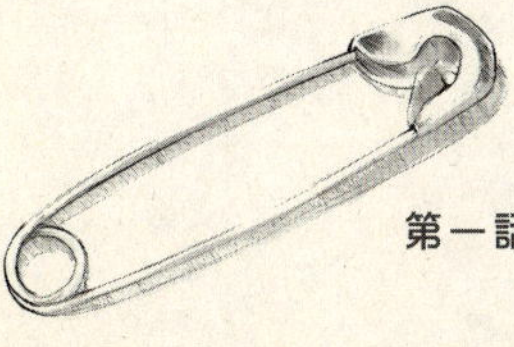

第一話『犬vs犬《ワンワン》』

「戌井隼人《いぬいはやと》だな」

ダークスーツを身に纏《まと》った男達の言葉に、青年は溜息《ためいき》を吐《つ》きながら言葉を返す。

「違いますよ、またですか……なんなんですか今日は。朝から歩いてるだけで『戌井だな』って声を掛けられて、こっちも参《まい》ってるんですよ」

青年はそう呟《つぶや》きながら、派手に染められた自らの髪《かみ》の毛を指で梳《す》いた。

「ったく、罰《ばつ》ゲームで戌井さんと同じ髪型にさせられたらこれですよ。なんなんですか。戌井さんの面《つら》は有名だってのに、なんで俺《おれ》なんかと間違えるかな」

心底迷惑《めいわく》だという顔をする青年に、ダークスーツの男達は互いに顔を見合わせる。

「……まあ、本物かどうかは我々が決める。運が悪かったと思って来て貰《もら》おうか」

「……え？　あの、連れて行かれるだけ連れていかれて、本物じゃないって証明できた瞬間に『もう貴様は用無しだ』って言ってズドン、とか、そういう事はないですよね？」

「ここで今すぐ撃《う》たれるよりはマシだろう？」

「ちょッ……待って下さいよ！　解《わか》りました、大人《おとな》しくついていき……」

青年は泣きそうな顔を浮かべて叫んだあと、男達の遥《はる》か背後を見て声をあげた。

「あッ！　ナイスタイミング、戌井《いぬい》さん！」

「!?」

男達は反射的に男の視線の先を辿《たど》り、自分達の背後を振り返る。

だが——そこには壁が存在するだけで、『馬鹿が見る』という落書きがスプレーで大きく描かれている。

次の瞬間、青年の顔面に凶悪《きょうあく》な笑みが貼《は》り付けられた。

「俺《おれ》が偽者《にせもの》だって証明して下さい……よっと！」

ダークスーツの面々は背中にどうしようもない怖気《おぞけ》を感じとり、振り向こうとしたのだが
——それよりも先に、男達の耳に特徴的な音が響き渡る。

乾いた銃声《じゅうせい》という、自分が鳴らすのと他人に鳴らされるのでは全く意味合いの違う音が。

「じゃ、これで俺の面《つら》はしっかり覚えたろ？　生き延びたらしっかり上に報告してくれや」

ケタケタと笑いながら、硝煙《しょうえん》を纏《まと》った音は扉《とびら》を閉める。

「さーて。何だか敵《てき》さんも直接的になってきたねえ」

うめき声が無数に響く建物を後にして、青年は虹《にじ》色の髪《かみ》を日光に輝かせながら呟《つぶや》いた。

「面白くなってきたねぇ」

△

▼

顔に黒い布を被《かぶ》ったその男達は、一切喋《しゃべ》る事無く一人の女を取り囲んだ。

強盗《ごうとう》ルックの集団が、夜道で女を取り囲むというこれ以上無く解《わか》りやすい状況。

「……どちら様ですか？」

女は不安げな顔を浮かべて尋ねると、そこで初めて男達の一人が声をあげる。

「……お前は、相当な悪女らしいな」

「なんの事でしょう……？」

首を傾《かし》げる女を前に、十人程《ほど》の男達がジワリジワリと躙《にじ》り寄り、黒い布の奥から興奮したような声を吐《は》き出した。

「西区画の悪党連中の幹部クラスだろ、この女……マジかよ、なんで一人で歩いてるんだ？」

「人違いじゃないのか？」「かまう事か。どうせこの島にいる時点でろくな女じゃねえさ」

「まさかこんな上物《じょうもの》がかかるとはな」

「あの虹色野郎《やろう》にいいようにされてきたが、どうやら運が向いてきた」

彼らの周囲は薄暗《うすぐら》い闇《やみ》に閉ざされ、離れた場所にある蛍光灯《けいこうとう》の明かりだけが頼りなくこちらを照らしている状況だ。

そして、白いチャイナドレスを纏《まと》った女は一歩後じさりながら問いかける。

「貴方《あなた》達は……私を殺しに来たんですか？」

彼女の問いに対し、男達は興奮に滾《たぎ》る息を吐《は》き出した。

「殺す？　違うな、俺《おれ》達はただ、お前みたいな害虫を駆除《くじょ》しに来ただけだ」

次の瞬間――女は小さく微笑《ほほえ》み、双眸《そうぼう》に冷たい色を滲《にじ》ませた。

「そう、東区画《ギータルリン》の刺客《いたずら》というわけじゃなさそうね」

「……？」

「なら、遊びに付き合う義理はないわ」

突然雰囲気《ふんいき》が変わった目の前の女に、男達は思わず一歩足を止める。

もしかして自分達は、とんでもない虎《とら》の尾を踏んでしまったのではないか？

なんの根拠《こんきょ》もなく、そんなイメージが頭の中に浮かび――

「貫け」

女の口から妙《みょう》な単語が飛んだかと思うと、その瞬間に男達の半数が絶命した。

魔法《まほう》や超能力を使ったわけではない。

男達の頭部を鉛玉《なまりだま》が貫くという、極めて現実的な事が原因だった。

「な……？」

先刻『虹色野郎《にじやろう》』という単語を呟《つぶや》いた男が、驚きの声を上げて動きを止める。

それを合図としたかのように、再び鉛玉が闇を飛び交い――

彼だけが両足を撃《う》ち抜かれ、その他の男達はやはり頭や心臓から血を噴《ふ》き出させて倒れ伏す。

「ひッ……あッ……ああああがががががが！」

驚きから一瞬遅れて、背骨を媒介《ばいかい》に爆発《ばくはつ》的な痛みが全身を駆《か》けめぐる。

撃たれたのは足の筈《はず》なのに、指先から目玉の奥、髪《かみ》の毛の一本一本までが悲鳴をあげているかのようだ。男は痛みのショックと筋肉を破壊《はかい》された効果が合わさり、為《な》す術もなく地面に転がる結果となった。

そんな彼の前に、一つの影が現れる。

どこか大人《おとな》しい印象を与える、黒スーツにカーキ色のコートを纏った青年だ。

青年は這《は》い蹲《つくば》る男の手の小指に足を乗せ――そのまま、磨《す》り潰《つぶ》すような形で体重を掛ける。

男の小指から嫌《いや》な音が響き、細い肉と骨の棒状《ぼうじょう》は、青年の靴の下で歪《いびつ》な形にこね千切られた。

「ああああああああっあ！　ギヤアッガッ……ダーッ！　ダああバアアアッ！」

指先と足から響く激痛の重奏《じゅうそう》に、男は理性そのものが吹き飛びそうになる。

だが、失神する事すら許さぬとばかりに、青年は男の黒マスクを引き剥《は》がし、その下に現れた髭面《ひげづら》のチンピラの耳を掴《つか》み、底冷えする声で呟いた。

「虹《にじ》色野郎《やろう》、と言ったな」

青年の暗い瞳《ひとみ》に、僅《わず》かに感情の色が灯《とも》る。その感情は実に複雑で、彼自身にもどのようなものか説明できないかもしれない。

「その話、詳《くわ》しく聞かせてもらおうか」


男達の死体を後から来た黒服達に運ばせながら、チャイナドレスの女は傍《かたわ》らにいる青年に対して淡々とした声を響かせた。

「老師の言ったとおり、何かあの犬と関係がありそうね」

「そうだな」

女に寄り添う事はなく、かといって離れる事もなく、彼女の影であるかのように佇《たたず》む青年。

彼は脳裏《のうり》に一人の男の顔を思い浮かべながら、ギリ、と奥歯を噛《か》みしめる。

「また……つまらない事に巻き込まれたかもしれない」

△

▼

21世紀に入ってから生まれた子供達が、次々と成人していく時代。

彼らを生んだ親が子供の頃は、20年以上も未来の世界に対して、どのような幻想や希望、あるいは絶望を抱《いだ》いていたのだろうか。

結局の所、軌道《きどう》エレベーターも完成せず、空を飛ぶ車も発明はされているものの一般に出回る事は無い。ただ、パソコンや通信技術など、家の内側に向けて多大な進化を遂げつつあり、人々の文化もそれに合わせて変化していった。

そして、おおかたの人間の予想通り、あるいは予想などするまでもなく——

一般的に『悪党』と呼ばれる類《たぐい》の者達は、今日も世界にはびこり続ける。

《A、A、A、アー、アー、アー。ただいまマイクのテスト中っつーか、聞こえてるかい聞こえてるか、聞こえたら返事しろー。って、そっちにマイクつけてねーから返事されても聞こえるわけねーっての！　ちッ！　っていうかテストも何も、本当に島中に音が鳴ってるのかどうかも確認できねえよ！　馬鹿じゃないの俺《おれ》！　バーカ！　バ————カ！　バアアアアアアアアカ！　……ひぐッ……。……。……って事で、今日もぶるぶる電波はムカツキ加減も絶好調！　この番組は御覧《ごらん》のスポンサーの提供でお送りしますって奴《やつ》だ！　ってことで、グランドモールの噴水《ふんすい》前にくっつけたブルブルＴＶ、当然もう見てくれたよな？　見てない奴は島民不覚悟《ふかくご》でぷくぷくぷっぷく切腹《せっぷく》だあ。腹を開いて腎臓《じんぞう》取り出して病気の子供に移植してやんな。ＯＫ？　あと俺、今泣いてないからな？　ほんとだぞ？》
テンポも何もあったものではなく、ただ耳障《ざわ》りなＤＪの声が響く『島』の昼下がり。

『島』に住む人達はそんな音にも既《すで》に慣れきっているようで、『線路下に住んだときの騒音《そうおん》よりマシだ』などと言いつつ生活音の一部として受け入れている。


周囲を海に囲まれた空間。

日本の社会から乖離《かいり》しつつも、どうしようもなく日本である場所。

そして、その島にはどうやら落伍者《らくごしゃ》が多く集まるらしい。

現代の九龍城《クーロンじょう》などと呼ばれて、本土の人間達のゴシップのタネとなっている『島』の中で、今日も本土に住む人間達のイメージを助長するかのような風景が展開される。


島の南部にある港湾部。

島内の施設に使う食品や資材などをため込む為の倉庫街となっている場所で、十人程《ほど》の男達が、アスファルトの上に正座する二人の人間を取り囲んでいた。

周囲には彼ら以外に人の気配は無く、それなりに人払いの成された状態と思われる。

「で、約束の物は?」

多数派の男達の中心人物と思しき、見るからに堅気《かたぎ》とは思えぬ男。

強面《こわもて》の顔に似合わぬ恵比寿《えびす》笑いを浮かべながら、その男は正座する男達に問いかけた。

「いや、それが……」

ボシュ、とくぐもった音が鳴り響き、正座する男の太股《ふともも》に穴が空く。

「ッだッ！　アガッ！　アアガガアアアガガガガアガッ！　アァアァアァアッツッ！」

痛みに転げ回る男を余所《よそ》に、強面の男は笑顔を崩《くず》さぬまま語りかける。彼の手に握《にぎ》られているのは、サイレンサー付きの銃口《じゅうこう》から硝煙《しょうえん》を漂《ただよ》わせる小型の拳銃《けんじゅう》。

「私はね、焦《じ》らされたり勿体《もったい》ぶられるのが好きじゃないんだよ。時間の無駄《むだ》だしねぇ。だから、解《わか》るだろう……？『そ、それが……失敗……と見せかけて大成功でした！　ははは、失敗したかと思って驚きましたか？』……なんて小芝居《こしばい》は嫌《きら》いなんだ。解《わか》るね？」

自ら小芝居を演じながら、男はあくまでも笑顔で問い続けた。

「頼むよ君ぃ……わざわざこんな島にまで足を運んだ私の苦労も考えてくれたまえ。な？」

「あ、あぁ……あぁ、私じゃない！　私が悪いんじゃない！　この島はまともじゃねぇ！　化け物ばかりなんだ！　甘《あま》かったんだよ！　俺《おれ》らも！　あんたも！　警察の目がねぇからって、こんな所で取引なんてやろうとしたこと自体が……」

ボシュ　ボシュ　ボシュ
気の抜ける音。

それが数回響くと同時に、太股《ふともも》を撃《う》たれた男の悲鳴が綺麗《きれい》に消えた。

「……」

相棒《あいぼう》の胸や頭から血が流れているのを横目に見ながら、残った男は口をパクつかせる事しかできなかった。

そして、恵比寿《えびす》顔の男はニカリと口元を歪《ゆが》め、拳銃《けんじゆう》の弾《たま》を籠《こ》め直した。

「実は私は魔法《まほう》使いでねえ、時間を戻す事ができるんだ」

男はそのままチラリと背後の男達に視線を送る。

すると、男達の一人が無表情のまま正座する男の横に並び――既《すで》に死体になった男とは反対側に正座する。

「もう一度最初からやろうじゃないか。ええと、さっきは私から見て……右と左、どちらの男を撃《う》ったんだったかな？」

「……あ……あぁぁ」

「そうだそうだ、確か私から見て右の男……君の太股《ふともも》に銃口《じゆうこう》を向けていたんだったねえ」

面《めん》のように固まった笑顔を傾けながら、強面《こわもて》の男はゆっくりと口を開く。

「で、約束の物は？」

「あ……あぁあ！　あいつが！　あいつが持ってるんだ！　あいつが俺《おれ》からッ！　俺らからっ」

銃口を向けられた太股にどうしようもない怖気《おぞけ》を感じ、男は即座に叫び上げた。

「あ、あ、あの！　七色の髪をした男が！」

「……七色の髪《かみ》？」

「な、な、名前は……た、たしか戌井《いぬい》！　戌井隼人《はやと》だ！　自分でそう名乗ってた！　あ、あいつが昨日《きのう》突然、俺らの所に来て、あれを寄越《よこ》せって言いだしやがってよ！　どうなってんだよ畜生《ちくしょう》！　あ、あれの事はあんたらと俺らしか知らないんじゃなかったのかよ！」

死を目前にした男の絶叫に、強面の男はふむ、と考え込み、銃《じゅう》をおろしながら問い直す。

「その男はどこにいる？」

「こ、こ、この島の最下層か東区画を縄張《なわば》りにしてる奴《やつ》で……ッ！　東区画の組織の連中なら居場所知ってるかもしれねえ。あ、で、でも！　その必要もねえ！　お、俺なら奴の顔が解《わか》る！だから——」

ボシュ　ボシュ
二発の銃弾《じゅうだん》が放たれ、男の両足を撃ち抜いた。

「アアアアアアアッ！　ぎゅああっあぁあだぁああああぁあッ！　——ッ——ッ！」

「七色の髪がブームとは思えないんでねえ。その条件があれば聞き込みには充分だろう」

悲鳴を上げ続ける男を余所《よそ》に、強面の男は笑顔を消して周囲の男達に指示を下す。

「呼べるだけ島に呼べ。その虹色のイヌイとかいう奴《やつ》を狩らせろ」

「会長。この島は嬰家《エイけ》の連中を始めとして、いくつかの国の連中が仕切ってますが……」

部下らしき男の疑念に対し、会長と呼ばれた強面の男は鼻で笑う。

「わざわざこんな島に屯《たむろ》してるような連中に気を遣《つか》う必要はない。そうだろ？　俺達が極道者《ごくどうもの》なら筋を通す必要もあるんだろうが、我々はただの慈善団体だからな」

「かしこまりました」

恭《うやうや》しく一礼すると、部下は悲鳴を上げながら転がる男に視線を送る。

「で、彼は如何《いかが》致しましょう？」

「これ以上は、弾丸《だんがん》がもったいない」

自らの悲鳴の合間にその言葉を聞き、両足を撃《う》たれた男は『もしや助かるのでは』という希望を激痛の中に見いだしたのだが――

その希望は、僅《わず》か3秒で絶望に塗り替えられた。


「手間が省ける。そのまま海に落とせ」

△
▼

人工島　西区画　グランドホテル『朱鷺《とき》』最上階

「それでは、晩餐《ばんさん》を始めるとしようか。我が同胞《どうほう》達よ」

巨大な円卓《えんたく》の一席に座る男が、ネイティブな中国語で食事の開催《かいさい》を切り出した。

人工島の西区画には、内装まで済んだ時点で建造が放棄《ほうき》された、悲運に塗《まみ》れた一つのホテルがある。それがこの『朱鷺』であり――現在では、西区画を仕切る中華系の組織の拠点《きょてん》として機能する巨大な城砦《じょうさい》と化していた。

本来ならば最高級の中華レストランとなり、島にセレブを呼び込む要素となる筈《はず》だった、最上階の空間。だが、元々の計画が破棄《はき》された現在でも、確かにこの空間は中華レストランとしてその役目を務めている。

もっとも、訪れる客は全て『西区画』という組織に与《くみ》する人間なのだが。

そして今日も、宴《うたげ》の名を借りた腹の探り合いが幕を開ける。

「さて……、最近、島が荒れているようだな」

口火を切ったのは、最初に発言をした長身の青年だ。

年齢《ねんれい》は30前後と言った所だろう。

頬《ほお》に入れた刺青《いれずみ》と、目を合わせた者全てを射殺《いころ》すような眼光の鋭さが、男の周囲に独特の近寄りがたい空気を生み出している。

「太飛《タイフェイ》、状況を説明しろ」

「もご……はいよー」

話を振られたのは、肉団子《だんご》を口に頬張《ほおば》る、自らの体も肉団子を思わせる肥満体《ひまんたい》の男。

まだ若そうなのだが頭は禿《は》げ上がり、側頭部と後頭部にしか髪《かみ》の毛を残していない。

太飛《タイフェイ》と呼ばれたその男は、食の手を休めぬまま器用に状況説明を開始する。

「もご……島の中でね、ここ最近、銃撃《じゅうげき》事件や刃傷沙汰《にんじょうざた》が爆発《ばくはつ》的に増えてる。死人も解《わか》ってるだけで二十人以上。被害者に共通点は無し。強いて《し》言うなら、割と悪党って呼ばれてるような連中が多いって事かなあ……もご……。変なのは、犯人が未だに一人として捕《つか》まってない事。かといって、雨霧八雲《あまぎりやくも》みたいな単独犯の犯行とも思えない。西区画よりも東区画や最下層での事件が遥《はる》かに多い事については、葛原《くずはら》君達の活躍《かつやく》を褒《ほ》めてあげるべきじゃないかなあ。もご」

「被害者が悪党、ね。正義の味方気取りが、島の掃除でもしているのかしら？」

皮肉げに呟《つぶや》いたのは、まだ若い女だった。黒い髪と青い瞳《ひとみ》を併《あわ》せ持つその娘《むすめ》は、茶を一口啜《すす》ると、実の兄である刺青《いれずみ》の男に問いかける。

「嬰大人《エイターレン》の御意見は？」

「我々が手を下すべき事案《じあん》か否か。それにはまだ情報が足りぬ」

無表情で答える兄に、妹——嬰椅麗《イーリー》は妖艶《ようえん》な笑みを浮かべて皮肉を紡《つむ》ぐ。

「情報が欲しいなら、あなたのお気に入りの探偵さんに相談してみたら？」

「戯《ざ》れ言はよせ。迷い犬を探させるわけではないのだぞ」

「あら、お気に入り、っていうのは否定しないのね」

クスクスと笑う女の声に、円卓《えんたく》に座る者達の何人かが緊張を走らせ、古参《こさん》の者達は『また始まったか』という顔で溜息《ためいき》をついている。

だが、この西区画を束《たば》ねる存在である兄——嬰麗鳳《リーフアン》は、口元に苦笑を浮かべただけで妹の皮肉を聞き流した。

「この件に関して、何か情報を持っている者はいるか？」

すると、口と顎《あご》にたっぷりと髭《ひげ》を蓄《い》えた禿頭《はげあたま》の老人が手を挙げ、ゆっくりと口を開く。

「島に……見かけん連中が増えたな」

「ほう？　老師がそのような事を気にするとは珍しいですな」

老師と呼ばれた翁《おきな》は、髭を撫《な》でながら淡々とした調子で語り始めた。

「なに、ここ数日の事だが……。東の艶麗的狗《派手な犬コロ》がまた騒《さわ》ぎだしたようでなあ。儂《わし》の見た所、奴《やつ》と揉《も》めとるのは本土の連中のようだ」

「ふむ……奴が誰かと揉めるのはいつもの事。今回の件とは関係無いのでは？」

「奴とその本土の連中が揉め始めた3日前から、明らかに事件がナリを潜《ひそ》めておる」

その話を聞き、麗鳳はフム、と頷《うなず》き、太飛に視線を送る。

相手の意図をくみ取った太飛は、それでも食事の手を止めずに口をもごつかせながら麗鳳の望む情報を吐《は》き出した。

「もご……そだね。昨日《きのう》と一昨日《おととい》は殆《ほとん》ど事件は起こってない。うちの娼館《しょうかん》通りで殺しがあったけど、これは犯人は分かってるから、麗蕾《リーレイ》が行くってさ。可愛《かわい》がってた子が殺されたみたいだから気合い入ってたよ。犯人も可哀相《かわいそう》に……もご……それはともかく、確かに気にはなるね。ちょいと関連性について調べてみるよ。ところでこの乾焼蝦仁《ガンシャオシャーレン》、おかわりしてもいい？」

「……私ではなく、料理人に聞け」

マイペースを貫く組織の情報収集係に対して溜息《ためいき》を吐《つ》き、麗鳳《リーファン》は老師と呼んだ翁《おきな》に一礼する。

「貴重《きちょう》な御意見、ありがとうございます」

「畏《かしこ》まる事はない。今の儂《わし》は、もはやこれぐらいの事しかできぬ老《お》いぼれだからな」

髭《ひげ》の奥でゆるやかに笑う老人は謙遜《けんそん》しながら茶を啜《すす》り、それ以降発言する事はしなかった。

「ともあれ、油断はするな。万が一我々が被害者になるような事があれば、恥晒《はじさら》しもいいところだからな」

冗談《じょうだん》交じりで呟《つぶや》く組織のトップに、ただ一人、青い目の女だけが言葉を返す。

「そんなのに巻き込まれて殺されるぐらいなら、とっくに東区画か他の組織……あるいは、身内の人間に消されてるでしょうけどね」


イーリーの言葉は、まさしくその通りだった。

現在は終息しているが、この島は過去に何度も多数の組織が入り乱れる抗争《こうそう》を経験してきている。現在は主立《おもだ》った組織は二つにまで減っているが、本土や海外からこの島の利権を狙《ねら》う組織は数多く存在する。

警戒しなければならないのは外ばかりではない。

同じ組織の中でも派閥《はばつ》争いは無数に存在し、少しでも油断をすれば、次に円卓《えんたく》のテーブルに並ぶのは、切り分けられた己《おのれ》の利権と全財産、そして命そのものとなる事だろう。

だからこそ、西区画の幹部は様々な形で一人一人が保身の力を持ち合わせているのだが――

この日の夜、イーリーはその力を遺憾《いかん》なく発揮《はっき》する事となる。

最下層に出向いた彼女が襲《おそ》われたのは、会食のほんの数時間後の出来事だった。

もっとも、その男達は僅《わず》か数秒で血と脳漿《のうしょう》をまき散らす事になったのだが。

彼女を護《まも》る盾《たて》であり、敵《てき》を貫く矛《ほこ》でもある――たった一人の青年の手によって。

△

▼

東区画　地下カジノ　VIPルーム

「結局、片方が動けばもう片方も動ク。そういうものなんだヨ、あの二人ハ」

狂犬病ではなく、鏡犬病《きょうけんびょう》。

その『二人』をそう評したのは、東区画随一《ずいいち》の変人にして、最高の実力者でもある男だった。

「彼らはネ、どこまで行ったところで、犬なんだヨ」

人工島の中に立てられた巨大なカジノ。

その中でも特別な者だけが入る事の許されるVIPルームの長椅子《いす》に腰掛《こしか》けながら、その男
──ルベール・ロー・シュツルバイケン・ギータルリン・クロロコラルド・影乃宮《かげのみや》666世
(その時点で名乗った仮名)は顔面を綻《ほころ》ばせながら呟《つぶや》いた。

「片方が吼《ほ》えればもう片方も吼えル。片方が黙《だま》れば片方も黙ル。そしテ、片方が死ねば両方とも死ヌ。実に簡単な関係サ」

クツクツと笑いを漏《も》らしながらワイングラスをくゆらせるギータルリン。

彼は自らの会話の相手に対し、楽しげに二人の人物について語り続ける。

「重要なのハ、二匹《ひき》の犬ではなク、あくまで鏡に映った一対の犬という事だネエ。どちらかが先に動いたからラ、それに反応して相手の犬モ……というわけでも無いんだヨ。鏡だからネ。どちらが先かなどという区別はないシ……。いや、光の速さの分だけ実物の方が速イ、とか野暮《やぼ》な事は言いっこ無しだヨ? そもそも、そんな人間に感知できない速度の差、ここではあまり意味無いからネエ」

酔《よ》っているのかいないのか、ギータルリンは既《すで》に空になっているワイングラスを握《にぎ》り続け、

ただ硝子《ガラス》の感触を楽しんでいるようにも見えた。

余程《よほど》その『犬』達について語るのが好きなのか、ギータルリンは徐々《じょじょ》に語り口のテンションを上げていく。

「戌井隼人《いぬいはやと》に狗木誠一《くぎせいいち》。この二人の名前にそれぞれ『イヌ』の文字が入っているというのモ、随分と皮肉な話だと思うヨ。おかげデ、島の中では彼らはすっかり犬扱いダ。戌井は『狂犬』だの『野良犬《のらいぬ》』だのと呼ばレ、狗木は『鬼女《きじょ》の飼《か》い犬』だの『忠犬』だのという渾名《あだな》を付けられてぃル」

戌井隼人。

狗木誠一。

この島の住人でその二人の名を知らない者は、余程の新参者だと判別できる。

だが、その二人が幾度も殺し合いを繰り広げてきた仲だと知る者はそう多く無い。

噂《うわさ》で聞き齧《かじ》った者もいるだろうが、
ギータルリンはグラスを眼前のバカラ台に置くと、緑色のテーブル端《はし》をカツリと指で叩《たた》く。

「だけどネ、犬とは言うガ、犬は見下すものじゃあなイ。本来人間なんテ、本当の殺意を抱《いだ》いた一匹の犬にすらあっさり殺されてしまう存在なんだからネ」

カツ、カツ、カツカツ、カツ、カツ、カツカツカツ
バカラ台を叩く指は徐々にリズミカルになり、それに合わせて言葉のペースを上げ始めた。

「権力者の犬、警察の犬、軍の犬、悪女の犬、なんだって構わないガ、そういう連中こそが本当に危険な存在なんだヨ?」

カツカツ、カツカツカツ、カツカツカツカツ

「人は普通、相手を見下《みくだ》しながら『犬め』なんて言うけどネエ。それは間違いダ」

カツカツカツカツカツカツ

カッカッカッカッカッカッカッカッ

カカカカカカカカカカカカカカカカカカカカKKKKKKKK――

「犬というのハ、意思のないロボットとは違ウ。自らの信念を持ってテ走狗《そうく》となる事を選んだ連中なんだヨ。何の信念もなく、ただ何かに従うような連中ハ、犬ですらない何かダヨ。ロボットなら人工知能ができるまで待てばいいガ、そんな連中は……ロボットじゃなければバ、ゴミだネ。そウ、組織の頭なのニ、こうして昼間から酒を飲んでいる、私のようなゴミだヨ!」

そこで、指の動きが唐突《とうとつ》に止まった。

カハ、と屈託《くったく》のない笑いを吐《は》き出し、ギータルリンは両手をパチリと打ち合わせる。

「ともあレ、彼らはあくまで自分自身に忠実な犬なのサ。だからこソ、自分と似た存在が気になって仕方ないんだろうネ。そう、結局は縄張《なわば》り争いみたいなものダヨ。縄張りは土地や利益なんかじゃなク、自分自身の心……というのはちょっとキザ過ぎるかナ?」

ギータルリンは両手を大きく広げ、己《おのれ》の語る話を自分自身が一番楽しんでいるといった表情

で締めの言葉を吐き出した。

「つまる所、彼らは自分の意思で引かれ合うのサ。本人達ハ、運命なんて言い方で誤魔化《ごまか》そうとするかもしれないけどネ」

△
▼

数時間後　島内某《ぼう》所

「運命って信じるか？」

髪《かみ》の毛を虹《にじ》色に染めた男の言葉に対し、黒髪の青年は殺気混じりの沈黙《ちんもく》を貫いた。

完成したものから建設途中《とちゅう》のものまで、様々な状態のビルが乱立する島の中央部。

その中でも一際高いビルの前にて相対《あいたい》する、二つの人影。

一方は、奇抜《きばつ》という言葉を身体《からだ》で表した男だった。

スプレーで己の髪を七色に彩り、耳にはピアス代わりに安全ピンを通し、両目にはそれぞれ別の色のカラーコンタクトを嵌《は》めて意図的なオッドアイを演出している。

チンピラというよりも、寧《むし》ろ道化としか思えない男であり——彼の存在は、数メートル先に立つ黒髪の男の誠実さを引き立てているようにも見えた。

黒髪《かみ》の青年には飾り気というものが何もなく、身に纏《まと》うコートやその内に着込んだ背広など、全体的に落ちついた雰囲気《ふんいき》を醸《かも》し出している。

ただし、その顔には微妙《びみょう》な苛立《いらだ》ちの表情が見られ、双眸《そうぼう》には暗い憎悪《ぞうお》の炎《ほのお》が宿っていた。

そんな黒髪の青年——狗木誠一《くぎせいいち》の憎悪を受け流しながら、虹髪《にじ》の男——戌井隼人《いぬいはやと》はケラケラと笑い、両手を静かに振ってみせる。

「そう怒るなって。今日はお前と殺し合いに来たわけじゃあねえんだからさ。っていうか、お前に会いに来たわけじゃないんだが、どうしてこんな事になっちまうのかねえ」

一体何があったのか、二人の周りには数人のチンピラ達が転がっていた。

チンピラ達の手にはそれぞれ銃《じゅう》が握《にぎ》られており、何人かは既《すで》に絶命していると思われる。

戌井は自分の足下に転がって呻《うめ》く男を見下ろし、シニカルな笑みを浮かべて呟《つぶや》いた。

「ったく、葛原《くずはら》さんが見たら発狂するような光景だな？　ま、きっちり撃《う》ち返した俺《おれ》らもあの人から見りゃ同罪だろうけど。正当防衛も糞《くそ》も、銃を持ってる時点でアウトだしな」

ヘラヘラと呟く男の手には、派手な装飾が施された一丁《ちょう》の銃。相対《あいたい》して沈黙《ちんもく》する男の方は、左右それぞれの手に小型の拳銃《けんじゅう》が握られている。

「前から思ってたけどさ、二丁拳銃って扱い難しいよな？」

「……」

「俺も『なんとなくカッコイイから』って理由で練習してるんだけどよー、反動はキツいわ照準は合わねえわで中々うまくいかねえんだよ。でも、今のお前の戦いぶりを見ててピンと来たわ。そうだよなあ、相手の懐《ふところ》に潜《もぐ》り込んで撃てばそりゃ照準とか関係ねえよな」

得心《とくしん》がいったという顔で頷《うなず》き、戌井は狗木に視線を向ける。

「そんな俺から提案だ！　昔クリスチャン・ベールが主演やってた『リベリオン』って映画があってな。それにガン＝カタっていう格闘技が出てくるの知ってるか？　あのほら、射撃と格闘技をミックスさせた超かっけーマーシャルアーツ。お前ならあれを習得できるってマジで！　何事もチャレンジだろ？　俺も手伝うから頑張《がんば》ってみねぇ？」

相手を挑発《ちょうはつ》しているとしか思えない言葉だが、彼の目には子供じみた輝きが満ち、どうやらそれが心の底からの思いであると判断する事ができた。

だが、狗木からの答えは、彼にしては珍しく、相手の調子に合わせた否定だった。

「悪いが……クリスチャン・ベールの映画はバットマンしか観《み》ていない」

「あー、ダークナイトのジョーカーは最高だったよな！　子供の頃は怖くて仕方なかったが、今じゃ俺の尊敬する偉人の一人だよ。いやマジで！」

一頻《ひとしき》り笑った後、戌井は銃をぶらつかせながら歩み始める。

「ま、それはともかく。なんで、こんな事になっちまうのかねぇ」

狗木との距離をゆっくりと詰め、振り切れそうなテンションを必死に抑《おさ》えつつ問いかけた。

「別に、喧嘩《けんか》しに来たわけじゃないのにこうして面《つら》を合わせちまうって事は、やっぱり俺らの縁《えん》は運命的なもんなのかもな。どう思うよ？」

対する狗木《くぎ》の答えは、シンプル極まりない。

「お前が死ぬ運命か？」

彼は何の迷いもなく、拳銃《けんじゅう》を戌井《いぬい》の身体《からだ》に向ける。

だが、戌井はそれを避けようともせず、歩みを止めて笑いかけた。

「よせよ、お前の今の目的は俺《おれ》を殺す事じゃない。事件の裏を探りに来たんだろ？」

「口と心臓と脳味噌《みそ》さえ動けば、何かを問うには充分だ」

「脳味噌が残っても心が残るとは限らねえぞ？」

呟《つぶや》きながら、戌井は相手の殺気を探る。

死など欠片《かけら》も恐れぬと言った調子で、戌井は自らの銃をゆらりゆらりとぶらつかせる。

だが、狗木に対して直接銃口《じゅうこう》を向ける事は無い。

下手《へた》に銃口をあげれば、その瞬間に撃《う》つと解《わか》っているからだ。いつものように戌井を殺す事が目的ならば、とっくに引き金を引いている事だろう。

二人の間の時間が止まる。

ほんの些細《ささい》な変化。例えば風の音やどちらかが唾《つば》を飲み込む動作など、どんな事だろうときっかけとなり、互いの銃口が火を噴《ふ》く結果となるだろう。

互いにその変化を待ちつつも、自分からそのきっかけを作ろうとは思わない。

もしも初撃《しょげき》で仕留《しと》められなかった場合、確実に自分がやられると解《わか》っているからだ。

剣術の達人同士が、お互いに必殺の間合いに入った時の腹の探り合い。

ほんの数秒の間に、二人の間には様々な感情と緊張が往来する。

この先に何かしら起こるであろう、動き出す為の『きっかけ』を待ちながら。


だが——その『きっかけ』は、結局彼らに互いの銃弾《じゅうだん》を届かせる事はなかった。

二人にとって、その変化はあまりにも予想外のものだったからだ。

跳躍《ちょうやく》すれば簡単に相手に飛びかかれるような距離。

きっかけは、二人の間に落ちた靴。

突然二人の間に降ってきた靴が跳《は》ねたのをきっかけに、驚き混じりに二人は引き金に力を込め——銃弾は発射された。

だが、互いの身体《からだ》には届かない。

二人の間を行き交う銃弾の通り道に、靴に続いてあるモノが落下する。

そして、その落下物に発射された銃弾が食い込み、突き抜けた弾丸《だんがん》もまた、弾道を大きく反《そ》らされて虚空《こくう》の中へと消えてしまった。


彼らの間に落ちてきたモノは——

体のあちこちを通常ではあり得ぬ形に折り曲げた、血塗れの男の軀だった。

一体、二人の身に何が起こったのか。
そして、これから何が起こるのか――
時は、この戦いが起こるよりも少し前に遡《さかのぼ》る。

第二話に続く

第二話『眠＝死《スヤスヤ》』

わくわく昼寝日記　○月　■日

にっきをつける。それがしあわせ、いわれた。

ひるねなかまのさつじんき、わたしにいう。

わたし、つまらなそうなかおしてる。そういった。

わたし、ねむるのがしあわせ。そういった。

でも、あいつ、いう。

ねてる、しんでるといっしょ。おきてるときにたのしまない、そん。

わたし、だまってればかわいい。ともだちたくさんつくれるから、たのしまない、そん。

そういってくれた。

わたしのこと、かわいい。そういった。

うれしい。

でもわたし、いった。ゆめ、みればしあわせ。ゆめのなか、ともだち、たくさんいる。

そしたら、このノートくれた。

1ページごと、わくわくなんとかかいてある。

にっきつける、ゆめとげんじつのくべつ、つく。しあわせになる。
そういってくれた。
にほんごのれんしゅうにも、なる。
あいつ、さつじんきだけどいいやつ。
わたしよりせがひくければもっとかわいかった。だきしめるのに。キュゥ。

さっそく、よかったことかく。
あさ。あたたかかった。ぬくい。ねむった、しあわせ。
ひる。あたたかかった。ぬくい。ねむる。しあわせ。
これから、ねる。しあわせ。キュゥ。

眠《ねむ》り姫《ひめ》。

『島』の西区画に、そう呼ばれる少女がいた。

コンクリートジャングルの中で眠り続ける少女というならば、あるいは不治《ふち》の病や事故で意識を失った少女を思い描く事だろう。

だが、その『島』における眠り姫は、他者の手によって強制的に眠らされた存在だった。

光の無い場所に閉じこめられ、何日も、何ヶ月も――何年も。

まだ幼い日々。

母親を失ってからの数年間を、少女は延々と暗闇《くらやみ》の中で過ごしてきた。

何故《なぜ》そんな事になったのか、当時の彼女には解《わか》りようも無く、ただ、闇に呑《の》まれる事しかできなかったのである。

彼女の記憶に最も強く残る光は、暗闇の中に閉じこめられる直前に見たものだった。

最後に見たものは、美しい金色の輝き。

それが母親だという事は理解できた。

しかし、何故ピクリとも動かないのか、何故昼間だというのに目を開かないのか、幼い少女には、それが全く理解できなかった。

【さあ、別れは済んだな】

少女の背後から、野太い声の男達が中国語で矢継ぎ早に語りかける。

【生かされる事は、せめてもの情けだ】

【何の心配もない、お前はただ、眠《ねむ》っていればいいのだ、麗蕾《リーレイ》】

【既《すで》に世に知られてしまった椅麗様《イーリー》はともかく、お前はまだ、嬰大人《エイターレン》もその存在を知らない】

【これ以上、争いの種《たね》を残すわけにはいかぬ】

【お前はこれから、ただ、眠り続ければ良いのだ】

【己《おのれ》の生を終えるか、椅麗様に万が一の事があり、我らの道具として使われるその日まで】

【未来に希望は持つな。ただ、母の死に目に立ち会えた幸福を過去の輝きとするが良い】

【もはや、それしかお前の中に光など無いのだからな】


そして——少女は、本当に光の無い場所を与えられる。

特殊な薬品を用いて、目の上に札《ふだ》のようなものを貼《は》り付けられたのだ。

ただそれだけの事で、彼女の世界は簡単に闇《やみ》へと閉ざされる。

そして——いつしか少女は、男達の間で本当の名を呼ばれる事すらなく、ただコードネームのような意味合いで『眠り姫《ひめ》』と呼ばれ続けた。

遙《はる》かな眠りの先に、王子の口吻《くちづけ》という希望を抱《いだ》く間も無く——

彼女は何も解《わか》らぬまま、擬似《ぎじ》的な暗闇《くらやみ》の世界へと叩《たた》き込まれた。

△
▼

10年後　越佐大橋《えつさおおはし》　人工島某《ぼう》所

嫌《いや》な島だ。

鉄錆《さび》の臭《にお》いに、私は思わず顔をしかめる。


私がこの島に来て最初に思い知らされたのは、自分が落ちる所まで落ちたという、どうしようもない事実だった。

佐渡島《さどがしま》と新潟《にいがた》の間に建設された、世界一巨大な橋。

俗に『越佐大橋』と呼ばれるその橋の中間地点に造られた、小さな町ほどの大きさを持つ広大な浮遊島。

東京湾に浮かぶ海ホタルを数倍巨大にしたような、日本の技術と資本力の結晶とも言える島だというが――今は、ただのゴミ溜《だ》めだ。

何しろ、この人工島と本土を結ぶ道が繋《つな》がった時点で、様々な事情から開発が放棄《ほうき》されたって話だ。

圧倒的な資金と技術、人を注ぎ込んで造られたというのに、あまりにもあっさりと廃棄《はいき》された哀《あわ》れな哀れな人工島。

こんな場所に集まるのは――私のような未来の無い人間ばかり。

ああ、ここはまるで現代の九龍城《クーロンじょう》だ。

行き場の無い人間が集まった所で、自殺志願者でも無い限りはどうにか暮らして行かなきゃならない。その為に、この島に住み着いた無法者達は、いつしか無法の法を作り上げ、島の中に一つの社会を生み出したのだという。

社会だの秩序だの、この島には一番似合わない言葉だろう。

所詮《しょせん》、無法は無法に過ぎない。

結局の所、私はどうしようもない掃《は》きだめに堕《お》とされたのだ。

それだけは理解できる。

この島に来たのが、ほんの3時間前。

島に来た時は、それなりの準備をしてきたつもりだった。

一週間は保《も》つであろう保存食の数々。

自衛用のスタンガンや催涙《さいるい》スプレー。

危険な所だとは解《わか》っていた為、靴の中にも一万円札を数枚仕込んでいた。

結果として……私は今、裸足《はだし》で島の中を歩いている。

誰でも考えつく自衛法。

それ故に、百戦錬磨《れんま》の悪党どもにとって、結局私はカモに過ぎなかったのだ。


あっという間に身ぐるみを剝《は》がされて一文無しとなった私は、早速日本に帰りたくなる。

正確にはここも日本なのだが、もはやそういう認識はできない。

日本は疎《おろ》か、ここは本当に現実なのだろうか？

映画の中などにある悪徳の町そのものだ。こうして金を失った今も、自分がちゃんと両の足で立っているのかどうか不安になる。

だが、今更《いまさら》島から引き返すワケにもいかない。

それこそ、向こうには既《すで》に私の居場所など無いのだから。

途方《とほう》にくれた私は、宛《あ》てもなく島の内部を歩き出す。

事前に情報を仕入れていたのだが、その情報が入った携帯電話は真っ先にスられてしまった。

恐らくは、最初に『金をくれ』とワラワラ集まってきた子供達の仕業《しわざ》だろう。

子供達ですら信用できないとは、全くなんという場所だ。

……いや、日本でも別に子供が信用できた例《ためし》はないな。

この島だけじゃない。この世界自体が狂ってるんだ。

だからこそ、私はこの島に来るハメになったんだ。……糞《くそ》ッ。

暫《しば》く歩いていると、不意に喧噪《けんそう》が耳に入る。

喧嘩《けんか》の類《たぐい》かと思われたが、どうやら子供達の歓声のようだ。

私の携帯を盗《ぬす》んだ子供達がいるかも知れぬと思い、そちらに足を向けたのだが――そこには、なんとも奇妙《きみょう》な光景が広がっていた。

いつしか私はショッピングモールのような場所の中を歩いていたようで、その空間は建物の中央部か入口付近にあたる場所なのだろう。涸《か》れた噴水《ふんすい》を中心として、外からの灯《あか》りが直接内部に届く構造となっている。

その噴水の側にある柱に、40インチほどの壁掛けモニターが取り付けられている。10年ほど前に出回った型のモニターで、その大きさとは裏腹《うらはら》に一キロ未満という軽さを兼ね備えている代物《しろもの》だ。

もっとも、本土ではそれも型落ちして、現在は紙のようなモニターが出回っているのだが。

そのテレビの前には子供達を主とした人だかりができており、柄《がら》の悪そうな大人《おとな》達も一歩引いた位置から遠巻きに画面を眺《なが》めている。

どうやら、テレビ画面にはプロレス中継が映っているようだ。

……こんな時間にプロレス中継など放送していただろうか？

そんな疑問に対し、画面の中のレスラー達があまりも雄弁に答える。

金髪《きんぱつ》のレスラーはナイフを握《にぎ》りしめており、相手の覆面《ふくめん》レスラーを躊躇《ちゅうちょ》無く切り裂《さ》いた。

腕《うで》の一部が切り裂かれ、勢いよく血が噴《ふ》き出す。

テレビの前では子供達が歓声をあげ、レフリーは最初からリング上に存在していない。

それが通常のテレビ放送などではなく、島の中のとある場所なのだと気付いたのは――リングサイドにいる人間達の顔ぶれを見た瞬間だった。

先刻、携帯電話をスられて途方《とほう》に暮れていた私から金を奪った男達が、その金を握りしめて叫び声を上げているのが見える。

恐らくは賭《か》けプロレスか何かなのだろう。他の観客達も異様な熱気に包まれており、『殺せ』だの『抉《えぐ》れ』だのという物騒《ぶっそう》な叫びがスピーカー越しに聞こえてくる。

そして出血した覆面レスラーを見てテレビの前の子供達は思い思いの歓声を上げている！

「ああッ！　張《チャン》が刺されたぞ！」

「斬《き》られただけだから張なら大丈夫《だいじょうぶ》だよ！」「いけー！」

「グレイテスト！」

どうやら腕《うで》を切られたレスラーは子供達のお気に入りのようだ。画面越しに見ても、随分と背の高い男だという事が解《わか》る。

次の瞬間、覆面《ふくめん》レスラーの前蹴《げ》りが繰り出され、ナイフを握《にぎ》った相手の手首に爪先《つまさき》がめり込み、そのまま歪《いびつ》な方向へとへし曲げた。

凄惨《せいさん》な光景だ。私は思わず目を背けようとしたが、その前に覆面レスラーのドロップキックが決まり、相手の体がリングの外へと放り出される。

子供達は一斉《いっせい》に歓声を上げるが、私はそれ以上見ようとはしなかった。

あんな残酷《ざんこく》な賭《か》け試合を見て喜ぶなんて、ここの子供達はやはりどうかしているな。

どいつもこいつも将来が心配だ。


私は子供達の将来を憂《うれ》えながら、その場を後にしようとしたのだが――

ふと、テレビに群がる子供達の中に違和感を感じ取る。

思わず目を向けると――

そこには、一切の汚《けが》れを知らぬ『白』が見えた。

『彼女』の纏《まと》っている中華風のドレスコートの白さもそうだが、少女の頭に飾られた大きな花飾りといい、少女自身の肌《はだ》といい、何もかもがこの掃き溜《はだ》めのような島にそぐわぬ『白』に染め上げられている。

年齢《ねんれい》は十代半ばといった所だろうか。

全身に白を飾る少女は、その白魚《しらうお》の如《ごと》き腕《うで》で目の前に立つ子供を背中から抱《だ》きしめていた。

弟か何かだと思ったのだが、少女よりも5歳程《さいほど》年下と思しき少年は、顔を真《ま》っ赤《か》にしながら体をもぞもぞと蠢《うごめ》かせている。

「な、なあ、恥ずかしいからやめてくれよう」

年齢の割に発育している少女の胸に後頭部を挟《はさ》まれながら、少年は必死にその束縛《そくばく》から抜け出そうと試みていた。

だが、背後から抱きしめる少女はその手を緩《ゆる》めるつもりはないらしい。

「嫌《いや》がるのも、可愛《かわい》い。キュウ」

妙なイントネーションの日本語を呟《つぶや》きながら、少女は小柄《こがら》な少年の頭に自分の顎《あご》を乗せる。

彼女の目は半分閉じられており、目の下のクマが少女を不健康そうに見せていた。

——可愛い子だ。

私は自らの全身が震えるのを感じとる。

……ロリコンではない。私は女性の趣味はノーマルの筈《はず》だ。

だが、そういう性的な興奮ではなく……なんと言ったら良いのだろうか。美術館の中で生まれて初めて完成された彫刻という物を見た……そんな感覚なのだろう。

この薄汚《うすよご》れた島の中で、その少女の姿はあまりにも病的で、それ故に美しかった。

純白のその体は明らかに世界から乖離《かいり》しており、この島が日常から乖離した空間だとするならば、彼女は現実その物から浮き上がった幻想であるかのように。

笑ってもいない。悲しんでもいない。

表情そのものを消し去った、何色にも染められていない魂《たましい》……

というのは、少々言い過ぎだろうか?

話してもいないのに、私は何を眼前の少女に幻想を抱《いだ》いているのだろう。

何故《なぜ》、目の前の少女にこうも惹《ひ》かれるのか。

誰かに似ている気がする。

だが、それが誰なのか思い出せない。

答えを出す事もできぬまま——年甲斐《としがい》も無く、私は思った。

私は、天使に出会ったのかもしれない。

わくわく昼寝日記　○月　▼▼日

きょう、ふんすいのまえのテレビ、プロレスやってた。
こどもたち、たくさん。テレビのまわり、あつまる。
わらわらわらわら。わらわらわら。
テレビのなか、ひがしのひと、とびげりする。みんなよろこぶ。
わらわらわらわら。わらわらわら。きゃあきゃあよろこぶ。
かわいい。キュゥ。
みんなみんなだきしめる。やわらかい。すべすべ。かわいい。
おとこのこ、はずかしいからやめて、いってた。
いやがるのもかわいい。もっともっとだきしめる。かわいい。

へんなひと、こっちみてた。
おとこのひと。ずっととしうえ。かわいくない。
でもいつものこと。
おそわれたら、鉄パイプでたたく。

鉄パイプ。鉄鉄鉄鉄鉄。
むずかしいじ、くぎさんにおしえてもらった。
鉄パイプの鉄のじをしりたい。そういったら、へんなかおされた。
くぎさん、イーリーねえさんのごえい。こいびとかもしれない。
おとなのおとこのひとなのに、くぎさん、かわいい。
でも、だきしめる、イーリーねえさんおこる。
こえにはださないけど、ちょっとめをそらす。
きっと、しっと。イーリーねえさん。かわいい。

テレビのまえのはなし。
へんなひと、いつのまにかいなかった。
かわりに、かえりみち、べつのおとこのひと、こえかけてきた。
さわられそう、なった。
おとこのひと、ふくぬいだ。
ズボンもぬいだ。ゆれてた。
かわいくなかったから、鉄パイプでたたきつぶした。ぜんぶ。
ひめいをあげたおとこのひと、にしくかくのひとたちにつれてかれた。

ごえいぶたいのひとたち。くずはらさんきた、かっこいい。
「あぶないから、よる、であるかないといい」
そういってた。
くずはらさん、わたしがあんさつしゃ、しってる。
ほかのひとたち、にいさんまで、「おそったおとこ、うんがわるい」いってた。
でも、くずはらさん、わたしのしんぱいしてくれた。
おんなのこあつかいしてくれた。
たぶん、いいひと。
かわいければよかったのに。
でも、ラジオのひと、くずはら、かわいいやつ、そういってた。
よくわからない。にんげん、びいしき、むずかしい。
もうねる。おやすみなさい。ぐぅ。

10年前　人工島某所《ぼう》

目に札《ふだ》を貼《は》り付けられた少女は、あまりにも唐突《とうとつ》に暗闇《くらやみ》の中を彷徨《さまよ》う運命となった。

食事や風呂《ふろ》、トイレなどは世話役の女が一人ついて処理していたが、徐々《じょじょ》に一人で全《すべ》てこなせるようになっていく。

時々、その世話役の女に目の札を取って顔を拭《ふ》かれる事もあった。

皮膚《ひふ》がかぶれたりするのを防ぐ為だろうが、薬品のせいで瞼《まぶた》を開く事ができるようになる前に再び札を貼られてしまう。

札で封じると言うと、何やら秘術や仙術の類《たぐい》が少女の眼球に秘められていると思いがちだが――彼女の目に宿っていた力は魔力《まりょく》や超能力などという物とは関係なく、『権力』という名の現実に存在する力に関係があるようだった。

どうやら少女の目の色は、男達にとって何か重要な意味を持つものと思われる。

万が一の時を考えると彼女の目を潰《つぶ》すわけにはいかず、さりとて、時が来るまではその瞳《ひとみ》の色を他者に見せるわけにはいかない。

そんな思いから、彼らは少女の目を封じたのだろう。

少女から自由を奪い、監禁《かんきん》しやすくするのと同時に――他者に、彼女の目の色を見せる事の無きように。
常識的に見れば、馬鹿げた行為かもしれない。
だが、この島はそうした常識から乖離《かいり》した場所であり――
幼き少女は、その不条理な束縛《そくばく》により光を失う結果となったのだ。

最初は不安に泣き叫んだのかもしれない。
幼いながらに苦しみ、世界に絶望したのかもしれない。
それを知る者はもういない。

当時の彼女に関わった者達は――一人を除《のぞ》いて、誰もが等しく魚の餌《えさ》と化したのだから。

▽

▼

9年前

「ねえ……逃がしてあげるわ」

少女が暗闇《くらやみ》の中に閉じこめられて、一年ほど経《た》った時の事だ。

自分の世話をしていた女の声が、少女の耳を優しく包む。

その声には憐《あわ》れみと共に、自らの希望を託《たく》すような感情が入り交じっていた。

「私はもう落ちる所まで落ちた体だけど、貴女《あなた》みたいな可愛《かわい》い子は、こんな所に居たら駄目《だめ》」

声だけを聞けば、少女の本物の母親に近い年頃と思える。

だが、少女にとってはあまりにも唐突《とうとつ》な言葉だった。

それまで世話役の女が少女に語りかけた事などなく、こちらがどれだけ問いかけようと答えなかった相手が、唐突に自分に語りかけていたのである。

「――――a――――、……？――――――……――――――……………」

会話を諦《あきら》め、半年以上も声を出す事の無かった少女は、自分の喉《のど》から上手《うま》く言葉が出てこない事に気が付いた。

口を何度もぱくつかせるが、言葉というよりも声そのものが出てこない。

だが、相手はそんな少女の様子を見越した上で話しかけている。

世話役の女は少女の暗闇の中に、ただ、音だけを響かせ続けた。

「せめて貴女は、私達の代わりに自由になって……」

女はそう言いながら、そっと少女の手を取った。目の札《ふだ》を取らなかったのは、急激に光に晒《さら》したら本当に彼女の視力に影響が出るのではないかと恐れた為だろう。

「貴女より少し小さいけどね、私にも娘《むすめ》が一人いるの」

そっと少女の手を引き、どこかに誘おうとする世話役の女。

「娘だけでも自由にしようと思って、貴女を見張り続けたけど……あいつらは、最初から私も娘も自由にするつもりなんか無かった。でも、貴女は……麗鳳《リーファン》様に引き合わせる事ができれば……自由に……自由に、私達は駄目、だけど、駄目、可愛い子は幸せにならないと駄目。だけど、貴女はもちろん可愛いけど、私の娘も可愛いのよ。だから、そうよ。可愛い貴女が幸せになれば、きっと私の娘だって……」

病的な調子で呟《つぶや》きながら、世話役の女は少女を外の世界に連れだそうとする。

一方の少女は、何一つ事態が飲み込めぬまま——ただ、闇の中で自分の脳味噌《みそ》を最大限に働かせ続けた。

もはや諦めかけていた誰かとの会話。

再び世界の姿《すがた》を目にする事ができるかもしれないという希望。

母親がまだ生きているのではないかという妄想《もうそう》。

幼い少女の精神は極限まで研《と》ぎ澄《す》まされ、暗闇の中で鍛《きた》えられた耳は、世話役の女の呟きを一字一句聞き漏《も》らす事はなく——情報を待ち望んでいたかのように、少女の脳味噌はその言葉を心に刻み込み、意味を必死に探ろうとする。

しかし、少女は幾分幼すぎた。

世話役の女が正気なのか狂っているのかも判断できぬまま——少女の耳に響いていた情報は唐突《とうとつ》に途切《とぎ》れる事になる。

少女が母親の顔を思い出し、僅《わず》かに希望を抱《いだ》きかけたその刹那《せつな》——わずか数分の逃避行《とうひこう》は、あまりにも呆気《あっけ》無く幕を閉じた。


ボシュ、というくぐもった音とほぼ同時に、ブチャ、と何かが弾《はじ》ける音がする。

「ぶゅぶ」

世話役の女の声が響いた。

それは、声というよりも空気が漏《も》れる音に近かったのだが。

少女の顔に生温かい液体がかかり——鼻の奥に鉄の臭《にお》いが広がった。

「完全にイカれていたようだな。まさかこの娘《むすめ》を連れ出そうとするとは」

「面倒だな、そろそろこの娘も処理するか？　本当に切り札《ふだ》になるかも解《わか》らんのだぞ？」

「いや……。太飛《タイフェイ》が探《さぐ》りを入れているらしい。仮に感づかれていたとしたら、ここで始末すればみすみすカードを失う事になる」

「とにかく、この娘の姉の病死を願うとしよう。全てはそれが上手《うま》く行くかどうかだ」

男達の声が聞こえる。

一年前、自分の目に封をした男達の声。

やはり、何について話しているのかは理解できない。

ただ、男達は最後に少女の頭に手を押し当て――優しさの中に威圧を籠《こ》めた言葉で呟《つぶや》いた。

「君は夢を見ていたのだよ。さあ、また眠《ねむ》りたまえ」

△
▼

9年後　島内某所《ぼう》

あれから一週間。

正直言って、よく生き残れたと思う。

一文無《いちもん》しの所をカツアゲに遭《あ》うわ、美人局《つつもたせ》に目をつけられるわ、自警団らしき連中に職務質問めいた事をされるわ、正直『散々《さんざん》』というのはこういう状況だと胸を張って言える。

どうやら最近この島で殺人事件や失踪《しっそう》事件が起こっているらしく、自警団はピリピリとしているらしい。何を今更《いまさら》。こんな島じゃ殺人事件など日常茶飯事《さはんじ》だろうに。

その一方で、私はようやくこの島で生活するコツを摑《つか》み始め、なんとか自分の時間を作れるようになりつつあった。

最初は食料などを手に入れる事が不安だったのだが、とりあえず金さえあればこの西区画の地下街にある食堂や売店で食料を買う事ができる。

新鮮な豚やハムなどをどうやって仕入れているのかと不思議に思ったのだが、どうやら島には毎日定期的に食料を運び込む仲買《なかがい》業者がいるようだ。

海外への密輸とは違い、脱税を始めとしたいくつかの法に触《ふ》れるものの、立件されるリスクは随分と少ないものとなっているのだろう。だからこそ、その仲買業者という地位を得るには相当な縄張《なわば》り争いを潜《くぐ》り抜けなければならないのだろうが。

私は初日に一文無《いちもん》しになったわけだが、港でそういった『仕入れ品』の引き上げに誘われ、僅《わず》かながらに賃金を手にする事に成功した。

本土の最低賃金を遙《はる》かに下回る子供の小遣《こづか》い以下の金額だったが、一文無しの身にはそれが宝の山のように見え、実際、その金は島内において、空腹を満たすだけの価値を持っている。

この島は奪い合いが当たり前の原始時代のような場所だと思っていたが、どうやらそれなりの社会やルールが形成されているようだ。

……。

社会が成立している。

それに気付いた瞬間、私はしみじみと自分の過去を思い出した。

何故《なぜ》、私はこんな場所に来るハメになったのか。
私は、社会のルールを守ろうとしただけだ。
正義の味方になろうとしたわけじゃない。
ただ、自分に自分を誇れるような男になろうとした。
その結果としてここに来てしまったのだ。
私は……正しい事をした筈《はず》だ。
社会のルールから見れば、正しい事だった筈だ。
だが、それは私のいた会社の『暗黙の了解』というルールには反していたらしい。
会社ぐるみで行われていた多大な不正。
国内でも有数の企業であった私の会社は、まさに汚職《おしょく》に塗《まみ》れていたのである。
それをマスコミと警察に告発した。ただ、それだけの事だった。
会社から疎《うと》まれるのは解《わか》っていた。
憎《にく》まれるのも解っていた。
だが、自分は正しい事をするのだ。何を恐れる事があるだろう。
私はただ、石を投げ込むだけだ。
池に一度水を跳《は》ねさせれば、波紋《はもん》は自動的に広がっていく物だと信じていた。

だからこそ、最初に石を投げ込む勇気こそが重要なのである。

そう思って行動した筈《はず》なのに、どうして私がこんな島に来るハメになったのだろう……。

マスコミの上層部に政治家から圧力が掛かり、その記事が世間に広まる事はなかった。

こんな事ならばインターネットを使って情報を暴露しておけば良かったと思う。当時の私はネットを信用ならない物として、必要最低限の情報を得る以外には使う事を避《さ》けていたのである。警察への資料提出はメールを用いたのだが……そのファイルを流出などさせては証拠《しょうこ》能力が無くなってしまうのではなかろうかという疑念に囚《とら》われたという事もある。

何か大きな力が動いている。そう気付いた私は、ネットに情報を広めるべきか迷ったのだが――会社の動きは迅速《じんそく》で、会社は警察が調べ始めると同時に完璧《かんぺき》に証拠隠《かく》しに動き、それどころか、私に横領の罪を着せ、逆に警察に逮捕《たいほ》させようとしてきたのだ。

会社一つが、巨大な生き物となって私を襲《おそ》う。

何が起こっているのか解《わか》らぬまま、私は必死に身を守る事しかできず――警察の事情聴取に出向いている間に、社宅の中に空《あ》き巣《す》が入って全《すべ》てのパソコンや不正を告発する資料が奪われてしまった。もっとも、それが存在していた所でどうにかできたとも思えないが。

結局、私が投げ込んだ石は何処《どこ》にも波紋《はもん》を立てる事なく、池に届く前に粉々に砕《くだ》かれる。

私はその僅《わず》か2週間の間に、自分の一人の力ではあらがえない巨大な『悪』が存在するという事を思い知らされた。

そして、私はそのまま会社をクビになり――――


「おっちゃん、この辺じゃ見ねー顔だな」

不意に響いた子供達の声が、私を現実に引き戻した。

私は飯塚《いいづか》食堂と壁にマジックで書かれた食堂の中で、一番安いメニューである海苔《のり》の佃煮丼《つくだにどん》を食べている最中――私は些《いささ》か、過去の記憶にふけりすぎていたようである。

この西区画と呼ばれる地区には、実に様々な店舗《てんぽ》が存在していた。

モグリの医者を始め、こうした食堂や雑貨店、床屋《とこや》などといった施設もあり、ちょっとしたショッピングモールと屋台街が融合したような趣《おもむき》だ。

私は最初に収入を得てからは、とりあえずこの値段が一番安い食堂に出入りしている。食堂と言っても、作られるのはヤキソバやお好み焼きの類《たぐい》だけだ。私がいた会社の社員食堂の方がよほど……いや、会社の事を思い出すのは止《や》めておこう。

そんなしみったれた内装の中に独特の活気を漂《ただよ》わせる店の中で、店主の身内と思しき子供達が私の周りを取り囲んだ。

「どうだ？　ここの飯、うめーだろ？」

「実は俺達《おれ》が色々と仕込んだんだぜ！」

「隠《かく》し味とかな！」

「ウコンとか入れたよ！」

「ビタミン剤も入れたぞ！」

「栄養ドリンクもだ！」

「だからさー、ていかではんばいしたらげんかわれしちゃうんだ！」

「恵まれない俺達にチップく……ギャッ！」「イッ！」「ブュ！」「ヒェッ！」「ノッ！」「……」

私の机を取り囲んでいた五、六人の子供達。

彼らは後ろから近づいてきた店主らしき女に包丁《ほうちょう》の峰《みね》でガンゴンと頭を叩《たた》かれ、楽器さながらにテンポ良く悲鳴を漏《も》らした。

「客に金をたかって殴《なぐ》られるのは勝手だけどねぇ……うちの飯の評判落とすような嘘《うそ》並べるんじゃないよ！」

「なんだよ母ちゃん！　俺らを疑うのかよ！」

「子供の言う事も信じられないなんて最低だぜ！」

「母ちゃんのかなえのけいちょうをとうぞ！」

「そうだそうだ！」「だって俺ら、母ちゃんの見てない時に本当に栄養ドリンクとか……」

子供の一人が最後に何かを言いかけた所で、母親兼店主の目が光ったような気がした。

「……本当に入れてたら、この包丁をひっくり返してブッ叩くからね」

「……」

子供達は一斉《いっせい》に口を閉じ、それぞれ明後日《あさって》の方向に目を逸《そ》らしながら口笛《くちぶえ》を吹き始めた。

母親は小さく溜息《ためいき》をつくと、雄々《おお》しい足取りで厨房《ちゅうぼう》へと戻っていく。

騒《さわ》がしい子供達に取り囲まれ、私はふと、一週間前に見た少女の事を思い出す。

この子供達は、如何《いか》にもこの島で生まれ育ったという感じだ。

まあ、私の携帯電話をスった連中ほどの悪ガキには見えないが……あいつらがこの島の悪い部分に影響されて育ったのだとしたら、この子供達はまだマシという部分に影響を受けたという所だろう。この島に良い部分など無いと仮定しての話だが。

その点、あの娘《むすめ》はこの島の何にも影響を受けていないという雰囲気《ふんいき》だった。

いや、もしかしたら彼女こそ、この島に残った純粋な何かに影響されて育ったのではないかと思える。

……。

……？

何を考えているんだ、私は。

話した事も無いというのに。ただ見かけただけだというのに。

どうしてこんなにもあの少女の事が気になるのだろう。

私の年であの子に手を出したりしたら犯罪というものだ。

……だが、何か妙だ。

やはり、恋愛や性欲とは別の感覚に思える。

何故《なぜ》、私はあの娘《むすめ》の顔が頭に焼き付いているのだろう。

いつか……どこかで、彼女を見たことがあるような気がする。

だが、どこなのかは思い出せない。

彼女本人ではないかもしれないが、どこかで見た事があるような……。

頭の中にどうしようもないモヤモヤが浮かんでは消えていく。

気が付けば、私は眼前の子供達に問いかけていた。

「君達は、頭に白い花飾りをした、君らよりもっと年上の女の子を知ってるかい」

そう呟《つぶや》いた瞬間、子供達は互いに顔を見合わせる。

「白い花って、あいつの事かな?」

「どうだろ」

「なあおっちゃん、ひょっとして中華っぽくって目の下にクマがある女か?」

「そうそう、すっげー眠そうな目ぇしてる」

「乳がでけー姉ちゃん」

子供達の連ねる不規則な特徴の羅列《られつ》に、私はあの時の少女の外観を思い出し、それが子供達のイメージと一致すると判断して頷《うなず》いた。

するど、子供達は揃《そろ》って微妙な表情を浮かべてこちらに目を向ける。

「おっちゃん、あのネーちゃんはやめた方がいいぜ」

「あ、いや、そういうわけじゃ……」

自分の性癖《せいへき》を疑われたのだと思い、即座に否定の声をあげたのだが——

どうやら少年達にとって、それはどうでも良い事らしい。

「おっちゃん、殺されちゃうよ？」

「……え？」

「あのネーちゃん。俺《おれ》達には優しくしてくれるっつーかエロくしてくれるっつーか、まあ色々してくれるんだけどさ」

「おっちゃんじゃ多分……『可愛《かわい》くない』って相手にもされないぜ？」

「無理矢理手ぇ出したら、鉄パイプの錆《さび》にされるよな」

何やら物騒《ぶっそう》な単語が出てきた。

「あと、あのネーちゃん、西のエライ奴《やつ》らしいぜ？」

「せんだいのとうもくのらくいんばらなんだって」

何やら難しい単語が出てきた。

「ま、住む世界が違うって言ったらそれまでだけど……」

長男と思しき少年がニヘラ、と嫌《いや》らしい笑みを浮かべ、厨房《ちゆうぼう》にいる母の様子を横目に見ながら私の耳元で囁《ささや》いた。

「一応、あのネーちゃんがよく行く場所とかなら何ヶ所か思い出せるかもしれないぜ？」

「……」

「思い出すにはおまじないがいるんだ。５００円玉を俺《おれ》の財布《さいふ》に入れるっておまじないが！」

計算高い目でこちらに笑いかける少年を見て、私は改めて確認する。

やはり私は……この島の事を好きになれそうもない。

△
▼

少年達に案内されたのは、島の中に乱立する廃《はい》ビルの一つだった。

廃ビルと言っても、実際には一度も使われる事が無かったようである。なんの飾り気も無い、ただコンクリートの壁と柱だけが路傍《ろぼう》の石のように鎮座《ちんざ》し、積み重なる廃材やゴミなどをあるがままに受け入れている。もっとも、生ゴミなどは殆《ほとん》ど見られないが。

意外に思ったのは、この島は想像以上に衛生環境が整っていた事である。

どうやらそれぞれの区画を取り仕切っている団体のようなものがあり、各所に点在するトイレの清掃や生ゴミの処理も含めてそれなりの管理を行っているそうだ。

島内で最も安定した職業はホテルの浴室などを手にした者が行う『貸し風呂《ぶろ》業』との事だが、そうしたものも殆どはその団体なり組織なりの管轄《かんかつ》なのだとか。

それはさておき、私はビルの中に一歩踏み込もうとしたのだが——

少年達が私の袖《そで》を摑《つか》み、『解《わか》ってないな』、とでも言いたげな表情で首を振る。

「中にはいねぇよ、おっちゃん。あのネーちゃんは屋上だってば」

「？」

このビルの屋上でよく昼寝している。確かに少年達はそう言っていた。

だが、それならば尚更《なおさら》ビルの中に入らなければ意味が無いではないか。

「おじさん。このビルの中はガレキばっかで、人が通れるような道はないよ？」

少年達の一人が疑問符を浮かべた私にそう説明する。

「じゃあ、どうやって屋上に？　はしごでもあるのか？」

私はそう言って隣《となり》のビルとの隙間《すきま》に目を向け、そのまま上を見上げたのだが——

ふと、ビルの谷間から覗《のぞ》く青空の中に、白と赤の布地が蠢《うごめ》いているのが見えた。

「……？」

一瞬、例の少女かと考える。

だが、すぐにそれが間違いだと気が付いた。

その布地を纏《まと》っているのは長髪《ちょうはつ》の人間で、この距離では男か女か良く解《わか》らない。

白装束《しょうぞく》の人影はクルリ、クルリとリズミカルに回転しながらビルの間を降りてくる。どうやらビルの間に突きだした工事途中《とちゅう》の鉄骨などに摑《つか》まりながら下降しているようだが、そのスピードが尋常《じんじょう》ではない。

もしも私が同じ事をしろと言われたら絶対に無理だ。

高所恐怖症とかそういう以前の問題で、このビルの屋上から鉄骨に一歩飛び移れと言われただけで身がすくみ上がってしまうだろう。

そんな恐怖を脳内で想像してしまい、思わず身震いしてしまったが……そうこうしている間に、白と赤の人影は地上近くまで降下し、そのまま柔《やわ》らかい足取りで地面に降り立った。

「やベッ、八雲《やくも》だ!」

子供達はそう叫ぶと、蜘蛛《くも》の子を散らすように駆《か》けだした。

「お、おい」

「じゃあな、おっちゃん! そこで待ってりゃいつか来るから!」

「死ぬなよ!」

「死ぬって!? お、おい! ちょっと!」

私は呼び止めようとしたが、子供達は怯《おび》えた子犬を思わせる動きで、この場所から四方に延びる狭い路地の中へ消えていった。

なんなんだ、一体。

私は自分の置かれた立場を確認すべく、地上に降り立った人影の方を振り返ったのだが——振り向いた目の前に、若い男の顔があった。

「おぉわ！」

息の掛かる距離とまでは言わないが、手を伸ばせば簡単に届く距離だ。

私は驚いて一歩後退《あとじさ》り、相手の姿をマジマジと眺《なが》めた。

ゴシック系の衣装《いしよう》を纏《まと》ったバンドマンに白いペンキをぶちまけたような外見だが、その虚《うつ》ろな目にはどこか不気味な光が漂《ただよ》っているように思える。

こいつは、まともじゃない。

そう思って、私はできるだけ穏便《おんびん》にすませる事にした。

「あ、あの、すいません。なにか……御用ですか？」

「それは、こっちの台詞《せりふ》だよ」

淡々とした調子で、青年が言葉を紡《つむ》ぐ。

「あの子は飯塚《いいづか》食堂の子供達だね。この島で俺《おれ》の顔と名前が一致して認識してるのは百人もいないと思うけど、彼らはその選ばれた人間の一部さ。俺が選んだわけじゃないけどね」

何を言ってるんだ？

男は独り言のようにブツブツと呟《つぶや》いた後、私の目を見てある事を問いかける。

「で、俺《おれ》になんの用かな？　死にたいなら自殺してくれると手が掛からなくて助かるんだけど」

不謹慎《ふきんしん》な冗談《じょうだん》……そう言い切るには、男の目はあまりにも真剣味に満ちていた。

そして何より——男の服の下半分を染める赤色が、返り血のように見えて仕方なかったからだ。実際はこういう柄《がら》で、血でもなんでもないのだと信じたい……信じたいが、私は本能的に恐怖を感じ、口の中がカラカラに渇《かわ》き始めるのを感じていた。

「い、いや、誤解です。私は……その、ここにいる女の子に興味があって……。えと、その……頭に白い花の髪《かみ》飾りをつけた」

「……ああ、リーレイの事？」

すると男は、途端《とたん》に目から緊張の色を解き、ダラリとした調子で私との間に距離をとる。

「り、リーレイ？」

「名前も知らないで来たのかい？　また彼女の病んだ童顔に魅入《みい》られた変態さんかな？　別に俺が殺す義理はないから忠告しておいてあげるけど、やめた方がいいよ。彼女を襲《おそ》いに来たんじゃなくて純粋に口説《くど》きに来たんなら、それもお勧めできないかな。なんせ彼女は西区画のボスをやってる刺青武者《いれずみむしゃ》と、同じく西の大幹部の魔女《まじょ》、その両方から可愛《かわい》がられてるからねえ。下手《へた》に手を出そうもうのなら、その手を希硫酸《きりゅうさん》で何日もかけて溶かされるハメになるよ」

私が口を挟《はさ》む間もなく、男はクルクルと奇妙《きみょう》な仕草を見せながら自分の言葉を語り続ける。

その中にかなりの割合で不穏《ふおん》な単語が混じっているのだが、敢《あ》えて私は聞かない事にした。

一方、男はそんな私の恐怖など無視して淡々と恐ろしい事を語り続ける。

「酸で溶かされる、これはとんでもない激痛だろうね。硫酸《りゅうさん》を浴びせられるだけならまだしも、ギリギリまで薄《うす》められた酸でゆっくりと溶かされるんだ。何日もかけて。最初は不安だけが心を蝕《むしば》んで、不安は徐々《じょじょ》に『ヒリつく痛み』という現実になって君を襲《おそ》う。やがて剝《む》き出しになる血管。その薄い膜《まく》が破けて、酸はとうとう血液と混じり合い……言ってて気持ち悪くなってきた。気持ち悪い事を言っているんだから気持ち悪くなって当然だ。……人として当然だ。君もそう思うだろう？」

「あ、あの、すいません。もう宜《よろ》しいですか」

これ以上ここにいるのは危険な気がする。

なんとかこの場から離れようと思ったのだが、走って逃げ出すのは、逆にこの男を刺激するような気がしてならない。

「わ、私はその、彼女が生き別れの妹に似てたから気になっただけで……。そんな、手を出すとかそういうつもりは全くありませんから……」

「ふうん？」

白衣の男はズイ、とこちらに顔を向け、冷たい視線で私の事を観察する。

「身なりからして、もしかして君、島に来たばかりかな？」

「え？　え、ええ、まだ一週間ほどしか」

明らかに相手は年下なのだが、何故《なぜ》か敬語を使ってしまう。

下手《へた》に相手を怒らせれば、何か良からぬ事が起きる。そんな気配を強く感じさせる男だ。

「じゃあ、君はまだまともかもしれない。俺《おれ》がこうして君と出会ったのも何かの縁《えん》だ」

彼はそう言って頷《うなず》くと、ポンと手を叩《たた》いて口を開く。

「良く聞いてくれ。誕生日というものがあるとしよう」

「は、はぁ？」

「誰とは言えないけれど、俺にとって……とても大事な……その、なんだ、恋愛的な意味でとてもとても大事な、とてもとてもとてもとても大事な人がいる。その人にサプライズパーティーというか……誕生日を突然祝いたいと思うんだけど、事前に『何が欲しい？』って聞けないからさ、突然贈《おく》るとしたら何がいいと思う？　これは俺にとって、今後の人生に関わるとてもとても重要な事なんだ、頼むよ」

ローテンションな目をしたまま、語気が徐々《じょじょ》に強くなっていく。

これは危険だ。

何を答えても殺されそうな気がするが、気のせいだろうか。

「や……やや、やはり、手作りのチョコとかじゃないでしょうか」

何を言っているんだ俺は。それじゃバレンタインじゃないか。

しかも男が女にチョコを渡してどうする。

……いや、この男が同性愛者で、誰か男相手に贈るという可能性も……あると……いいか？

「……」

しかし、男は案の定眉《じょうまゆ》を顰《ひそ》めてこちらの顔を凝視《ぎょうし》する。

澱《よど》んだ目だ。

私は正直言って素人《しろうと》だが、見ただけで解《わか》る。

こいつは悪人じゃない。

私がいた会社の連中などとは違う。

ただ、この男は、異常なだけだ。

悪人の方がまだ話しやすい。相手が何に利を感じるのか理解できるからだ。

だが、目の前の男は一見普通の人間のように見えて——私達とは歯車の噛《か》み合わない人種だという事が解る。歯車だとするならば、全ての歯が不規則に蠢《うごめ》いているような……な……駄目《だめ》だもう考えるのも恐ろろろろろ
——もう駄目だ。

そう思った次の瞬間——

「なるほど」

男は私から顔を離し、驚く程《ほど》にあっさりと頷《うなず》いた。

「つまり、彼女にはラブレターを贈ればいいいいいいいいんだな。良く解った」

「え……？」

「ありがとう。いや、やっぱりこういう事はまともな人間に聞くに限るな。感謝の印として見逃してあげるから早くどこかに消えるなり、リーレイに会うために頑張《がんば》ってビルの上までよじ登るといい。あ、でもここで彼女が通るのを待つってのは止めた方がいいよ？　彼女がここに出入りする時は、大抵怖いお兄さん達が一緒だからね」

淡々と呟《つぶや》く男の声に、私はわけも分からずに頷く事しかできない。

顔面からブワリと汗《あせ》が噴《ふ》き出るのを感じた。

今、私は恐らく……助かったのだろう。

私が呼吸を整えるよりも先に、男は一人でペラペラと話し続ける。

「彼女はね、西区画を束《たば》ねるギャングみたいな連中のお姫《ひめ》様なんだ。第一王女じゃないけどね。兄姉にも大事にされてるから、重ねて言うけど、手を出したら本当に硫酸《りゅうさん》漬《づ》けにされるよ？

それじゃ」

白衣の男はそれだけを言うと、私に軽く手を挙げて歩み出す。

フラフラとシャボン玉のようなリズムで歩く彼の姿は、すぐに島の路地の奥へと消え去った。

——なん……だ？

——なんだったんだ？　今のは。

夢か幻を見たとしか思えない。

そもそも、何故《なぜ》私がチョコレートと言ったのに、彼は手紙だと思ったのだろう。聞き違えにしても変だ。

……まあ、とりあえず助かった。

彼女の事は気になるが、今日はここで退散するとしよう。

西区画。ギャング。お姫様《ひめさま》。

今日のところは、この情報だけで良しとしよう。

……。

いや、何を言っているんだ？

今日のところは、だと？

私は明日以降もあの少女を捜《さが》すつもりなのか？

たった今し方、あの得体《えたい》のしれない男に死の恐怖を味わったばかりだというのに。

別に、会って何か話そうとか仲良くなろうとかいう目的は無い。

目的が無いのに、何故彼女に惹《ひ》かれるのか。

何故か、としか言いようがない。

だが……しかし、何故か、どうしてか……

だが……そう、だが、だ。

理由は解《わか》らない。だが、何故か惹かれるのだ。

その理由を知ってはいけないような気がするが、知らなければならないような気もする。

この島が私をおかしくしてしまったのだろうか。

私は、この島で、おかしくなった。

……。

ふざけるな

……。

……ああああっぁあぁあぁあっぁあぁあぁあぁあっぁあぁあ！

「ああああぁあぁあっぁあッ！　あぁッ！」

巫山戯《ふざけ》るな！

「づぁっッけんぁあぁあ！」

どうして私の頭がおかしくならなければならない！

私はただ、正しいと思う事をした！

会社の不正を暴《あば》こうとした！　なのに！　社会は何故私を、こんな島に！

社会のルールを守ってきた！

未成年でタバコを吸うような連中とは違う!

コンビニの前に深夜で屯《たむろ》してるような連中とも!

拾った財布《さいふ》は中身を抜かずに、正直に交番に届けた!

ゲーム感覚の万引きを誘われた時は、教師に包み隠《かく》さず報告した!

報復された時は、即座に法に訴えた!

社会は私を守ってくれた! それは、私が社会的に正しい行いをしたからだ!

それなのに、何故《なぜ》、社会の根源である法律を破り、不正を続けていた会社があんなにも強大な力を持ち……何故、私は弱者になった?

どうして私はこの島にいる!

ええ!? どうして私はこの島であんな異常者に死の恐怖を感じなければならないんだ!

答えてみろ! 答えてみろ!

「……ってみろぁ! ……ッ……ろよォラぁ!」


——

——


……

感情が高ぶり、思考が上手《うま》く叫びにならない。

喉《のど》が焼き切れそうに痛くなった事で、ようやく私は冷静さを取り戻した。

駄目《だめ》だ。
この島は人間を駄目にする。
駄目な人間達が集まっているんだ。まだ腐《くさ》ってない人間まで腐らせる。
病気だ。この島は病気なんだ。
あの少女も、だからこそあんなに病んだ目をしていたのだろうか。
まるで、周りに渦《うず》巻く全《すべ》ての理不尽《りふじん》を諦《あきら》めているような……。

私はそれ以上考える事を止め、とりあえず寝床へと戻る事にした。
いつの日か、彼女について何かが解《わか》る日も来るだろうから。
所詮《しょせん》は狭《せま》い島なのだ。
島から出る人間は殆《ほとん》どいないだろうから、いつかは遭《あ》えると思う。
私か彼女の、どちらかが死体とならない限り。

わくわく昼寝日記　○月　▼◎日

きょう、あまぎりやくも、うかれてた。
ナズナのたんじょうび、いわう、いってた。
ひがしくかくのかたなつかい。しってる。つよい。
かわいい、かっこいい。
なんかいかあった。でも、だきしめさせてくれない。ざんねん。
でも、やくも、ナズナすき。ナズナ、いやがらない。
きっとやくも、ナズナだきしめられる。キュウ。うらやましい。
やくも、うれしそう。
わたしのよこ、ごろごろがってた。
ごろごろごろごろごろごろごろごろ。
ねこみたい。
ちょっとかわいかった。キュウ。

きょう、かわいいもの、たくさんたくさんだきしめた。

ユアちゃん。みつけた。
ちず、かいてるこ。えらい。がんばりやさん。
いがいとしたたか、そこもかわいい。キュウ。

ラッツのこたち、かわいい。
だきしめる。キュウ。
くるまいすのねじろ、いつもにげる。
にげるのもかわいい。キュウ。

たんていのシャーロットみつけた、かわいい。
だきしめる。キュウ。
シャーロット、はずかしがる。
それもかわいい。キュウ。

ひがしくかくのねこ、チェーンソーのエンジンきる、おとなしくなる、かわいい。
だきしめにいこうとした。
にいさんにとめられた。にいさん、ひどい。

みんなみんな、だきしめた。
キュウ。

きょう、わたし、いやなゆめ、みた。
うれしいきぶん、なれなかった。
だからだきしめた。
かわいいもの。たくさん。たくさん。
キュウ、キュウ、だきしめた。
あったかかった。
わたし、あんしん。
キュウ。

でも、まだねむくない。
また、こわいゆめみる。いや。
ふしあわせ。
わたし、しょんぼり。

9年前　島内某所《ぼう》

少女の暗闇《くらやみ》の中に、僅《わず》かにさした希望の光。

それがあっさりと撃ち消されてから一年の時が経過した。

代わりの世話役は、すぐに少女の元にやってきた。

今度の世話役は、前の女と違って何も喋《しゃべ》らなかった。

きっと、厳しい人なのだろう。怖い人なのだろう。

少女はそう判断していたが、どうやら少し様子がおかしい。

音から察する動きがどこか辿々《たどたど》しいし、向こうも必要以上にこちらに近寄ってこない。

それでいて、離れ過ぎる事も無い。

一体どのような人間なのだろうか。

少女の頭の中からは希望は既《すで》に消え失《う》せており、その損失を埋《う》めるように、新しい世話役がどんな人間かを考え始めた。

光や外への希望など、少女の中にはもう存在していなかったのだから。

もう殆《ほとん》どの作業は目をふさがれた少女一人でもこなせるようになっていたが——ある日、食事を運んできた世話役がバランスを崩《くず》し、少女は思わず相手の身体《からだ》を抱き留める形となった。

すると――その身体《からだ》はとても細く、か弱く、とても力強さは感じられない。

足音などから大柄《おおがら》な人間ではないと解《わか》っていたが、それにしても細い。いや、小さすぎる。

相手が身体をビクリと震わせるのを感じ、少女は理解する。

今、自分と触《ふ》れあっているのは、自分とそう歳《とし》の変わらない、あるいは年下の子供であると。


少女は、それから何とかして世話役の子供――少年か少女かも解らぬ相手にコンタクトを取ろうとしたが、何を話しかけても、摑《つか》まえて触《さわ》ってみたりしても声一つあげなかった。

やがて少女は物言わぬ世話役との会話を諦《あきら》め、ただその場に『居る』という一点だけを互いの繋《つな》がりとして感じ取るようになっていく。

そして、希望の欠片《かけら》も無いまま、少女は暗闇《くらやみ》の中で現実と夢の中を行き来する事となる。


何しろ、少女にとって唯一《ゆいいつ》『光』を感じるのは、眠《ねむ》った時に見る夢の中だけなのだから。

先天的に視力の無い者は、音だけの夢を見るという。

事故や病気で後天的に視力を失った者は、過去に見た光景などを元にした、視覚情報を持つ夢を見るという。

少女の場合は視力を封じられただけで、失ったわけではないが――後者と同じく、目を封じられる直前まで見ていた世界を元に、少女の幻想《げんそう》や妄想《もうそう》を含めて様々な映像を作り出した。

夢の中では、目を封じられるよりも前に見た世界が、母の顔がハッキリと思い出せる。

起きている間は徐々《じょじょ》に忘れかけていた母親との記憶の数々も、夢の中で驚く程《ほど》正確に再現される。あるいはそれは、少女の脳髄《のうずい》が、自らの心が壊《こわ》れぬように施した自衛システムなのかもしれない。

夢の中こそが彼女にとっての光。

ただ眠る事しか許されぬ彼女にとって、それが唯一の生きている意味だったのだから。


しかし、長く続く暗闇は、少女から夢を見る権利すらも奪おうとしていた。

一ヶ月が過ぎ――

最初に、少女は不安を覚える。

暗闇に閉ざされた時に泣き叫んだ感覚とは別の、理性が戻った故《ゆえ》の不安。

自分と会話をしてくれた以前の世話役に、あの男達は一体何をしたのかと。

目を封じられる直前に見た男達の顔は、もう目の色すらも思い出せない。

そして、希望が完全に失われた今だからこそ――

暗闇《くらやみ》に慣れ始めた今だからこそ、彼女は冷静に不安と向き合う事ができた。

あの男達は、一体自分をどうするつもりなのか。

そもそも、何者なのか。

母親と知り合いなのだろうか。

私をどうするつもりなのだろうか。

彼らは何者なのか。

同じ疑問が何度も頭の中に繰り返され、一周するごとにそのドロドロを深く煮詰めていく。

徐々《じょじょ》に不安は少女の中で像を持ち始め、やがて、怪物として少女の暗闇の中で育ち始めた。

2ヶ月が過ぎ――

少女は、恐怖に追われ始める。

自らの不安が呼び水となり、想像した謎《なぞ》の男達の姿。

眠《ねむ》りは、少女の中で唯一《ゆいいつ》の安息だったのだが――

その安息の地に、自らが生み出した不安の偶像《ぐうぞう》が侵略してくる。

夢の中で、歯止めを無くした不安の芽は爆発的にその葉を広げ、少女の夢の中に捻《ねじ》れきった男達の手が、手が眼球に手が手が手が手が手が手が自らの眼球に手が手が手が手が手が手が手が自らの眼球へと忍び寄り、ヒタ、ヒタヒタとその滑《なめ》らかな表面を撫《な》で回す。

男達の目からは眼球が抜け落ち、何も存在しない虚《うつ》ろな空間が口を開けている。

夢の中では色のついた映像が浮かび上がるのに、男達の眼窩《がんか》と、呆《ほう》けたように開かれた口の中だけに、彼女が起きている時と同じ闇が広がっている。

ぽっかりと、ただひたすらに黒いだけの穴。

顔面に空いた三つの黒い穴が、夢の中の音すらも吸い込み、消し去り、淡々と少女に迫る。

眼球を撫で回そうとする指の数は増え、一つ一つの掌《てのひら》から十本以上の肉棒が歪《いびつ》に伸び、ヒタ――

やがて、ざらつき始める。

ヒタヒタビタビタビタビタビタビタビタビシャギシャギシャザジャザジャザジャガギガギガギガギガギガギガギ

既《すで》に表面を撫で回すという感覚ではなくなり、眼球を削《けず》り抉《えぐ》る感覚となって少女の心を蝕《むしば》み始めた。

　ガギガギガギガギガギガギガギガギ
　ガギガギ　ガギガギガギガギガギガギガギ　　　ガギガギガギガギガギガギガギ
ガギガギ　　　　ガギガギガギガギ　ガギガギガギガギガギガ　　　　ギガギガギガギガギ
ガギガギガギガギガギガギガギガギガギガギ
ガギ
ガギガギガギガギガ
ガギガギガギガギガギガギガギガギガギガギガギガギガギガギガギガギガギ

少女の夢の中で、男達の指の群は彼女の眼球を掻《か》きむしる。

爪《つめ》は立てず、ざらついた指の表面で少しずつ。

しかし指の数と勢いは凄《すさ》まじく、眼球に直接金ヤスリをあてたような勢いで眼球は抉《えぐ》られる。

自分達のソレと同じく、少女の眼球を黒いだけの穴ボコに変える為に。

そして――少女は為《な》す術もなく、その悪夢に浸食され続けた。

3ヶ月が過ぎ——

少女は、闘う事を決意する。


幼いながらに気が付いた。

この暗闇《くらやみ》の中に助けなどこない。

ましてや、夢の中に助けなど来る筈《はず》がない。

悪夢は更《さら》に歪《いびつ》に変化を続け、男達の姿はもはや人間の形をとどめてはいなかった。

顔面に空いていた三つの穴は全身に広がり、その身体《からだ》自体も今や巨人を思わせる大きさにまで成長していた。身体からは無数の手と指が生《は》え、余った場所に例の『穴』が空いている状態。

男達はお互いに融合《ゆうごう》し、少女の夢の中の世界を少しずつ浸食する。

自分達の身体に空いた穴を増やす事によって、彼女の夢の世界そのものを闇に環《かえ》す為に。


そして、少女の闘争が始まった。

きっかけは、夢の中に出てきた母親に対して、男達がその異形《いぎょう》と化した指を向けた事。

思わず、叫び声をあげた。

起きている間には、すでに出せなくなった大声。

夢の中で、少女はやっと叫び方を思い出した。

異形《いぎよう》と化した男達に対し、怯《おび》えて何もできなかった自分が、最後の理性の砦《とりで》である母親の思い出を守る為に。


叫んだ勢いで、唐突《とうとつ》に世界が暗転する。

そこで彼女は、自分が夢から覚めたのだという事を理解した。

夢から覚めた先に広がるのは、眠《ねむ》りよりも暗い闇《やみ》。

この時期になると、目が見えない事は既《すで》に苦痛ではなくなっていた。

ただ、起きている間に、食事など以外に何もさせて貰えないという事が苦痛だった。

それでも、食事や清潔な空間が与えられるだけ幸せだったと言うべきか、あるいは飼《か》い殺しにされていると屈辱《くつじょく》を感じる事か、幼い少女にはそのどちらも解《わか》らない。

10歳《さい》に満たない少女の内に『闘う』という選択肢《せんたくし》が現れた事は、ある意味で奇跡《きせき》と呼んで良かったかもしれない。

少女は、起きている間にやるべき事を考えた。

どうすれば、あの男達を自分の夢の中から消し去る事ができるのかと。

光を失う前に見た、幼き日のあらゆる光景が記憶の中に蘇《よみがえ》る。

脳の血液を勢いよく巡《めぐ》らせ、少女はひたすらに考えた続けた。

いくら考えても、夢を操る方法など出ないのだが――少女はやがて、一つの答えに辿《たど》り着く。

強くなればいい。

あの化け物の無数の指を全て振り払える程《ほど》に、自分が強くなればいい。

そう考えた彼女は、頭の中で怪物達を討《う》ち払う光景を想像する。

しかし、いくら素手《すで》で振り払ったり叩《たた》いたりした所で、あの怪物が消えるとは思えない。

少女の記憶に蘇るのは、幼き日に母親と見たアニメーション。

魔法《まほう》の棒《ぼう》を持った少女が、その棒を振り回して怪物達を倒す、王道的な魔法少女の話。

――まほうの、すてっき。

少女は暗闇《くらやみ》の中、何か武器になるものを探し始めた。

しかし、当然ながら武器になるようなものは何も無い。

そこで少女は、久方ぶりに世話役の人間に話しかける事にした。

「――……――……――」

まず、再び声を出せるようになるまでに暫《しば》し時間をとられた。

それでも、辿々《たどたど》しい言葉で告げる。

「棒が、ほしい。丈夫《じょうぶ》な、棒」

当然ながら、返事は無かった。

少女は諦《あきら》めて、なんとか素手で強くなる方法を考え続けた。しかし、少女の頭の中に格闘技という概念はまだ存在せず、思い至ったとしても倣《なら》う相手もいなければ見本もない。目が見えないという事は、この際ハンデではなかった。何故《なぜ》なら彼女は、現実に自分を監禁《かんきん》した男達と闘って脱出するつもりなどなく、あくまで夢の中の異形《いぎょう》を打ち消したいだけなのだから。

いっその事、夢の中というのをいい事に、魔法《まほう》や超能力を使えれば良かったのかもしれない。だが、夢の中でも自我は大分ハッキリしているのだが、そこまで都合良く夢の中の自分を強くする事など――今の少女にはできなかった。

その原因の一端として、男達は現実にも存在しているという事があるかもしれない。だからこそ、彼女は現実の中で自分の手にできる『武器』を欲しがったのだ。

そして、再び彼女に転機が訪れる。

夜まで考え続けた少女の元に、カラン、という金属音が響き渡った。

音の方に手を伸ばすと、そこにはひんやりとした手触《てざわ》りの棒《ぼう》が存在した。

どうやら、世話役には自分の声が届いていたらしい。

「ありがとう」

感謝を告げる言葉がすんなりと喉《のど》から出た事に少女は安堵《あんど》し、その棒を握《にぎ》りしめた。

それが、廃材《はいざい》置き場から世話役の人間がこっそりと持ち込んだ鉄パイプだと知るのは、まだ先の話。

こうして彼女は——悪夢と闘う為の、現実世界での武器を手に入れたのである。


彼女はとりあえず、その無骨《ぶこつ》極まりない棒を振り回す事から始めた。

世話役の人間に当たらぬよう、相手の足音が遠くに離れた事を確認してから——

ただ、自分の思うがままに鉄パイプを振り回し続ける。

無駄《むだ》の多い動き。

それこそ、癇癪《かんしゃく》を起こした子供が闇雲《やみくも》に振り回しているのと変わりない。

だが、始まりはそれで良かった。

単なる廃材として錆《さ》びていく運命だった鉄パイプが、少女に多大な安心感を与えたのである。

そして——少女の心は再び夢の中に落ちていく。

半年が過ぎ——

夢の中で、少女は悪夢と戦い続けた。

彼女は暗闇《くらやみ》の現実の中で鉄パイプを振り続け、それを自在に動かす為の筋力を身につけた。

その鉄の棒《ぼう》を振り回す感覚は、少女の身体《からだ》と脳髄《のうずい》に染みこみ、夢の中へと反映される。

毎日のように見る悪夢の中で、幾度《いくど》となく異形《いぎょう》と化した男達を振り払う。

だが——少女の中に『不安』という苦しみがある限り、その異形は際限なく湧《わ》き上がる。

より速く、
より重く、
よりおぞましく変化を遂げながら。

彼女が見ていたものは、単純に夢と括《くく》れるものではなく——少女が生み出した妄想《もうそう》の世界だったのかもしれない。それ程《ほど》までに、少女は繰り返し繰り返し同じ夢を見続け、その度に強くなっていく異形を相手にし続けた。

時には、千本を超える触手《しょくしゅ》の束《たば》を相手に身体を貫かれた事もある。

弾丸《だんがん》のような速度で己《おのれ》の指を弾《はじ》き飛ばす異形に眼球を吹き飛ばされた事もある。

異形の身体から湧き出す液体に溶かされた事もある。

夢の中で闇に呑《の》み込まれるのと同時に目覚め、少女はただ考える。

どうすれば勝てるのか。どう動けば勝てるのか。自分がどうなれば勝てるのか。

ただそれだけを考え続け、その結果湧き上がったイメージの通りに動けるように、己の身体を鍛《きた》え続けた。

正確な身体の鍛え方など知らぬまま、ただ、自分の妄想を教本として。

夢の中で積み重ねられる実戦。

偽《いつわ》りの経験が少女の中に積み重なり、目が覚めている状態での鍛錬《たんれん》が、その張り子の経験に本物の骨組みを付けていった。

だが、どれだけ闇を打ち払っても、眠《ねむ》る度に新しい異形が湧き上がる。

それでも、彼女は闘う事を止めなかった。


繰り返す夢と現実の狭間《はざま》で、少女は半年前の事を思い出す。

前の世話役が自分を連れだそうとした時に言った、『貴女《あなた》は可愛《かわい》いから、こんな所にいてはだめ』という一言を。

自分が本当に可愛いのかどうかなど解《わか》らないし、解った所でどうにもならないのが今の彼女に与えられた事実なのだが――

だからこそ、少女は夢の中で戦い続けた。

『こんなところ』じゃない場所――あの世話役が自分をどういう世界に連れて行こうとしたのか、今では確認しようもない。

だが、少女は確認はできなかったが、確信する。

少女は、幼いながらに理解していたのだ。

夢の中こそが、自分に与えられた最後の居場所なのだと。

それを失った時、諦《あきら》めた時、自分は本当に消えさり――母親の姿も、完全に自分の中から消えてしまうのだと。


ここにいていいのは、おまえじゃない。

おまえなんか、かわいくない。

きえてしまえ。


少女の心が生み出す異形《いぎよう》は、無限に再生し、際限なく成長を続けるが――

その度に、少女の手にした魔法《まほう》の棒《ぼう》によって打ち砕《くだ》かれた。

何度でも、何度でも、何度でも何度でも何度でも。

少女の夢の中に、現実の暗闇《くらやみ》が浸食し続ける限り。

彼女の夢の中に、光が存在し続ける限り。

△

▼

8年と半年後　島内某所《ぼう》

あの白ずくめの異常者から逃れて、ほぼ24時間が経過した。

気が付けば、私はあの街頭テレビの前に来ていた。

ここに来れば、再び彼女に会えるような気がしたのだ。

だが、今日は前と違って子供達が群がっているような事はない。

何人かの暇人達《ひまじん》がテレビの前に足を止め、適当な映像が流されている画面をぼんやりと眺《なが》めている状況だ。

こんな所に居ても時間の無駄《むだ》だ。

どうせなら、また地下プロレスが放映された時に来るとしよう。

もっとも、この街頭テレビの内容に関しては番組表など存在しないので、いつプロレスの中継をするか全く解《わか》らないのだが。

私は溜息《ためいき》混じりにその場を去ろうとしたのだが——

ふと、テレビ画面の中に白い影が映るのを確認し、足を止める。

《さて、この前、高い所に帰っちまった西区画の美少女について続報だ。西区画は正式に彼女に追悼《ついとう》の意を表し、葬式《そうしき》をする事に決めたそうだ。ちょっとした有名人だったからな。例外中の例外だ。自警団の連中もこの事件に心を痛めてるが、本当に痛めつけられるべきは彼女を殺した糞野郎《くそやろう》だよな？　そう思わ――》

ＤＪの声は途中《とちゆう》から入ってこなかった。

画面に映し出された『被害者』の少女が、あの特徴的な花飾りを着けていたからだ。

――まさか、あの子が殺された⁉

全身に冷や汗《あせ》が滲《にじ》むのを感じながらテレビに駆《か》け寄るが――

それは、同じ花飾りを着けた別の少女で、私の捜《さが》しているあの子ではなかった。

よかった。

とんだ早とちりだ。

死んだのは彼女ではなく、別の娘《むすめ》だ。

リーレイという名の彼女が死んでしまったのかと思って、一瞬気が気ではなくなった。

……やはり、私の心は相当彼女に入れ込んでいる。

どうなってしまったんだ、私は。

無理矢理にでもこの島を出た方がいいのだろうか。

いや……それはできない。

今更《いまさら》あの社会に戻る事など、私には無理な話なのだ。

一生をこの島で過ごすしかない。自分がたった一度見ただけの少女に強く惹《ひ》き付けられているという異常とも上手《うま》く付き合い続けなければならないのだろう。

溜息《ためいき》を吐《つ》きながらその場を去ろうとしたが、テレビのモニターと島内のスピーカーから流れる海賊《かいぞく》放送の音が、再び私の意識を揺さぶった。


《最近、町の中で悪党どもが殺されてるが、自分が悪党じゃないから安心だなんて思ってないだろうなお前ら？　犯人どもの正体も目的も解《わか》ってないいんだぜ？　一歩間違えりゃ『息して二酸化炭素増やしたから地球温暖化の犯人』とか言って派手に火炎放射器で燃やされたりしちまうかもしれねえからな。どっちにしろ、この島に長く住んでる連中なら解るよな？　５分前までのルールは通用しないと思え、ってこった。法律なんざねえこの島じゃ、相手の気分次第で正義と悪がコロっと入れ替わるんだからなぁ》

ラジオの内容を聞いて、何か私は、腹の奥底に強い感情が湧《わ》き上がるのを感じ取った。

悪党が殺される。

それは別にどうという事はない。

法で裁けぬ不正があるという事は、私がよく知っている。

正義の味方気取りでこの島に逃げ込んだ指名手配犯達を襲《おそ》う者もいるだろう。

だが、確かに悪党だけが殺されるとは限らない。

私が捜《さが》し求めている少女は――あの異常者の言葉を信じるならば、この島を仕切るギャングかなにかの血縁《けつえん》関係にあるらしい。

それだけの理由で殺される可能性は大いにあり得るだろう。

……いや。

寧ろ、殺される可能性が高い。私はそう確信する。

急激に不安になり、気が付けば私は路地の中を駆《か》け抜けていた。

向かう先は、昨日《きのう》子供達に案内された廃《はい》ビルの屋上。

内部は廃材《はいざい》が積み上がっていて、とても通れる状況ではないと聞いた。

だが、それらを全て乗り越えてでも行くべきだったのだ。

やっと解《わか》った。

彼女が島にいる何者かに殺されるかもしれない。

その可能性を提示されて、初めて気が付いた。

きっと私が彼女に惹《ひ》かれた原因は、彼女が無垢な存在だからだ。

どこかで見たことがあると感じたのも、誰か本土にいた無垢《むく》な子供と姿を重ねたのだろう。

彼女のような人間は、この島には似つかわしくない。

だから、彼女をこの島の悪意から誰かが救ってやらないといけないんだ。

それが人の道として正しい事なんだ。

私の心に迷いはない。

会社の不正を訴えた時と同じ気分だ。

この島の人間達には疎《うと》まれるかもしれないが、知った事ではない。

全てを失ってこの島に来たのだ。

これ以上、一体何を失う事があるというのだ。

△▼

2時間後　廃ビル屋上
辿《たど》り着いた。
私は、ついに辿り着いたんだ。

乱雑にうち捨てられた廃材《はいざい》の山を登り、時にはゴミの山を乗り越え、時には切れた電線の間を潜《くぐ》り抜け――確かに、寝床《ねどこ》を探すだけならば、こんな労力を払ってまで屋上に行こうとは思わないだろう。

だからこそ、少女は隔離《かくり》されたのだ。

彼女がどうやって屋上にまで登っているのかは解《わか》らない。もしかしたら、秘密の抜け道でもあるのかもしれない。

しかし、それを探している暇《ひま》はない。

体中に疵《きず》を作ったが、気に掛けている暇もない。

考えてみれば、あの白ずくめの異常者も問題である。

彼もこの屋上にたどり着いているのだ。

外壁を伝うなどという、極めて非常識な方法で。

あんな異常者と同じ場所に居たら危険だ。

今は殺されていないようだが、この先は解らない。

その前に、心が壊《こわ》れてしまうかもしれない。

もう既《すで》に壊れているかもしれない。

だとしたら、だとしたら尚更《なおさら》、誰かがなんとかしなければならない。

誰が？　と問われれば、私が適任なのだろう。

私は間違った事をしてここに来たわけではない。

正しい行いをして、その結果としてこの島に追いやられたのだから。

……一人よがりかもしれないが、仕方ない。

何か……何か目的の一つでも持たなければ、私の心の方がこの島に潰《つぶ》される。

だからこそ、私は彼女を救う事によって自分の心をも救いたいんだ。

錆《さ》び付いたドアをこじ開けると、生暖かい風が頬《ほお》を撫《な》でた。
そして——少女は、そこにいた。

「……」

突然扉《とびら》が開いた事に驚いたのか、少女は目を細めながらこちらを凝視《ぎょうし》している。

だが、その瞳《ひとみ》の色は初めて見たときと変わらない。

どこかこの世界を遠くから見ているような、全てを壁を隔《へだ》てた場所から見つめている目だ。

「や、やあ……初めまして、と言うべきかい？」

何から切り出して良いのか解らず、私はとりあえず服の埃《ほこり》を払いながら笑いかける。

すると、少女は表情を変えぬまま、こちらに一歩近づき、小さく口を開いた。

「……一度、見たことある。街頭テレビの前。子供達抱《だ》きしめてた時。お前、こっち見てた」

片言《かたこと》な所を見ると、やはり中国あたりの組織の縁者《えんじや》なのだろうか。

私はどのように経緯《いきさつ》を説明し、どのように彼女をこの島の悪意から切り放す手伝いをしたいかという事を伝えるべきか迷いつつ、とりあえず世間話に興じる事にした。

その前に、とりあえず誤解の無いようにしておかねばならない。

「あ、ああ。そうだよ、なんだ。見られていたのか……いや、その。私は別にアレだよ、誤解の無いように言っておくけど、君に対してよこしまな感情を抱《いだ》いたりとか、そういう事は欠片《かけら》も無いんだ！　信じて貰《もら》えるか解《わか》らないけれど」

「……別に、どうでもいい」

そう呟《つぶや》きながら、彼女はまた一歩近づいてきた。

ああ、一体どう説明すればいいんだ。

山を乗り越える前に考えておけばよかった。

だが、とりあえずあの異常者はいないようだ。

少女の縁者というギャング達の姿も見あたらない。

刹那《せつな》——周囲の空間に、いくつかの銃声《じゆうせい》が響き渡った。

「!?」

銃声は一発で終わる事はなく、立て続けに何発かの破裂音《はれつ》が響き渡る。

突然の轟音《ごうおん》に身体《からだ》を竦《すく》ませた私に、全く動じた様子の無い少女が言った。

「銃声。ビルの下。ここは無関係。たぶん、戌井《いぬい》、狗木《くぎ》さん、敵《てき》、殺してる。もしかしたら、二人、殺し合ってる」

「あ、ああ、そうなの……かい？」

イヌイだのクギサンだのが誰かは解らないが、銃声に動じていない時点で彼女は異常だ。

やはり、この島に心を壊《こわ》されているんだろう。

早くなんとかしなければ。

そもそも、このビルの真下で銃撃戦《じゅうげき》が起こっているなどと、まずその状況が良く解らない。

確かにこの島ではそうした事は日常茶飯事《さはんじ》だと思っていたが、自警団がしっかりしているからか、西区画とやらに居たときは殆《ほとん》ど銃声など聞こえなかった。

「と、とりあえず、流れ弾《だま》に当たると良くない。身を低くして、私の話を聞いてくれ」

屋上の中心に立つ少女に地上の流れ弾など当たりそうもないが、とりあえず話し始めるきっかけが欲しかった。

結局何を語るべきかも決めないまま、私は少女に右手を差し出した。

敵意が無いという事を示す為だ。

大丈夫《だいじょうぶ》、きっと信じてくれる。

私は、正しい事をするんだから。

カラン

何か、金属の音が少女の背後から響き渡った。

少女が何か長いものを引き摺《ず》っているようだ。

なんだろう。月明かりや周囲のビルから漏《も》れ出す灯《あか》りなどに照らされ、少女の顔はよく見えるが、彼女が持っている物は――

それを確認しようとした瞬間、少女の右手が軽く動いた。

するとどうだろう。少女の持っていた長いものが、私に認識できない程《ほど》の速さで動き――

ボグリ

と、先刻の金属音とは全く異質な音が響き渡る。

同時に、私は自分の身体《からだ》が揺れたような感覚に囚《とら》われた。

「あでッ」

わけのわからない声を出した。

どうして私は今、へんな声を……声を……をををぉ?

——なんだこれ。

私は、自分の右手首から先が、まるで別の生き物のようにブラリと垂れ下がっている事に気付き——それと同時に、果てしない激痛が私の全身を駆《か》け抜けた。

「あぁ……? あッ……あああぁあっぁあぁあぁあっあ!」

絶叫。絶叫。

手首の痛みが全身を駆けめぐり、自分の悲鳴が鼓膜《こまく》と喉《のど》を破ろうとする。

その叫びの間隙《かんげき》を縫《ぬ》うように——

少女の昏《くら》い呟《つぶや》きが、私の耳に冷たく木霊《こだま》した。

「街頭テレビの前、私、お前、見た……」

「あの時、殺しておく、良かった」

わくわく昼寝日記　○月▼◇日

わたし、おくじょうにいた。
かわいくないやつ、きた。
ころす。した。

7年前　東区画某所《ぼう》

少女の生活に変化が訪れたのは、悪夢と戦い始めてから一年半ほど経過した時の事だった。

ようやく今日の分の悪夢を撃退《げきたい》し、深い眠《ねむ》りへと落ち行く最中――

どこか遠くから、男達の怒声《どせい》が聞こえた気がした。

続いて、何かが破裂《はれつ》するような音。

自分の記憶が正しいならば、あれは銃声《じゅうせい》というものだろう。

少女はそう認識し、ゆっくりと意識を覚醒《かくせい》させる。

その時には既《すで》に破裂音はしなくなっており、代わりに、この世の全てを呪《のろ》うかのような絶叫が響き渡った。


それから一分も待たずに、扉《とびら》が乱暴に開かれる音がする。

と、少女は自分の身体《からだ》に誰かがしがみつくのを感じ取る。体格からして、世話役の人間だ。

カタカタと小刻みな振動が伝わり、少女は世話役が酷《ひど》く怯《おび》えているのを感じ取る。

何か声をかけるべきかどうか迷ったが、いざ口を開き、また喋《しゃべ》り方を忘れかけている事に気が付いた。

そうこうしている間に、ドアの辺りから複数の足音が近づき、

「明かりを消せ、いきなり光を見せるのは辛《つら》いだろう」

という、鋭い印象の声が響き渡る。

声は若い男の者で、恐らくは初めて聞く声だと少女は考えた。

「親父《おやじ》にも困ったものだ。本人も知らぬ間に、娼婦《しょうふ》との間に二人目の子を成していたとはな」

少女にとってわけのわからない事を話す男は、少女の目に貼《は》られた札《ふだ》をゆっくりと剥《は》がし始める。瞼《まぶた》の皮ごと勢いよくはぎ取られると思ったが、男は存外丁寧《ていねい》に少女の封を剝がしていく。

完全に目から札が取られ、顔を拭《ふ》かれる時と同じ感覚が少女の顔に広がった。

だが、そこから先はいつもと違い――僅《わず》かな刺激臭《しげきしゅう》のする液体が目に塗られ、そのまま丁寧にから拭きで拭《ぬぐ》い取られる。

そこで少女は、自分の顔面に走るいつもと違う感覚に気が付いた。

瞼が、動く。

最初は殆《ほとん》ど開けられなかったが、徐々《じょじょ》に徐々に瞼を持ち上げるにつれ、彼女の目に夢の中でしか見れなかった筈《はず》のものが映り始める。

「……」

「数年ぶりの光はどうだ？」

部屋の電気は消したと言った。

実際に、光源は廊下《ろうか》から漏《も》れる薄明《うすあ》かりのみだろう。

だが、それでも今の少女にとっては強烈過ぎた。

淡い光の筋が水晶体を通して突き刺《さ》さり、眼球の裏側で縦横無尽《じゅうおうむじん》に暴れ回る。

徹夜をした後に外に出ると、空の明かりを『眩《まぶ》しい』ではなく『痛い』と感じる事があるように、数年の間暗闇《くらやみ》に晒《さら》された彼女の目にとって、淡い光は刺激の塊《かたまり》に他ならなかった。

それでも彼女が数分で視覚を取り戻し始めたのは、彼女の見たあまりにもリアルな夢の数々が眼球にも何らかの影響を与えていたからかもしれない。

だが、それでも完全に『見る』事ができるようになるまでは数分の時を必要とする。

痛みは少女の脳髄《のうずい》で暴《あば》れ続けるが、それでも悲鳴をあげる事はなかった。

『見る』という行為を視神経が思い出し、衰《おとろ》えた眼球回りの筋肉をフル稼働《かどう》させるまでの間
——若い男の声は、少女に対して独り言混じりに語りかける。

「ああ、この瞳《ひとみ》の色……間違い無いようだな。あの幼い女狐《めぎつね》と」

すると、その横から新たな声が響き渡った。

「幼い、というなら御主《おぬし》も同じようなものよ」

「からかわないで下さい、老師」

老人特有の嗄《か》れた声と、若い声が交錯《こうさく》する。

ピチャリ、と何かが滴《したた》る音がした。

回復しかけていた視界の隅《すみ》に、若い男の持つ棒状《ぼうじょう》の先——銀色に光る部分から、赤い液体が床《ゆか》へとぬめり落ちる光景が見える。

それでも、少女は恐れなかった。

夢の中に出てきた男達は、血溜《だ》まりの中から湧《わ》き上がり、呼吸の代わりに血を吐《は》いていたのだから。

「自分の名前ぐらいは覚えているか？　小娘《こむすめ》」

中国語による若い男の問いに、少女は数秒間だけ喉《のど》の準備を整えた後——小さな声で呟《つぶや》いた。

「……麗蕾《リーレイ》。リーレイ・ホロックス」

「そうか。母親の姓《せい》は今日限り必要無い」

「……？」

相手が何を言っているのか解《わか》らず、少女——リーレイは静かに視線をあげる。

若者の顔が見えた。鋭い目つきをした少年で、歳《とし》は自分よりも5、6歳《さい》年上と思えた。

顔に刺青《いれずみ》を入れた少年は、手にした長柄《ながえ》の青竜刀《せいりゅうとう》を肩《かた》に置き、冷たい視線で言葉を紡《つむ》ぐ。

「そして……これから貴様に与える試練を乗り越えられぬなら、俺《おれ》達の姓も……いや、その名の全てが必要無くなる」

少年がそう言って合図をすると、黒服の男達が数人廊下《ろうか》から現れた。

彼らは一つの小柄な人影を引き摺《ず》っており、リーレイの前にそれを無造作《むぞうさ》に押し倒す。

徐々《じょじょ》に視力が整い始める視界の中で、彼女は目の前に横たえられた人影が、自分よりも僅《わず》かに小柄な女児のものであると気が付いた。

同時に、リーレイはすぐに確信する。

この女児こそが、自分の『世話役』として今まで側《そば》にいた者であると。

「喉《のど》を潰《つぶ》されているようだが、お前の秘密を外に漏《も》らさぬ為か？　文字を憶《おぼ》えられたらそれで終わりだろうに、古臭《くさ》い手を使う連中だ」

「……」

「まあ、状態はどうあれ……このガキも、お前から光を奪った連中の一味だ」

若者は女児の後頭部を青竜刀の石突きで押さえ込みながら、淡々と語り続ける。

そして、顎《あご》をしゃくる形で合図をすると、黒服の一人が懐《ふところ》から短刀を取り出し、リーレイに無造作に差し出した。

少女はそれを受け取りながら、キョトンとした顔で見つめている。

そんな彼女に、少年は年齢《ねんれい》には見合わぬ冷たい視線を投げつけた。

「殺せ」

と、ただ一言。

「他の連中は全て始末した。残る一味はこのメスガキだけだ。お前の世話役だったようだが、どのような立場だろうと、どのような事情があろうと、嬰《エイ》家《け》の血に連なる人間を監禁《かんきん》していた連中の一人という事に違いは無い」

「ころ……す？」

「復讐《ふくしゅう》を果たせ。それすらできぬなら、俺《おれ》達の一族には要《い》らん」

男の言っている意味は、なんとなく理解できた。

初めてその姿を見る事となった、世話役の少女を殺せと。

できなければ、自分も一緒に殺されるであろうという事。

まだ10歳《さい》になるかならぬかといった年齢《ねんれい》の少女には、声や空気などから相手の中に宿る殺気のようなものは理解できた。

そして、それはまさしく、人生の中で初めて浴びせられる殺気でもあった。

しかし、彼女は別段動じない。

長い長い暗闇《くらやみ》。その狭間《はざま》に見た夢の中で──彼女は自分自身が生み出した異形《いぎょう》達から、殺気などよりも遙《はる》かに不気味で気持ちの悪い空気を浴びせられ続けたのだから。

リーレイはあくまで沈黙《ちんもく》を守り、ようやく光に慣れてきた目で己《おのれ》の周囲を見渡した。

そして、ある一点に目をとめると、短刀を投げ捨てながらそちらにトテテと歩きだし──

男達が何か言うよりも先に、床《ゆか》にあったモノを拾い上げる。

それは──所々に錆《さび》の浮かんだ、一本の鉄パイプだった。

「なんだ？　撲殺《ぼくさつ》の方が好みというわけか？」

少年の声を無視し、リーレイはじっとその鉄パイプを眺《なが》め回す。

想像していたよりも、遙かに無骨《ぶこつ》な色合いをしていた。

だが、ショックはない。

どちらにしろ、夢の中で『魔法《まほう》の棒《ぼう》』は血の色に染まりきってしまっていたのだから。

彼女は身を翻《ひるがえ》し、来たときと同じ調子で少年や女児の元へと戻る。

続いて、地面に伏せた女児の顔をじっと見下ろした。

喉《のど》を潰《つぶ》されたというのは真実らしく、口をぱくつかせてはいるが、声らしきものは何も出てこない。

顔や身体《からだ》のあちこちに疵《きず》をこさえた少女は、目に涙《なみだ》を溜《た》めながらリーレイを見上げている。

本当に、なんということのない、可愛《かわい》いという印象の少女だ。

何故《なぜ》こんな少女が自分の世話をしていたのだろう。

そう考えた時、リーレイは一つ心当たりがある事を思い出した。

最初の世話役が逃げる時に、混乱混じりに言っていた言葉。

――『貴女《あなた》より少し小さいけどね、私にも娘《むすめ》が一人いるの』

――『娘だけでも自由にしようと思って』

――『可愛い子は幸せにならないと駄目《だめ》。だけど、貴女はもちろん可愛いけど、私の娘も可愛いのよ。だから、そうよ。可愛《かわい》い貴女《あなた》が幸せになれば、きっと私の娘《むすめ》だって……』

　断片的に思い出される言葉に、リーレイは確信する。

　恐らくは、この女児こそが、最初の世話役の娘なのだろうと。

　彼女は音もなく女児に歩み寄り、その前にしゃがみ込む。

「……」

　そっと頭に手を置く。女児がビクリと一瞬身体《からだ》を震わせたが、リーレイが頭を撫《な》でてやると、目を丸くしてこちらを見た。

　子犬を思わせる表情の女児を見て、リーレイは独り言のように呟《つぶや》く。

「……可愛い」

「何？」

　眉《まゆ》を顰《ひそ》める少年の眼下で、リーレイは淡々と言葉を呟いた。

　自分の世界を守る、自分の為だけの言葉を。

「この子、私より可愛い。生きないと駄目《だめ》。でないと、私も生きられない。可愛い子が幸せになる。私も幸せになる。そう言ってた」

「良く解《わか》らんが……つまり、殺せないという事だな」

　少女の呟きは、刺青《いれずみ》の男には錯乱《さくらん》した少女の妄言《もうげん》と受け取られたようだ。

青竜刀《せいりゅうとう》を振り上げ、リーレイを女児もろとも斬《き》り捨てる空気を己《おのれ》の内に作り出す。
「安心しろ、貴様らは仲良くここで死ぬ」
振り上げられた刃《やいば》を見て、リーレイは逃げる素振《そぶ》りすら見せずに、ただ思う。
——なんだろう。
——この人は、何をしようとしている？
——私達を殺すつもりだろうか？
——怖くない。
——いつもと違って、全然怖くない。でも——
——こいつも、敵《てき》。
少女にとっては、もはや夢と現実の境など無くなっていた。
いつも夢の中でそうするように、自分から光を奪おうとする敵を討《う》ち払う。
彼女にとっては、ただそれだけの事だった。
リーレイは、チラリと少年に視線を向ける。彼女のした事は、ただそれだけだった。
ゾワリ。
と、青竜刀を振り上げた少年は、自分の背骨が浮き上がる嫌《いや》な感覚に襲《おそ》われた。

背中と腕《うで》の毛穴が一斉《いっせい》に悲鳴をあげ、体毛を一斉に逆立てる。

――なんだ？

今まで味わった事の無い感覚に、少年は思わず動きを止めてしまった。

――いや、初めてではない。

――この感覚……同じだ……。

――生まれて初めて銃《じゅう》を向けられた時。

――あるいは、生まれて初めて刃《やいば》を喉元《のどもと》に突きつけられた時と同じものだ。

幾多《いくた》もの修羅場《しゅらば》を潜《くぐ》り抜けてきた少年の本能が告げる。

それらと同等の『危険』を孕《はら》んだ状況に、自分が足を踏み入れてしまったのだと。

――馬鹿な！

――俺《おれ》が……この小娘《こむすめ》に恐怖しているだと!?

少女の目に、明確な命の危機を感じ取った事が信じられずに、少年はその思いを振り払うべく青竜刀《せいりゅうとう》を斜めに斬《き》り降ろした。

だが――彼の手に衝撃《しょうげき》が走り、銀色の塊《かたまり》が宙を舞う。

それが柄《つか》の先を折られた青竜刀の刃だと気付いた瞬間、青年は足下の少女が動き出すのを感じ取った。

だが、視線を向けた時には既《すで》に遅く、少女の身体《からだ》は少年の視界から消えている。

「!?」

パシリ、という軽快な音が聞こえたのは、少年の左のコメカミの辺りだった。

見ると――そこには自分の眼前に迫ってギチギチと揺れている鉄パイプと――それを受け止める黒い靴が見えた。

「やれやれ、教えたと思うたがな、麗鳳《リーファン》」

靴で鉄パイプの一撃《いちげき》を受け止めたのは、先刻から部屋の中にいた老人だった。

「本能的な恐怖には素直に従えとな。御主《おぬし》に手ほどきをしたのは護身の技なのだから」

「……」

会話を紡《つむ》ぐ間にも、リーレイは鉄パイプを不規則な動きで次々と繰り出してくる。

老師と呼ばれていた老人は、それらを器用に受け捌《さば》きながら、少女に対して中国語で声をかけた。

「安心せい、もう何もせんよ。御主にも、その可愛《かわい》い嬢《じょう》ちゃんにも」

その言葉と同時に、鉄パイプの連撃《れんげき》がピタリと止まる。

「……本当？」

「ああ、儂《わし》が何もさせん。約束しよう」

「老師」

勝手に話を進めていく老人に、少年は思わず声を掛けるが――彼は自分の掌《てのひら》に大量の汗《あせ》が滲《にじ》みだすのを感じ、自分が今『死』の危険から脱した事を本能的に理解した。

カカ、と楽しげに笑いながら、老人は静かに語り始める。

「麗凰、御主の妹、暫《しば》し儂が預かるぞ」

「……どうなさるおつもりです？」

「御主と椅麗《イーリー》に教えたのはあくまで護身の術でな。殺す為の術は特別教えておらなんだが……」

決して善人のものではない笑みを浮かべ、老人は動きを止めたリーレイの頭を優しく撫《な》でた。

「この娘《むすめ》に、ちょいと人の殺し方と壊し方を教えてみたくなっただけよ。ほれ、儂もあと何年生きるか解《わか》らんからな。今の時代には必要無いものではあるが……まあほれ、せっかく憶《おぼ》えたもんは誰かに伝えておくのも悪くないと思うてな」

「しかし……」

なおも食い下がろうとする少年に、老人は一切の容赦《ようしゃ》もなくハッキリと告げる。

「後々に嫉妬《しっと》されても困るから、今のうちに言っておくぞ。この娘には、御主より才能がある」

「なッ……」

「まあ、才能以前に、御主は今この娘に殺されかけたがな」

「……ッ！」

微妙な表情をする刺青《いれずみ》の男に、老師と呼ばれた男は言った。

「御主……今、『妾《めかけ》の娘に、俺よりも才能があるだと？』と思うたな？　安心せい、血によって受け継いだ才ではない。恐らくは、後天的に自力で身につけた才よ。それを言うたら、そもそも御主《おぬし》の親父殿《おやじどの》にも喧嘩《けんか》の才自体はありゃせんしな」

老人はそんな事を言いながらリーレイへと歩を進め、その頭を優しく撫《な》でた。

「そうさな……5年で、儂《わし》より強くしてやろう。定石《じょうせき》もへったくれもない、平和な地でも荒野でも戦場でも役に立たぬ、この島のような場所でのみ使える兵器に変えてやろう。あとは好きにするといい」

対する少女は、難しい言葉を並べる老人の言葉を聞き、暫《しば》し考えた後――

澱《よど》んだ表情を変えぬまま、ゆっくりとその口を開く。

「強くなる？　……誰にも夢を邪魔《じゃま》されないぐらい？」

要領を得ない物言いだったが、老師は力強く頷《うなず》いた。

「無論」

「じゃあ、そうする」

あまりにもあっさりと頷く少女に、老人は快活な笑いと共に再度少女の頭を撫でる。

「ほう、そうかそうか！　素直なのは良い事よ。ほれ、話はついたぞ、麗凰《リーファン》」

老人がクルリと振り返ると、そこでは長身の少年が苛立《いらだ》たしげに視線を逸《そ》らしており、やがて諦《あきら》めたようにその視線をリーレイへと向けた。

「嬰麗蕾《エイリーレイ》。それが新しいお前の名で、今日からお前は、俺《おれ》の妹だ」

「……妹？」

「事情はそのうち解《わか》るだろう。……今の内に、何か言いたい事はあるか？」

助かったなどと思うな。

救われたなどと考えるな。

これからお前の新たな地獄《じごく》が始まるのだ。

そう言いたげな顔をする少年——婴麗鳳に対し、リーレイは右手にぶら下げた鉄パイプをカラカラと地面に擦《こす》らせながら口を開く。

「眠《ねむ》い」

「は？」

「もう寝る……寝るぅ」

と、世話役の女児の上に優しく覆《おお》い被《かぶ》さり、数秒と経《た》たぬ内にスゥスゥと寝息を立て始める。

女児は驚いたように硬直していたが、身体《からだ》を柔《やわ》らかく包み込むリーレイの肌《はだ》の温かさに安堵《あんど》したのか、徐々《じょじょ》にその顔から緊張の色を消していった。

「……なんなんだ、こいつは……」

「すっかり調子を狂わされたようだな。御主の伴侶《はんりょ》に似合うのは、案外こういうタイプの毒気の無い狂人やもしれんな」

「冗談《じようだん》が過ぎますよ、老師」

毒気を抜かれた少年が深い溜息《ためいき》を吐《つ》き、リーレイの下の女児に尋ねかけた。

「貴様、名前は」

すると、女児はビクリと身体《からだ》を震わせた直後——指で自分の名を床《ゆか》になぞる。

「フェイ、か」

確認の言葉に対して弱々しく頷《うなず》く女児。

「運が良かったな、フェイ。今後も貴様は麗蕾《リーレイ》の世話係だ。……老師、あとはお任せします」

少年はそれだけ言うと、そのまま男達を引き連れて部屋を後にした。

フェイは恐怖に混乱する頭の中で、二つの事を理解する。

自分が命の危機を脱したという事。

そして、自分を助けたのは他でもなく、今自分の背中で寝息を立てている少女だという事。

緊張が解《と》けると同時に、フェイの目からは幾筋《いくすじ》もの涙《なみだ》が流れる。

だが、そんな彼女を祝福するかのように、リーレイはただ安らかな寝息を立て続けた。

スヤスヤ、スヤスヤ、スヤスヤ、スゥ。

嬰麗蕾《エイリーレイ》の名で西区画の血族に加わった少女。

彼女はそれから数年後、再び眠《ねむ》り姫《ひめ》と呼ばれ始める。

微睡《まどろ》みを愛する少女自身と——

その少女の握《にぎ》る鉄パイプがもたらす、永遠の眠りに敬意を込めて。

△
▼

8年後　島内某所《ぼう》　廃《はい》ビル屋上

「あぁッ……あああぁぁぁあああぁあぁぁぁぁぁ」

自分の悲鳴が、遥《はる》かに遠い場所から聞こえてくる。

意識が混乱して、現在の状況が全く理解できない。

何が起こった？

何が起こった？

私の右手の、手首から先の感覚が無い。

いや、激痛という感覚だけが無尽蔵《むじんぞう》に広がっている。

悲鳴を上げてうろたえる私と、こうして冷静に状況を見つめている自分が乖離《かいり》している。

それなのに、何が起こったのかまるで理解ができない。

理解ができない。
私は一体何をしたんだ？
彼女は私に何をしたんだ？
「あぁ、あぁぁぁああぁあぁ、な、何をするんだぁぁぁあぁぁぁ！」
「うるさい」
私が悲鳴の合間に声をあげた途端《とたん》、少女は顔色一つ変えぬまま、手にした銀色の棒状《ぼうじょう》——所何処《ところどころ》に錆《さび》の色と赤い染みが付いた鉄パイプを振り抜き、今度は私の左手首を打ちすえた。
「あぁぁぁぁ……グガッ！」
避《よ》けようと思った時には、もう私の身体《からだ》に衝撃《しょうげき》が走った後だ。
手首が外れてブランと、ブランと、ぶらんブランぶらんらららぶらららぶらららら
ららららあああああああひぃいいいいいっいぃ
「ひぁ……ひぁぁッがぁぁぁぁぁヒイイイイ！　ヒウイイイイ！　ヒウイイイ！」
なんだ　　　　　　　　これは
　　なんだこれは
　　　　なん
　　　　　これ
　　　　　　ッ

意識が一瞬途切《とぎ》れかけた。

私の身体は痛みに噎《むせ》び悶《もだ》え、屋上という空間の中を酔《よ》っ払いのような足取りで駆《か》け出した。

まず考えたのは、逃走。

背後を振り返ろうとした左膝《ひじ》を、新しい衝撃《しょうげき》が襲《おそ》いかかる。

「ギャガッッッ！」

足が破裂《はれつ》したのかと思った。

痛みが、痛みが痛みが痛みが痛みが痛みが痛みが痛みが痛みが痛みがドアはどっちだ痛みが痛みが痛みが痛みが痛みが痛みが痛みが痛みが痛みが痛みが痛みがいたあああぁぁぁぁぁぁぁぁあああぁ

……ッ！

……ッ！

……。

離れていた意識が時々身体に戻る。

何がどうなっているんだ。

どうして

どうしてこんな目に

私が何を　した　　　　　なにした

「あぁあぁぁぁぁああぁぁあ！」

落ち着け！　落ち着け！

考えろ！　どうしてこうなった！

私は、私はこの娘《むすめ》を救いに来た筈《はず》だ！

なのに何故《なぜ》、私は彼女に鉄パイプで殴《なぐ》られている!?

何故、どこで、どうして……

どこかで、どこかで私は何か間違えたのか!?

考えろ、考えろ、それが解《わか》れば、間違いを正してッ……

誤解を解《と》く事が……事ができる筈筈筈筈筈

シシシシシシシシ、と、耳の奥で音が鳴った……気がする。

それはやがてシュウゥ、と空気の漏《も》れる音へと変化し、私の全身を包み込む。

身体《からだ》を引き摺《ず》りながら、私は周囲の時間がやけにゆっくりと流れているように感じた。

だが、身体を自由に動かせるわけではない。まるで夢を見ているようだ。

自分に今、何が起こっているのか理解できない。

とにかく、考えなくてはならない。

何故、私がこの子に鉄パイプで殴られているのかという事を。


私がこの島に来たのは、正しい事をした結果だ。

会社の不正を訴えた。それが全ての始まりだ。

だが、巨大な悪の力は私を、世界を蝕《むしば》もうとした。

……そう、悪だ。この世のあらゆるものは、正義だの悪だのと簡単に区別できるわけではないが、確かにあいつらは、会社の上層部の連中は明確な『悪』だった。私はただ、会社の不正を訴え、正しい道に導かなければと思った、ただそれだけなのに。

それなのに私は会社をクビになり、社会も私を守ってはくれなかった。

つまり、奴《やつ》らは、社会のルールよりも強い悪だった。


結局、会社をクビになったが――

それでも、私は諦《あきら》めなかった。

会社の奴らに罪を償《つぐな》わせ、不正を止《や》めさせなければならない。今更《いまさら》会社に戻ろうなどとは思わなかったが、まだ会社に残るまともな人間や、これからあの会社に入社する人間達が正しく生きられるようにしなければならない。

敵《てき》は強大だった。会社の社長や会長、告発のもみ消しに動いたマスコミの上層部も敵といっていいだろう。

私はまず、外堀を埋《う》める事にした。

事件のもみ消しに動いた大手新聞社の幹部。その男の浮気現場をカメラに収め、それをネタにして上手《うま》く誘《さそ》い出す事ができた。

私は人気《ひとけ》の無い場所に誘い出した幹部を車で跳《は》ね、動けなくなった所を車に乗せ、やはり人気の無い山奥まで連れて行く。

それで、苦労してその男から、不正に関わった私の会社の幹部達の情報を聞き出した。

徹底的に聞けたので、もう彼に用はない。殺す必要もないのでそのまま山の中に捨ててきた。

両手と両足が折れて内臓も破裂《はれつ》しているようだったが、登山シーズンまでの3ヶ月ほど生き延びれば、誰かに発見されて充分に助かるだろう。私は無駄《むだ》な殺生《せっしょう》などしない。それは正しくない行いだからだ。

そして、私は会社の幹部達の情報を元に、その不正で得た財産を奪う事にした。

とりあえず、それぞれの家に火をつける事にした。不正で得た金の最たる使い道はやはり家だろう。証券なども考えられるが、それも一緒に燃えれば都合が良い。

殺す事が目的ではないので、本人が不在の夜を狙《ねら》って火をつけた。

家族が何人か焼け死んだそうだが、よこしまな方法で手に入れた財、それで養った家族も彼の財産だと考えれば納得できる。

納得できた。

そして、私は社長の娘《むすめ》を攫《さら》った。

学校の帰りに、父親が倒れたと言ったらすぐに付いてきた。

知らない人間の車には乗らない。これは常識だが、会社は愚《おろ》かな事に、私をクビにした時に社員証を回収していなかったのだ。

なんといいかげんな事だろう。これでは不正が横行するのも当然である。それを解《わか》らせる為に、社員証を見せて社長の娘を信用させた。これで会社もシステムの杜撰《ずさん》さを反省するだろう。

私は社長の娘を攫った後、電話で社長と会話をした。

こちらが本気だという事はすぐに理解してくれたようだ。娘の両手の指を全《すべ》て送ったのが功を奏したようだ。

『殺すなら私を殺してくれ！　娘は、娘は何も関係ない！　憎《にく》いのは私だろう！』

電話の向こうで、社長はそんな事を叫んでいた。

何を勘違《かんちが》いしているのだろう。

私が殺人鬼《き》か何かだとでも思っているのだろうか。

別に私は、相手の死を求めているわけではないのだ。

欲しいものは、反省だ。

相手が反省も何もせぬまま殺したのではなんの意味もない。そんなものはただの私の自己満足だ。正しい道ではない。

罪の浄化《じょうか》とは、罰《ばつ》とは、犯罪者達の死ではない。後悔をもって初めて完成するのだ。

死、そのものを求めるのではない。死するまでの悔《く》いと後悔、そして恐怖を求めるのだ。

笑いながら死刑になる異常な殺人鬼《き》の類《たぐい》に、罪の浄化などある筈《はず》もない。

誰もが思う筈だ。そんな奴《やつ》らは拷問《ごうもん》にでもかけて、痛みと後悔を与えてから殺すべきだと。

誰もが思うのだからきっと正しい事だろう。思わない奴などいないに違いない。

……とにかく、社長の、会社の罪を浄化し、他の社員達が健《すこ》やかに過ごす為にはちゃんとした罰が、社長の後悔が必要なのだ。

娘《むすめ》が死ぬ瞬間の声を、たっぷりと社長に聞かせた。

少女の断末魔《だんまつま》よりも、社長の泣き叫ぶ声の方が大きかった。

これなら安心だ。

自分の娘をそこまで思う事ができるなら、まだ人間らしい感情があるに違いない。

なら、ちゃんとその愛情を会社に向け、不正など止《や》めてくれる筈だ。

私は正しい事をやり遂げたのだ。

だが、世間に私の気持ちは上手《うま》く伝わらなかったようで、私は警察から追われる身となってしまった。
捕まれば私は法によって裁かれてしまう。
すると私が悪という事になってしまう。
巫山戯《ふざけ》るな。
駄目《だめ》だ駄目だ。そんなのは駄目だ。
そんな事になれば、私が間違っていた事になるではないか。
私が間違っていたんだとするならば、社長の娘はなんの為に死んだんだ！
まだ若い女の子が無駄死《むだじ》にするなんて世界は間違っている。
だから私は、捕まるわけにはいかない。
あの子の為にも、私は正しくなくてはいけないのだ。
少女の死に意味を持たせる為に逃げる。
そうだ、私は間違った事はしていない。
だが、世間はやはり私の事を理解せず——
結果として、私はこんな島に来るハメになったのだ。

……？

何か

何か思い出しそうな気がする。

重要な事を、とてもとても重要な事を……。


「ひぁ、ひぁぁぁあっ！　ひぁぁぁぁあっぁぁあ！　やめ、やめっ……」

唐突《とうとつ》に意識が身体《からだ》とリンクくくがあかあっぁぁぁあっぁぁぁぁぁぁぁぁぁ！　ぁぁぁ！　ぁぁ！

激痛で何も考えられない！　畜生《ちくしょう》！　なんだ！　なんなんだこれは！

私は、私は正しい事をしたんだぞ！　なのに……どうしていつも！

「やめっ……俺《おれ》が、俺が君に何を……」

様々な激情の混じった私とは対照的に、少女の声はどこまでも冷ややかだった。

「お前、フェイ、殺した」

「ふぇ、フェイ!?」

「い、い、い、い、い、い、私と同じ髪飾りの子。先週、お前、殺した」

その言葉を聞いた瞬間——

私の脳裏《のうり》に、再び過去の記憶が蘇《よみがえ》る。

今度はそう昔ではない。

ほんの数日前の事だ。

△
▼

町を彷徨《さまよ》っていた私は、とうとう『彼女』を見つけたと思った。

声を掛けたら、それは単に同じ髪飾りをしているだけの少女だった。

不思議そうな顔をしてこちらの顔を見る少女。確かに可愛《かわい》くはあるが、あの少女とは目つきがまるで違う。

私は肩《かた》を落とし、露骨《ろこつ》な調子で語りかけた。

「君のその髪飾りは、この島では流行《はや》っているのかい？」

「……？」

「あ、いや、同じ髪飾りをしてる女の子を捜《さが》していてね」

すると少女は——何やら身振り手振りを始める。

自分の事を指さしたりしているようだ。

「いや、だから君じゃなくて……」

そして、少女は私の裾《すそ》を引き、どこか路地裏の方に連れて行こうとしている。

——っ！

私は即座に気が付いた。

彼女は美人局《つつもたせ》か何かだと。

路地裏に連れ込んで、私から金をだまし取るか、組んでいる男達に私を襲《おそ》わせようとしているのだと。

もう何度もこの島で同じような目に遭《あ》っているのだ。今更騙《いまさらだま》されはしない。

寧《むし》ろ、私は眼前の少女に強い憤《いきどお》りを憶《おぼ》えた。

何度も騙され、積み重なった怒り。

初めて事前に危険を察知した反動から、私は今までの怒りを全て吐《は》き出す事となった。

見れば、まだ顔に幼さの残る可愛《かわい》い子だ。目つきは違うが、雰囲気《ふんいき》もどことなく私が捜《さが》している彼女に似ている。

だからこそ許せない。

私がこの島の天使だと感じたあの少女と同じ格好をして……『自分こそがその少女だ』と私を騙そうとしている。彼女を汚《けが》そうとしている。

だから、この島は駄目《だめ》なんだ。

こんな娘が、私を騙そうとしているのか。

私が見分けが付かないとでも思っているのか。

駄目だ。こんなことだから駄目なのだ。

私はこの島を正しい存在に導かなければならない。

不意に、そんな使命感が湧《わ》き上がる。

誰の為に？　この島に似つかわしくない、あの儚《はかな》げな目をした彼女の為にだ。

だからこそ、こんな偽者《にせもの》は存在していてはならない。

私は正しい事をしなければならないのだ。

今までも、私は正しい事をしてきたのだから。

だから死ね。この糞売女《くそばいた》が。

△

▼

私は数日前の記憶を蘇《よみがえ》らせながら、眼前の少女に語りかける。

「ま、まってくれ……！　ふぇ、フェイってのは……君と同じ髪飾りの……ぐあぁぁあっ！」

鉄パイプによって繰り出された突きが、左の肋《あばら》を勢いよく砕《くだ》き折った。

「お前、首絞《し》めて殺した。防犯ビデオ、お前の顔、あった。姉さん達、自警団には教えなかった。私だけに教えてくれた。私がそう頼んだ」

「まっ……待って……」

さっき、噴水《ふんすい》前のテレビに映っていたのは彼女の顔だった。

私が殺したのがこのリーレイという少女ではなく、間違いなく赤の他人であったと確認して、私は安堵《あんど》に包まれたのだが——

知らなかった。

私は知らなかったのだ。

まさか知り合いだなどと、どうしたら予想できる⁉

この、何も信用できない島で！　何も言わなかったあの少女が！

私の意識は彼女に対して誤解を解こうとしたのだが、身体《からだ》は自然と後ろに下がり——やがて、屋上の低い柵《さく》へ追いやられた。

「お前、可愛《かわい》くない。死ぬ、いい」

「待って……まま、ま、待ってくれ……私は、私は君を助けようと……！」

彼女が何故《なぜ》鉄パイプを持っているのか、何故あんなに人間離れした速さで動くのか、私には何一つ理解できない事だらけだったが、それを追及する暇《ひま》などない。

考えてみれば、私は彼女の事を何一つ知らないのだから。

本当に、本当に何故私は彼女に……こんなにも強く惹《ひ》かれて……

次の瞬間——唐突《とうとつ》に、私の首が背後から誰かに摑《つか》まれた。

そして、柵の方にグイ、と身体を引き寄せられる。……つまり、屋上の柵の外側から、誰かが私を引っ張っている人間が居るという事だ。

「やあ」

声に聞き覚えがある。

背後を振り向かずとも、誰なのか解《わか》る。

一度しか会っていないが、それだけの衝撃《しょうげき》を私に残した男だ。

「昨日《きのう》はどうも」

あの、昨日会った白服の異常者だ！

こんな時に……こんな時に畜生《ちくしょう》！

「む。八雲《やくも》。何するの？」

少女が動きをピタリと止め、私の後ろにいる異常者に声をかける。

八雲と呼ばれた異常者は、気《け》だるげな声で少女に対する答えを紡《つむ》ぎ出した。

「ああ、まあ、通りすがりなんだけどさ。事情は聞いた。聞いたよ。いや、君はどうやらとんでもない事をしたね。よりによって彼女の親友……妹みたいに可愛がってた女の子を殺してしまうなんて、どんな理由があったにせよ、とんでもない事をしたよ」

……親友？

……妹？

そんなの、そんな事、あの娘《むすめ》は死ぬまで一言も！

私はそう叫ぼうとしたが、首に掛かる圧力と全身の痛みが、声を出す事を許さない。

「君もこの島に来ておかしくなっていたのか、それとも元からおかしかったからこの島に来たのか……興味はあるけど、君の助言のおかげで彼女との仲がめでたく進展してね。その御礼《おれい》をしてあげようと思って」

……御礼？

「リーレイは君を数日かけて殺すつもりだ。助けるのが人道なんだろうけど、私も最近知り合いになったフェイちゃんを殺した君を許すわけにはいかない。そこで、間《あいだ》を取る事にした」

なんだ、こいつは何を言って――

「せめて、苦しむ時間が短いようにしてあげるよ」

「じゃあね」

――――――――――――――――――――――――――？

――――――――――――――――――――!?!?!?!?

私は、どうなった？

突然からだが浮き上がる感覚があり――天地が逆さまになり――

唐突《とうとつ》な浮遊感を味わった次の瞬間、私の身体《からだ》に強い力が加わった。

重力という名の、抗《あらが》いようの無い大きな力が。

落ちる。
落ちる。落ちる。
不思議と――私は冷静だった。
突然、世界の時間の流れがゆるやかになったように感じられる。

そして――私の中に、ここ数日間の記憶が更《さら》に詳細《しようさい》に浮かび上がる。
あの、私が殺した少女の身振りと手振りが……。
自分の事を刺《さ》したりする前後の細かい動きが再現される。
こうして冷静になってから思い返してみると、どこかに記憶がある動きだ。
……ああ、そうだ。
あれは、手話《しゆわ》だ。
……もしかして彼女は、声が不自由だったのだろうか？
それで、私が知り合いの少女を捜《さが》していると知って……？
そういえば……あの、彼女が私を連れ込もうとした路地の先……先は……
ああ、あああ、
ああああああああああああああ。
ここ……っ！　ここじゃないか……っ！

このビルじゃないか！

なんてことだ。私はなんという事をしてしまったんだ！

彼女は私を騙《だま》すつもりではなく、私をリーレイという少女の元に案内しようと……純粋に親切心を起こしただけだったのか！

それなのに、それなのに私は、勘違《かんちが》いして彼女を殺してしまったのか！

ああ、ああああああぁ。

なんで……そんな……。

………。

……………。

…………。

じゃあ、私が、、、、ここで死ぬのは、、、仕方が、、、、ない、、、。

私は間違った理由で人を殺してしまったのだから。

この痛みも全て受け入れなければならない！

死は、私に与えられた罰《ばつ》なのだから！

勘違いをした私の罪への！

……そうだ、その一点以外は、私は正しい事をしたんだ！

私は間違っていない！　私の人生は正しかった！

その信念を抱《いだ》いたまま死ねるのだから、やはり私は間違ってなどいないのだ！

……。

だが、どうしてこんなに……世界が……ゆっくりと……。

なんで過去の事を急に思い出したのだろう。今までずっと忘れていたのに。

……。

ああ、そうか。

これ、これが、走馬燈《そうまとう》ってやつに違いない。

だが、最期《さいご》に私が見たのは自分の過去などではなかった。

物凄《ものすご》い速度で迫り来る地面。

虹《にじ》色の髪《かみ》の男と、黒い髪の男が銃《じゅう》を突きつけ合っている光景。

ああ、そうか、私はその間に落ちて――

走馬燈は続いていた、というか追いついたんだ。

これが私の最期の記憶《きおく》で、私はここで――ああああああああああああああ

そうだ、思い出した、今になって思い出した。

何故《なぜ》私があの少女に強く惹《ひ》かれたのか

前に会ったような気がしたのか

解《わか》ったぞ！　今解った！
何故《なぜ》彼女の事があんなにも気になったのかかか
彼女の目だだだだだだだだ
どこまでも澱《よど》んでいるのにどこまでも純粋な目めめめめめめ。
あれは、私が殺した少女……社長の娘《むすめ》の死体と同じ目ををををををを
地面から幻覚《げんかく》が伸びたたたたたたたたたた
殺した筈《はず》の娘が地面から私に手をのばししししししししやめてやめてやめてやめて
てててて俺《おれ》が俺が私が俺が、私が間違っていいいいいた！　わ、私は間違っていた！　正しくなんてな
かった！　認めっ……認めますからやめてごめんなさい助けて許し手手手手手が私をひきよせ
やめろ許して私が間違っがっがっがっっ　っ　っ　っ

しかし、幻覚が謝罪など聞き入れる筈もない。
落ちる寸前、手が私の頬《ほお》に触《ふ》れる。
眼球に触れる。
と、私の眼球に何か熱い塊《かたまり》が飛び込んで——
腹にも胸にも同時ににににに何かがががが
しかしそれを確認する事もできずずずずずず

あづい　いだい　あづづ　いだづづづごめんなさいだいだあづづあぁあ

私の意識は、私の脳髄《のうずい》ごとグシャリとつぶぶぶぶ――――――ぶ――――

わくわく昼寝日記　○月　▼□日

ちゃんとかかない、だめ。
ごかいされる、やくもにいわれた。
きのうのこと、ちゃんとかく。

フェイにいたいことした、かわいくないやつ、おくじょう、きた。
ころされたあと、フェイ、いってた。
フェイ、ないてた。ころされていたかった。そういって、ないてた。
かたき、うつ。やくそくした。
でないと、フェイ、ずっとくらいところ。
くらいところ、鉄パイプでこわす。あんしん。

だから、こわした。
たくさんこわした。
さいご、やくもがおとした。

しんだ。こわれた。あんしん。
ねるぅ。

フェイ、よろこんでた。
わらってた。
またあそぶ。うれしい。
はやくねる。ねるぅ。キュウ。キュウ。

島内某《ぼう》所　屋上

落ちていく人影を見送る事なく、白服の殺人鬼《き》は肩《かた》を竦《すく》めながら口を開いた。

「余計な事をしたかな？」

殺人鬼の言葉に、リーレイは静かに首を振る。

「別に、もうどうでもいい」

「君があんな風に、人を苦しめて殺そうとするなんて珍しいね。フェイちゃんは君にとって大事な子だったから、当然と言えば当然だけど」

対する少女はいつも通りの調子だった。

声も、顔色も、死人のような冷めた瞳《ひとみ》も、普段の彼女と何一つ変わらない。

「あいつ、嫌《いや》な夢。壊《こわ》さないと、安心できない」

「君がかい？」

「フェイが」

「……そうか。君は優しいね」

淡々と答える少女に近づき、殺人鬼は花飾りの間の頭をそっと撫《な》でてやった。

「君もショックだろ、今日ぐらいは泣いてもいいんじゃないかな？」

「？　なんで？」

「なんでって……」

「ただ、現実で死んだだけ。すぐ会える」

少女はカラリと鉄パイプを地面に擦《こす》り、殺人鬼の目を見つめながら語り続ける。

「可愛《かわい》い子、幸せにならないと駄目《だめ》。だから、フェイ、私と一緒に幸せに眠《ねむ》る。ずっと、私と一緒に夢見る。だから、夢を壊す可愛くない奴《やつ》、殺さないと駄目」

そして、クルリラと回りながら屋上の真ん中に行くと、鉄パイプを握《にぎ》りしめたまま仰向《あおむ》けに寝転がった。

「だから眠る。寝るぅ。キュウ」

僅《わず》か数秒で寝息を立て始めたリーレイ。

彼女の姿を一歩離れた場所で見つめながら、殺人鬼の青年は暫《しば》し考え——納得する。

——ああ、そうか。

——この子は……リーレイは……夢と現実の区別がついてない子だと思ってたけど……。

——区別をつけた上で、同じものとしか思えないのかもしれない。

——この子にとって、死とは、重要なものじゃないんだ。

——眠りの間に意識が無に還《かえ》る事を人が恐れないように——

——彼女は、他者が無に還《かえ》る事を恐れないんだ。

——現実の悪夢を、夜の夢で塗り替えるつもりなんだ。

通常ならば、単なる逃避《とうひ》に過ぎないかもしれない。

だが、ここ暫《しばら》く彼女の昼寝仲間として会話を続けてきた青年は、思えば過去にも色々な節《ふし》があった事を思い出した。


「君は暗殺者なんだよねぇ」

「そう」

「殺せ、と言われて困った相手はいないのかい?」

「いない。でも、お前殺さなきゃいけないとき、ちょっとさみしかった。昼寝仲間いなくなる」

「……その割には思いっきり本気だったように思うけど……。じゃあ、俺《おれ》じゃなくて……君の好きな可愛《かわい》い子を殺せと言われたら? ほら、君の友達のフェイちゃんとか」

「兄さん、最初からそういう子を殺せ言わない。私が断る、解《わか》ってるから」

「でも、君がやらなければ別の人が殺すだけだろう」

「助ける。その暇《ひま》なければ、夢の中で謝る」

「……?」

「人、いつか死ぬ。でも、それ、夢、いつか醒《さ》める。一緒。でも、夢、眠《ねむ》ればまた見られる。

「君はあれだ、夢と現実の区別がつかない可哀相《かわいそう》な子なんだなあ」

「殺人鬼《き》に頭《あたま》可哀相、言われたくない」

だから、問題、何もない」

そんな会話のやりとりを思い出し——殺人鬼は尚《なお》も考える。

眠っている間は死んでいるのと一緒だ。そう言って日記を書くノートを渡したとき、彼女は不思議そうに首を傾《かし》げた。

彼女にとって、夢と現実に差は無く、現実と死に差はなく、死と夢にも悲しむべき程《ほど》の差はないのかもしれない。夢の中は、あるいは眠りの中の、完全に意識を無くした『無』というものは、彼女にとってもう一つの人生なのではないだろうか？

それは、とても不幸な事なのではないだろうか。

親しい友人の死を『喪失《そうしつ》』と受け取らず、夢の中でいつでも会えると悲しむ事も無い。

果たしてそれは、本当の意味で『生きている』と言えるのだろうか。

——リーレイは……大事な人が死んでも、失ったという哀《かな》しみは感じないのか。

——それは……凄《すご》く凄く哀しい事なんじゃないか？

この少女は、もしかしたらこの島の中でもっとも壊《こわ》れてしまっている存在なのではないか？

殺人鬼の青年は、すでに微睡《まどろ》みの奥へと落ちていった少女の寝顔を覗《のぞ》き込む。

「……」

幸せそうな顔をしていた。

起きている時には決して見せない、本当の安らぎに満ちた顔。

――もしかしたら、夢の中ではいつもと同じ仏頂面《ぶっちょうづら》をしてるのかもね。

青年は溜息《ためいき》を溢《こぼ》し、どこか憐《あわ》れみを感じつつも、それは傲慢《ごうまん》な考えなのだろうかと一人で迷いながら、自らも屋上の隅《すみ》に寝ころび、空を眺《なが》める。

無数の星空が美しいと思いつつ、殺人鬼《き》は眠《ねむ》りの中に落ちていく。

――ああ、でも……。

――リアル過ぎる夢を見たら、どちらが本物か解《わか》らなくなるってのは良く聞く話だ。

――だったら、都合のいい方を常に現実として生きていくのも、ありなのかもしれない。

――少なくとも、眠ってる時のリーレイは幸せそうだからね。……ふぁ……。

スヤスヤと眠りに落ちる殺人鬼。

彼は彼で、夢など見る事も無いまま意識を無に委《ゆだ》ねていく。

それが本当に死なのかどうか、死んだことの無い自分には結局区別など付かないのかもしれないと、無駄《むだ》に疲れる事を考えながら――

屋上にはただ、二人分の安らかな寝息が静かに響き渡るだけだった。

数分前にあった人体破壊《はかい》と殺人の空気など、まるで最初から夢の中の出来事だったとでもいうかのように。

わくわく昼寝日記　○月　▼△日

フェイ、おきてきた。
もう、フェイいじめるくろいかげ、いない。
あんしん。あそべる。
かあさん、とうさんといっしょ。しあわせそう。
みんな、しあわせ。
わたし、くろいやつら、やっつける。
みんなしあわせ。
フェイ、わらってた。かわいい。
だきしめる。キュウ。
これからも、ずっといっしょ。
だから、たくさんたくさんだきしめる。キュウ。
おきたら、やくも、わたしのあたまなでた。
かわいい、いってくれた。

フェイ、もっとかわいい。わたし、そういった。
「そうだね、これからも、きみといっしょにいる、ずっとかわいい」
そんなこといってた。
あいつ、さつじんき。だけどいいやつ。
もしもこっちでしんだら、わたしのゆめ、つれていく。
ひがしくかくのかたなつかい。やっぱりしんだらつれていく。
きっとフェイとなかよくなる。みんなしあわせ。
フェイ、かわいいから。きっとみんなとなかよくなれる。
だから、みんなしあわせ。

なんだか、うれしい。
きょう、ねじろをだきしめる。たっぷり。にがさない。キュウ。
みんなみんなかわいい。
それか、かっこいいひと、おおい。
わたし、しあわせ。
だから、あんしんしてねむれる。
わるいゆめ、みんなこわす。

だから、みんなしあわせ。
だきしめる。
みんなみんなだきしめる。

なんだろう。
きょう、たくさんにつきかきたい。
かきたいきぶん。
だから、これから、みんなだきしめてくる。
まず、やっぱりねじろ。
ラッツのみんな、かわいい。
なんどでもだきしめる。キュウ。

とりあえずそのまえに、ひとねむり。
おひるね。ゆめのなかでみんなとおさんぽ。たのしい。

おやすみなさい。キュウ。

第二話　完

じゆうちょう
わくわく昼寝日記

第三話

『吼《わん》えるよ？　吼《わん》えるよ！』

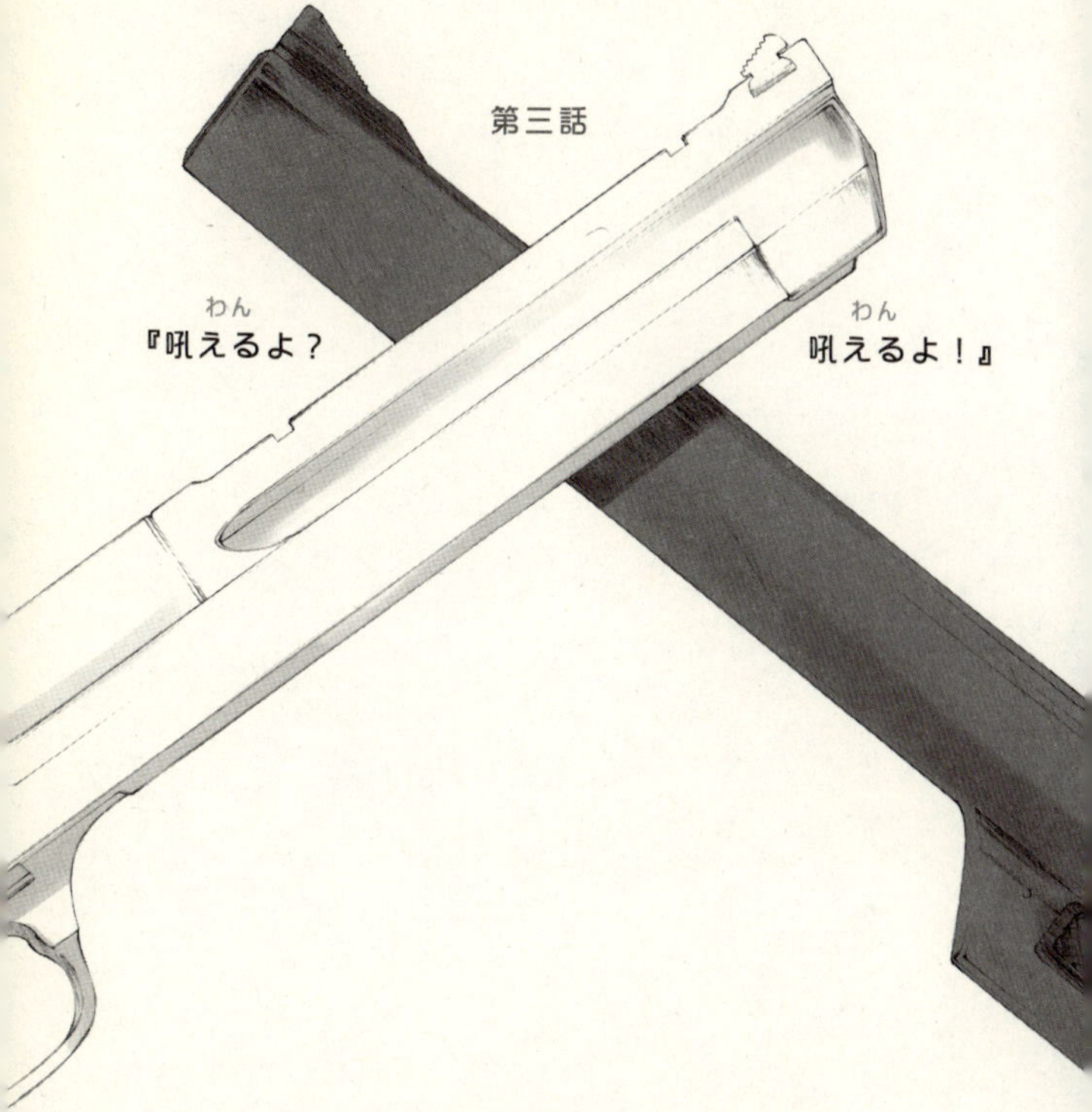

「……えーと」

硝煙《しょうえん》を吐《は》き出す銃《じゅう》を手に、戌井隼人《いぬいはやと》は困ったように首を傾《かし》げた。

「なにこれ？」

目の前に転がる死体を見下ろしながら、虹髪の青年は眼前の『敵《てき》』に問いかける。

すると、その敵——左右の手に、やはり硝煙を纏《まと》う銃を握《にぎ》った狗木誠一《くぎせいいち》が、眉《まゆ》を顰《ひそ》めながら言葉を返した。

「……こっちが聞きたい」

「いや、飛び降り自殺……っていうか、今、俺らの撃《う》ったのが当たった……よな？」

「……そうだな」

「……」

気まずい表情になりながら、上と下を交互に見比べる戌井。狗木もまた、あまりにも不可解な状況に対して警戒したのか、戌井だけではなく周囲にも視線を巡《めぐ》らせている。

戌井《いぬい》は死体から広がる血溜《ちだ》まりに一歩踏み出し、歪《いびつ》に折れ曲がり、潰《つぶ》れた身体《からだ》を見極める。

「ああ、こりゃどっちの弾《たま》がどこに当たったのかとか解《わか》らねえな」

「自殺なのか突き落とされたのかは知らんが、どの道死ぬ運命だったんだ。気にする必要も無いだろう」

「クールな意見だねえ。もしかしたらスタントの練習で、あの状態からこう……クルって回転して見事に着地するってつもりだったのかもしれないだろ？」

「なら、銃声《じゅうせい》が鳴ってる所に降りる方が悪い」

意外と真面目《まじめ》に返答する狗木《くぎ》に、戌井は意外だとばかりに目を開く。

「へえ、てっきり『そんな器用な奴《やつ》がいるか』とでも言うかと思ったけどな」

「この島に常識は通じないからな。お前や八雲《やくも》なら、それも可能かもしれない。……落ちてきたのがお前で、俺《おれ》が撃《う》ち殺せていたんだったら最高だったがな」

「じゃあ、どうしてこうして喋《しゃべ》っている間に撃ち殺さない？」

「多分、お前と同じ理由だ」

何がおかしいのか、戌井は口元をニイ、と歪《ゆが》ませ、自分のこめかみに銃口《じゅうこう》を押し当てる。

「俺もお前も、もう丁度弾切《ちょうどたま》れだろ？」

相手の言葉を聞いて、狗木は小さく息を吐《は》き出し両手を下げる。

「……嫌《いや》な奴だ。あの乱戦の中で数えていたのか」

「銃声の違いを聞き分けられる俺ってすげえよ。聖徳太子《しょうとくたいし》の生まれ変わりかもな。七色に染めた髪《かみ》はそれぞれの色によって七条の憲法に振り分けられます」

「聖徳太子の憲法は十七条だろう」

そして、そのまま笑いながら引き金を引こうとしたのだが——

——あれ？　俺の方は本当に弾切れだったっけ？

急激に背中に寒気を感じ、頭ではなく地面に銃口を向け直し——引き金を引いた。

乾いた破裂音《はれつ》。

地面に当たった銃弾《じゅうだん》が砕《くだ》け散るのを見届けながら、戌井は暫《しば》し硬直し——

珍しく驚いた顔をしている狗木に向かい、精一杯の笑顔を浮かべ、叫ぶ。

「ザ・マジックショー！」

「……」

「……ザ・マジックショー！」

冷や汗《あせ》混じりに二度叫んでみるが、狗木の視線に露骨《ろこつ》に呆《あき》れと蔑《さげす》みの色が籠《こ》もり始めた。

「俺は……何故《なぜ》おまえみたいな奴と何度も何度も殺し合いをしているんだろうな」

二人の周囲が微妙な空気に満ちあふれる。

片や、物凄《ものすご》くあっさりと訪れた命の危機を、すんでの所で回避《かいひ》した男。

片や、そんな男を前にして自分の人生を振り返り、軽い鬱《うつ》状態になっている男。

二人の間には、忘れ去られたように横たわる死体から血の臭《にお》いが充満している。

「えー……そこはほら、俺《おれ》のマジックは大切な物をシルクハットから出しました。あなたの心です、という流れで納得するってのはどうよ？」

自分自身の格好悪さを誤魔化《ごまか》す男を前にして、狗木《くぎ》の顔に一層深い影が掛かる。

「心か……そんなものはとっくに捨てた。そう心に誓《ちか》っていたが……。憎《にく》しみすら捨てられない俺は、結局ただの人間に過ぎないのかもしれないな……。確かに、手品のタネに使われて見せ物になるのが相応《ふさわ》しいのかもしれない」

「いや、マジになられても困る。悪《わり》い、ごめん。マジごめん。ていうか、あんたの心はあのイーリーの姉ちゃんに預けたんだろ？　あんたの心を見るたった一人の観客はイーリーだ。俺は舞台袖《そで》でそっと覗《のぞ》かせて貰《もら》うから、な、恥ずかしがらないで明日《あした》を見て生きるんだぜ！　何故《なぜ》ならライフイズビューティフルだからだ！　一日一善！　お父さんお母さんを大切にしようって奴《やつ》だ！　解《わか》るか？」

適当な言葉を芝居《しばい》臭《くさ》くべらべらと並べ立てる戌井《いぬい》に、狗木はあくまでローテンションだ。

「……父さんと……母さんか……」

「うわぁ、面倒《めんどう》臭い事になっちまったなぁ。ていうか危うく自殺しかけたのは俺なのに、どうしてそっちがローになってんだって話だよ」

慰《なぐさ》めるのを諦《あきら》めたのか、戌井がケラケラと笑い出す。

それに対応するかのように、狗木もまた顔をあげる。どのような仕組みになっているのか、両手の銃《じゆう》をコートの裾《すそ》に戻し、いつも通りの冷静な表情を顔面に貼《は》り付けた。

「……やはり、お前と話していると調子が狂うな」

「なんか、殺し合いの時の挑発《ちょうはつ》以外でこうやってまともに喋《しゃべ》るの初めてか？　もしかして」

「まだ殺し合いの最中だと思ったが？」

「いやあ、流石《さすが》に興《きょう》が削《そ》がれただろ。大体、この飛び降り野郎が一メートルでもズレて飛んでたら俺かお前のどっちかが巻き添えで死んでたんだぜ？　……ああ、そうだ。下の巻き添えも考えないで飛んだわけだから、やっぱりこいつ殺されても文句言えなくねえか？」

身勝手な事を言い始める戌井に対し、狗木は僅《わず》かに眉《まゆ》を顰《ひそ》めて呟《つぶや》いた。

「巻き添えを増やしているのは、お前も一緒じゃないのか？」

「あん？　なんの事だよ？」

「周りに転がっている連中……お前が揉《も》めている相手なのだろう？」

「ああ、こいつらね」

自分達の周囲に転がる死体や戦闘不能の男達を見回し、二人は淡々と言葉を交わす。

「それにしちゃ、お前もこいつらと撃《う》ち合ってたじゃないか」

「先刻、イーリーが襲撃《しゅうげき》された。わざと一人を逃がし、追ってきたらここでお前が銃撃《じゅうげき》戦をやらかしていたというわけだ」

「なるほど。それでわざわざ俺《おれ》を助けてくれたわけだ。殺したくてたまらない俺の事を」

再び挑発《ちょうはつ》の意図が含まれ始めた戌井《いぬい》の言葉に、狗木《くぎ》は静かに首を振る。

「今は、俺個人の感情よりも優先すべき事がある。それだけだ」

「……つまり、俺になにか用があったってわけだ」

「ああ。率直に聞くぞ。……この連中はなんだ？」

直接的な問い。

その一言だけで、狗木は数秒前までの緩《ゆる》んだ空気を消し飛ばす。

少しでも嘘《うそ》を語ろうものなら殺す。そんな意思を籠《こ》めた瞳《ひとみ》で、青年は戌井を睨《にら》み付けた。

戌井もまたその空気を察したのだろう。無駄口《むだぐち》を叩《たた》く事無く、淡々と相手の求める答えを返していく。

ただし、どこか抽象《ちゅうしょう》的な物言いで。

「俺の敵《てき》さ。いや、島の敵、と言ってもいいかな」

「……はぐらかすな」

「割と直接的に伝えたつもりだぜ。ていうか、その辺に転がっててまだ息のある奴《やつ》を拷問《ごうもん》すればいいんじゃねえか？　マジお手軽。超オススメ」

ヘラリと笑う狂犬に、忠犬は目を細めながら緩やかな所作《しょさ》で首を振る。

「お前がこの男達から狙《ねら》われている事は分かっている。その理由が、例えばお前が何か物品なり情報なりを持っているのだとしたら、ここでお前を見逃す理由はない」

「理由が無いなら造ればいい。今から俺達が親友になって、その友情に免じ見逃……ごめん、嘘、真面目《まじめ》に答えてやるって」

相手の細い視線の中から殺気が零《こぼ》れ出すのを感じ取り、戌井はやれやれと息を吐《は》く。

「あいつらはこの島の人間じゃない。あらゆる意味でだ」

「？」

「奴らはこの島に住むような連中じゃないし、住む必要もない。だが、この島を必要としてるのさ。自分達の財布《さいふ》を豊かにしてくれる、必要だが大事じゃねえ家畜《かちく》としてな。ああ、一般的に見ればこの島どころか、普通に『人間じゃねぇ』って言われそうな事もやらかしてるな。ま、人間だからこそやらかす事なんだが、逆にそれが『人間じゃねえ』って言われる事になってるんだから、皮肉な話だよなあ？」

「一体何の話だ？　こいつらは一体何者なんだ？」

周囲に血の臭《にお》いに満ちる空間で、顔をしかめる事も鼻を塞《ふさ》ぐ事も無く会話を続ける二人。

足下に転がる『墜落者《ついらくしゃ》』の遺体《いたい》は既《すで》に意識の外にあるようで、端《はた》から見れば死体を挟《はさ》んで全く無関係な話をしているという、不気味極まりない光景が出来上がっていた。

「奴らの正体は、多分お前や西の連中が想像してるより、ずっと単純なもんだぜ？」

そして、虹《にじ》髪を靡《なび》かせた狂犬が、その異常さを際だたせる一言を紡《つむ》ぎ出す。

「あいつらは、一言で表すなら……」

「正義の味方さ」

△
▼

同時刻　日本某所《ぼう》　湾岸倉庫内

「全滅、だと？」


都市部からやや離れた場所にある、とある港の倉庫街。

クローンのように同じ形状の倉庫がひっそりと並び、夜間作業をしている船もなく、ちょっとした寒気を感じさせる幽霊港《ゴーストポート》となっている。

だが、そんな閑散《かんさん》とした空気の中に、人の気配が無数に蠢《うごめ》く一角が存在した。港湾区画の中央付近にある大型の倉庫の中で、何人かの男達がせわしなく動き回っている。

その倉庫の隅《すみ》。一際大きなコンテナの裏側で、強面《こわもて》の顔の男が無表情で口を開いた。

「島に入っていたのは何人だ？」

「三十六人ですね。実働隊のほぼ半数です」

強面の問いかけに、部下らしき男が冷や汗《あせ》混じりに言葉を返す。

「連絡は密《みつ》に取り合ってたんだろう？　島の連中に囲まれるようなヘマをしたってのか」

「い、いえ……それが……」

「どうした？」

言い淀《よど》む部下に、強面の冷たい視線が向けられた。

その圧力《プレッシャー》によって無理矢理口を開かれる形で、恐る恐るといった調子で報告を続ける。

「その……逆です……。その戌井《いぬい》とかいう野郎を、まず十人ほどで取り囲んだそうですが……」

「たった一人相手にやられた、なんて報告は聞きたくねえぞ」

「いえ、流石《さすが》に一人にやられたという事は」

首を振りながら冷や汗混じりに苦笑する部下。その表情は、自分自身も報告すべき内容が信じられないといった表情だ。

「二人、です」

「……」

「あらかじめ言っておきますが、不意打ちをされたわけでも、罠《わな》を仕掛けられたわけでもありません。寧《むし》ろ不意打ちを仕掛けたのはこちらですが、あの戌井の他に、妙な二丁拳銃《にちょうけんじゅう》の男が出てきて……西区画の幹部の女を襲《おそ》った五人が事前に音信不通になってますが、何か関係があるのかもしれません」

相手の怒りが爆発する前にと、できるだけ多くの情報を口にする男。

そんな部下からの報告を耳にして、強面《こわもて》の男は――嗤《わら》う。

「ハハ……ハアハハハハハ！　ハハハハハハハハハハハハ！」

「か、会長……」

「二丁拳銃《にちようけんじゆう》ってお前……ジョン・ウーの映画じゃねえんだからよ！　ハハハハハハハ」

テレビのバラエティ番組を見ている高校生のような爆笑を倉庫に響かせ、強面の男はバンバンと膝《ひざ》を叩《たた》く。その姿はどこか狂気めいたものも感じさせたが、部下はどうしていいのか解《わか》らず、釣《つ》られるように口元を歪《ゆが》めていった。

「は、ハハ…」

「おかしいったらねえよな！　笑えよ、なあ！」

「は、ハハハハ、ハハハハハ」

背筋を震《ふる》わせながら笑う部下。

その哄笑《こうしよう》を更に盛り上げるように、会長は立ち上がり、部下の肩《かた》をバンバンと叩く。

「ハハハハハハハハハ！　ハハハハハハ！」

「は、ハハハハハハ、ハハハハハハ……」

と――会長はその流れで部下の首筋に手を回し、手近にあったコンテナの角に叩きつける。

「ぶギっ」

「ハハハハハハハハハ！　どうした？　笑えよ！　ハハハハハ！」

相手が力無くズルズルと膝《ひざ》を突いたところで、その頭を踏みつぶすように蹴《け》りつける。

「ギュブっ……」

鼻が折れた音がして、部下の顔を中心としてコンテナの壁面に赤い花が咲く。

「おかしいだろ？　笑えよ」

何度も何度も厚い靴底を叩き込みながら、決して致命傷にはならぬように計算して蹴り続ける強面の男。だが、その表情には満面の笑みが浮かべられていた。

「そうらわーらーえ、そうらわーらーえ、おるぁわーらーえ！　ハハハハハハハ！」

手拍子《ひょうし》で音頭《おんど》をとりながら、リズミカルに部下を踏みつける。

周囲の他の人間達は皆動きを止め、固唾《かたず》を呑《の》んで状況を見守っていた。

やがて蹴り飽《あ》きたのか、肩で息をしながら椅子《いす》に座り、床に這《は》い蹲《つくば》っている部下に爽《さわ》やかな笑顔を向ける。

「で、報告の続きは？　まだ二十人近く残っていた筈《はず》だが、そいつらも全滅しているというのはどういう事なのか、じっくり説明して貰《もら》おうか」

「あ、が……」

「おいおい、日本語になってないぞ？　ちゃんと喋《しゃべ》って欲しいねぇ。私が無駄《むだ》な事が嫌《きら》いだというのは知っているだろう？」

「ひ……」

歯も何本か折れ、鼻からは止めどなく血が溢《あふ》れ出している状況だが、上司《じょうし》の声の奥底に籠《こ》められた殺意を感じ取り、怯《おび》えながら言葉を吐《は》き出した。

「そ、それが……十人がやられたって連絡が入って、残りの人間も現場に向かわせたんです。で、ですが……」

「ですが、などという言葉は聞きたくないなあ」

「我々のような正義の味方に、言い訳は似合わんだろう？」

△
▼

「正義の味方、だと？」

「ああ、奴《やつ》らがこの島でどんな連中を殺したり攫《さら》ったりしてるのか、少しは西の方でも調べがついてるんじゃねえか？」

楽しそうな笑みを浮かべながら語る戌井《いぬい》に、狗木《くぎ》は顔を曇らせながら吐き捨てた。

「殺されているのは悪人ばかり、という下らない話の事か」

「下らないが、事実だろ？　この島にいるのなんて、五割が本土でなんかやらかした悪党だからな。適当に殺しても二分の一の確率だ」

「なら、お前が真っ先に狙《ねら》われるのは当然だな」

皮肉を籠めた言葉を呟《つぶや》くが、戌井は全く堪《こた》えた様子もなくカラカラと笑う。

「まあな。ともあれ、奴らの目的は単純さ。悪人をぶっ殺す事。それが大前提さ。……ただし、奴らにとっちゃ、この島にいる事自体が悪って感じだがね。ま、それに関しちゃ、マジで俺《おれ》に聞くよりその辺の生き残りを拷問《ごうもん》でも尋問《じんもん》でも洗脳でも色仕掛けでもしてくれ。イーリーの姉ちゃんが色仕掛けすんなら、是非《ぜひ》ともその場に居合わせたいけどな」

肝心《かんじん》な事を何一つ伝えない戌井の物言いだが、狗木はそれに納得したのか、冷静に次の言葉を吐き出した。

「それで、お前は奴らの何を握《にぎ》っているんだ？」

「……正義の味方は、一体誰に正義の味方って認められると思う？」

「神や集合意識体の話でもするつもりか？」

「そんな面倒な話じゃねえよ」

戌井は近くの壁に寄りかかると、大仰《おおぎょう》に両手を開いて言葉を紡《つむ》ぐ。

「観客さ」

「観客？」

「陰《かげ》ながら世のため人の為に尽くした所で、誰にも知られなきゃ、それは単なるいい人って奴《やつ》だ。無論尊敬されるべき存在ではあるが、存在自体気付かれなければ、『正義の味方』とは誰にも認められない」

「妙な事を言うな。漫画や映画ではよくある話だと思うが？」

誰にも認められずとも戦う孤独なヒーロー達の話は、それこそ王道たるテーマとして無数に存在している話だ。だが、戌井《いぬい》は解《わか》ってないな、といった顔で笑い、話を続ける。

「その場合は、その映画とかを見てる視聴者、って観客がいるだろう？　それはそれで正義の味方と認められるのさ。読者の心の中でね」

「何が言いたいんだ？」

苛立《いらだ》たしげに問い続ける狗木《くぎ》に、戌井はここからが本番だとばかりに語気を強めた。

「俺《おれ》が握《にぎ》ってる情報っていうのは、そう！　その観客のリストさ！　この島の悪人どもをばったばったと薙《な》ぎ殺すハートフル虐殺《ぎゃくさつ》ジャスティスストーリー！　タイトルはどうしようか、まあ仮に『スーパー拷問吏軍団《ごうもんり》Sチーム VS 悪徳の島』ってしておこうか！」

センスの欠片《かけら》も無い単語の羅列《られつ》を口にし、戌井は拳《こぶし》を握《にぎ》りしめて狗木に叫ぶ。

「観客動員数はなんと数千人！　世界同時公開！　完全限定版にして一見様《いちげん》はお断りさせて頂きます！　島の果てに、君は悪人の涙《なみだ》を見る！　……の巻！　パートIII！」

「悪いが、何を言っているのかさっぱり解らない」

相手が完全に自分の世界に入ってしまっている事に気付き、狗木はできるだけ冷静な声を出して目を伏せた。

「ついでに言うなら、面白くもない」

全く感情を揺さぶられていない狗木の指摘を受けた戌井は、今し方自分が吐《は》き出した言葉を冷静に思い返し——

顔を僅《わず》かに赤らめながら、何事も無かったかのように咳払《せきばら》いする。

「ま、俺は奴らがこの島で殺人をやってる証拠《しょうこ》みたいな感じのデータを持ってるってわけだ」

「最初からそう言え」

「それじゃつまらないだろ？」

戌井は肩を竦《すく》め、改めて眼前にいる青年に視線を向ける。

「だがよ、さっきも言ったが、マジでこんなにまともな会話したのは初めてだよな。今までは面《つら》を付き合わせる度に殺し合いばっかでよ」

「……そうだな」

「別の出会い方をしてれば、親友だったかもな……って奴か？」

「……そうだな」

まさか肯定されると思わなかったのか、戌井はヒュウ、と口笛《くちぶえ》を吹いて笑うと、諦《あきら》めかけていた提案を再び口にした。

「やっぱ一緒に海賊《かいぞく》……」

「断る」

「即答！」

パシリと自分の顔を手で叩《たた》きながら、戌井《いぬい》はそれでも嬉《うれ》しそうに笑う。

「ま、そんな所がお前らしいっていうか、個性だよなあ」

意地の悪い笑みを口元に浮かべ、そのまま狗木《くぎ》に背を向ける。

「じゃあな、そいつら拷問《ごうもん》してもまだ解《わか》らねえ事があったら携帯にでも電話を寄越《よこ》せ。交渉次第で売ってやるって西の連中に言っておいてくれや」

「……」

無言でその背を見送る狗木は、最後まで表情に感情の色を浮かべなかった。

△
▼

数分後　噴水《ふんすい》前

「街頭テレビかぁ。ここで映画とかやってくれないもんかね」

狗木と別れた戌井は、つかの間の平穏《へいおん》を満喫しながら島の中を歩いていた。

西区画と東区画の緩衝《かんしょう》地域である、巨大モールの屋内広場。

その象徴たる噴水の前には、最近設置されたテレビが存在感を放っているが——現在は何も映し出されていない。

そのせいか、現在はテレビの周囲に人影は無く、広場の隅《すみ》の方で何人かのホームレス達が寝ころんでいるのが見えた。

戌井はそのテレビに歩み寄りながら、先刻の邂逅《かいこう》を思い出す。

「いやあ、出てくるとは思ってたが、まさかこんなに早い事になるとは」

そして、珍しく普通に交わされた会話を思い出しながら、独りごちる。

「しかし、意外だったね。あの堅物《かたぶつ》の狗木が、何事もなく俺《おれ》を見逃す……」

その瞬間、戌井は街頭モニターに映る景色を見た。

黒い鏡面体《きょうめんたい》に映るのは、特徴的な色をした自分の頭と——

背後から音もなく迫る、影のような男の姿。

「……わけねえよなぁ！　やっぱ！」

振り返ると同時に、上体を思い切り後ろに反らす。

と、一瞬前まで自分の頭があった場所を、鋼鉄が仕込まれた靴先《くつさき》が通り抜けた。

「ひょほう！」

特殊な回し蹴《げ》りの姿勢で宙《ちゅう》を舞う狗木の姿を見ながら、戌井は歓喜の声を上げる。

「そうこなくっちゃなぁ！」

テンションが上がったという顔つきの戌井《いぬい》に対し、狗木《くぎ》はやはり表情を消したまま、必要最低限の言葉だけを口にする。

「データを渡せ。あとは西区画が仕切る」

恐らくは、尋問《じんもん》などは仲間の黒服等を呼びつけてそちらに任せたのだろう。それにしても、わざわざ一人で追って来て喧嘩《けんか》を仕掛けてくるとは、やはり通常の狗木からはあり得ない行動であると言えた。

それだけ、戌井という人間に理屈や感情を超えた特別な敵意《てきい》を抱《いだ》いているのだろう。戌井自身もそれを理解しているからこそ、逃げる事無くその喧嘩を全力で買い叩《たた》く。

「残念だけど、東区画にも高値を付けて貰《もら》っちゃってるんだよねぇ。欲しかったら俺《おれ》じゃなくてギータルリンの旦那《だんな》に交渉してくれ」

「情報を買うつもりはない。貴様から奪うだけだ」

狗木は右足の靴先で力強く地面を打ち付けた。すると、どういうギミックになっているのか、その先から短い刃《やいば》が飛び出した。

「ちょって待って、マジで待って。その靴どこで売ってんの？　それともまさか自作か!?」

戌井の問いには答えず、容赦《ようしゃ》なく刃《は》の生えた足先で喉元《のどもと》を狙《ねら》う狗木。

それを紙一重《かみひとえ》で避け、戌井は楽しげに挑発《ちょうはつ》の言葉を紡《つむ》ぎだした。

「俺が死んだら、欲しがってるデータもパーだろ？　ていうか、殺すつもりはないにしてもよ、もっと平和的な解決方法にしようじゃねえか！　だって俺達は人間であり、人間は愛を知る動物だから……だから喰らえ！」

戌井は噴水《ふんすい》の縁《ふち》に足をかけて高く跳び、そのまま相手に踵落《かかとお》としを繰り出した。

彼の足は即座に後ろに下がった狗木のコートをかすめ、硬い布地を勢いよく切り裂《さ》いていく。

狗木は一転して前に飛ぶと、戌井の腹に膝蹴《ひざげ》りを叩き込む。

「お前を動けなくした後は、両手の指が全てなくなるまで交渉するだけだ」

相手の膝をギリギリの所で受け止め、戌井はそのまま流されるように後ろに飛んだ。

そして、相手の言葉を聞いて、戦いの途中《とちゅう》でも口を開く事を止めない戌井。

「おいおい……両手の指って……そういや先月そういう事件あったな。誘拐《ゆうかい》した女の子の指を全部親の元に送りつけたんだっけか。お前もそのお仲間か？　おい」

戌井は足技による連撃《れんげき》を躱《かわ》しながら、なんの迷いもなく、相手を貶《おとし》める為のアクセルを踏み込んだ。

「やっぱり、女の子を殺すのが、、、、、、、、、趣味なのかい、、、？　お前の幼馴染《おさななじ》みをアレしちまったみてえに」

禁断の挑発。

数年前の狗木であれば、激昂《げっこう》して自分を見失っていた所だろう。

だが、今の狗木には、もはやその挑発すらも通じない。

僅《わず》かに顔の筋肉を動かしたが、表情が変わるには至らなかった。

ただ、無言のまま戌井《いぬい》への打撃と斬撃《ざんげき》を繰り返す。

戌井はそれを大味な動きで躱《かわ》しながら、相手の動きを観察する。

そして、僅かな隙《すき》をついて後ろ回し蹴《げ》りを叩《たた》き込み、防御《ぼうぎょ》はされたものの、上手《うま》く相手を自分の元から突き放した。

狂犬は呼吸を整える代わりに、敢《あ》えて一つの疑問を口にする。

「よぉ、なんで銃《じゅう》を抜かねえ？」

お互いに距離の空いた状態。

拳銃《けんじゅう》を持っているならば、先に抜いた方が確実に相手を撃《う》ち抜けるという状況だ。

だが――二人とも、銃を抜くことは無かった。

「銃弾《じゅうだん》を詰め替える時間も、あの倒れた連中から銃を奪う時間もあった。でもお前は、未だに銃を抜いてない」

「……」

「俺《おれ》を撃ち殺したら情報が得られなくなるから？　違うね。ここは緩衝《かんしょう》地帯とはいえ、幾分《いくぶん》西よりだ。サイレンサーで撃ち合おうが、この辺は人も多いからな。跳弾《ちょうだん》の音でも響いて通報されたらそれまでだ。しかも、あのぶるぶる電波の姉ちゃんのワゴンがしょっちゅう通る場所でもある。つまり――」

「ああ、その通りだ」

相手が全《すべ》てを語るよりも前に、狗木《くぎ》は瞳《ひとみ》の翳《かげ》りを一瞬だけ緩《ゆる》めて口を開く。

「東の護衛部隊はともかく、葛原《くずはら》さんが来たらお互いに困る。そうだろう？」

「やっぱ、どっか素直になったな、お前」

ニヤリと笑いながら、戌井《いぬい》は首をコキリと鳴らす。

狗木もまた、相手を迎え撃つ為に身構えたのだが――

次の瞬間、無数の足音が噴水《ふんすい》の周囲に響き渡る。

続いて、乾いた銃《じゅう》声《せい》が響き渡るが、当然ながらどちらも銃は抜いていない。

「そこまでだ、この糞《くそ》ども！」

二人が周囲に意識を向けると、そこには、先刻と似たような格好のチンピラが二十人程《ほど》おり、手に銃を持ちながらこちらを取り囲みつつあった。その中で中心と思しき男の手には硝煙《しょうえん》を纏《まと》う拳銃が握《にぎ》られており、どうやら床《ゆか》に向けて脅《おど》しの意味で一発撃ちはなったようだ。

「まだこんなに居たの？　ったく、修学旅行のシーズンにゃ、ちょいと早いんじゃねえの？」

「……」

戌井は困ったような苦笑を浮かべ、狗木は冷静に周りの状況を観察している。

チンピラ集団の中心人物らしき男は、銃を二人に向けながら苛立《いらだ》たしげに舌打《したう》ちした。

「クズどもが手こずらせやがって。簡単に死ねると思うな」

「雑魚《ざこ》丸出しの台詞《せりふ》だな」

戌井《いぬい》の空気を読まない挑発《ちょうはつ》に、男はますます苛立《いらだ》ちを募《つの》らせる。

「状況が解《わか》ってんのか？　てめえら本気で頭が……」

「いや、状況を解ってないのは、そっちだから」

溜息《ためいき》をつきながら、戌井はヘラリと笑って言葉を続けた。

「この場所で銃声《じゅうせい》を響かせるってのが、どんな意味を持ってるのか知らないらしい」

「なんだぁ？」

「お前は運がいいかもしれないぞ？　なんせ、島の中で最強とも言える偉大にして伝説的でゴージャスな男の手によって、直接弾丸《だんがん》を受け止められ………」

そこまで言葉を紡《つむ》いだ所で、戌井の声は唐突《とうとつ》な轟音《ごうおん》に遮《さえぎ》られる。


バルルルルルルルルルルルルルルルルルrrrrrrr――


独特のエンジン音。

「あれ……？」

まるで機械の獣《けもの》がうなり声を上げているような爆音に、戌井は驚いたように目を丸め――眼前にいる狗木《くぎ》の方を向き、半分独り言といった調子で言葉を紡《つむ》ぐ。

「ちょっと、予想外に早く来ちゃったな、こりゃ」

その呟《つぶや》きに呼応するように、噴水《ふんすい》広場に姿を現したのは――

巨大な二本の爪《つめ》を持つ、獰猛《どうもう》で愛らしい一匹《びき》の猫《ねこ》だった。

△

▼

本土某《ぼう》所　倉庫街

「その……というわけで、乱入してきた女達に残った全員がやられて……後は、雪崩《なだ》れ込んできた黒服とか訳の分からない連中だのに、殆《ほとん》ど袋叩《だた》きの状態だったとか……」

「……女達？」

「え、ええ、それが……その……チェーンソーを両手に一本ずつ持って、とんでもなく身軽に動く女を皮切りに、日本刀を持った女とか、名探偵《めいたんてい》の女とか、もうわけの解《わか》らないのが色々」

会長と呼ばれる男に報告する部下の瞳《ひとみ》には、既《すで》に絶望が満ちあふれている。

視線には『知るか！　俺《おれ》だってわけがわからないんだ！』という悲痛な叫びが籠《こ》められているが、強面《こわもて》の男は、その無言の叫びを理解した上で――嗤《わら》う。

「ハハ……」

「ひっ……」

先刻の状況を思い出したのだろう、今度こそ殺されると、部下の男は身を強ばらせた。

だが、次の瞬間に、会長の胸ポケットから古めかしいベル音が響き渡った。

着信音を特に設定していない携帯電話を胸元から取り出し、会長は笑顔を消しながら通話ボタンを押す。

「もしもし……ええ……ええ」

相手が電話に出てくれた事と、その電話をした相手に感謝しつつ、部下は大きく安堵《あんど》の息を漏《も》らした。

周囲の同僚《どうりょう》達も同じ気持ちのようだが、今の彼との立ち位置を代わろうという者はいない。

ただ、緊張感だけが空気の中に残って男達の精神を抉《えぐ》り続けた。

「了解しました。では、そのように」

数分の時を終え、電話を終えた会長が携帯電話を胸元にしまい込む。

すると、今度は会長の方が大きな大きな溜息《ためいき》を吐《は》き出した。

「観客の皆さんは、急いで次の『正義』をお求めだ」

どこか慇懃《いんぎん》な調子で『客』への敬意を払いながら、会長は静かに椅子《いす》から立ち上がり——周囲にいる全《すべ》ての部下達に声を掛ける。

「戌井《いぬい》とかいう餓鬼《がき》は一端《いったん》放っておけ。まずは作業の方を優先させないとな」

「で、ですが会長！　この状況で、島であれをやるなんて」

「島じゃねえ」

「え？」

どうやら何かの作業について語っているようだが、会長と部下の間に些《いささ》か齟齬《そご》が生じているようだ。会長は暫《しば》し眉《まゆ》を顰《ひそ》めて悩む素振《そぶ》りを見せていたが、やがて諦《あきら》めたように頷《うなず》き、再度部下達に指示を下す。

「場所は、この倉庫の地下でやる。悪人かどうかはどうでもいい、とりあえず……観客から要望が強い、女子供《おんな》を適当に連れてこい」

「いや、会長、それはムチャが……」

ある『作業』の内容を知っている男の一人が、眉を顰めながら反対の声を上げた。

「第一、女はともかく、子供にどんな罪を着せようってんですか」

「どうにでもなるさ。観客だって、それは解《わか》ってるんだよ。今までだってそうだ。観客の皆様はな……『奴《やつ》ら』が無実の罪かもしれないなんて事は分かってて、それでも俺《おれ》達を正義の味方扱いして下さるのさ」

皮肉のこもった笑顔を浮かべ、会長は静かに指示を続ける。

「船を使って、内部のスパイと連絡をとれ。明日《あした》、攫《さら》いやすそうな奴らを適当に見つけたらそのままここまでお出迎えしろ。……くれぐれも、本土からの『観光客』っぽい連中はやめておけよ。警察に動かれるのは、揉《も》み消せるとしても観客の機嫌《きげん》を損ねる」

「りょ、了解しました」

「とにかく、島の外に連れだしちまえばこっちのもんだ」

「戌井だろうが誰だろうが……島の外まで奴らの自由にゃなりゃしないだろうからな」

第五話へ続く

第四話『唇×唇《チュウチュウ》』

砂原潤《さはらじゅん》の場合　その1

東区画　遊園地事務所

「我が東区画に足りないもの、それは愛《ラヴ》！」

閑散とした空気の遊園地に、ロマンに満ちあふれた叫びが木霊《こだま》する。

「……そう思わないかネ？　諸君。というわけデ、告白しよウ、そうしよウ」

ポン、と手を叩《たた》きながらそう言ったのは、東区画随一《ずいいち》の暇人《ひまじん》であり——最もせわしなく動き回る陰謀《いんぼう》家でもある男だった。

「……」

自分達の雇《やと》い主である男の声に、部屋の中にいた『護衛部隊』はただ沈黙《ちんもく》を返すのみ。

数秒の静寂《せいじゃく》を打ち破り、護衛部隊の面々が思い思いの言葉を紡《つむ》ぐ。

「ボス……可哀相《かわいそう》に……とうとう頭が……」

首を振りながら溜息《ためいき》を吐《つ》くカルロスに、張《チャン》が仏頂面《ぶっちょうづら》で言葉を繋《つな》ぐ。

「前からだ」

それを契機として、残る面子《メンツ》も好き勝手に言葉を並べたてる。

「愛が足りないって……両脇《わき》に別嬪《べっぴん》な姉ちゃん二人も連れてる奴《やつ》が何を……」

「ボス、頭がおかしくなったときは円周率を覚えるといいですよ。とりあえず3・1415から行きましょう」

「もう3でいいじゃん、円周率」

「馬鹿な！　直径の三倍だと、それは円じゃなくてただの正六角形だ！　いいか、図にするぞ……。……ほら、六角形って半径を一片とした正三角形の集まりだから、結果として同じ直径の円より小さな正六角形になるだろ？」

わざわざ事務所のホワイトボードに図を書いて説明する男に、他の護衛部隊の面々は得心《とくしん》がいったという表情で頷《うなず》いた。

「あ、そうか、だから円周率って3より大きいのか」

「なるほど！」

「誰だよ、およそ3とか言い出した奴」

「どうせそうするならπ《パイ》でいいじゃんなぁ！」

やんややんやと騒ぐ一方、彼らの雇《やと》い主は納得がいかないと言った表情で言葉を紡ぐ。

「えート……君らネ。私の意見より円周率の証明作業の方に興味津々《しんしん》とはどういう事かネ？」

「解《わか》った解った。さっきのは俺《おれ》らの聞き違いという事にしてやらぁ」

地下プロレスのチャンピオンでもあるグレイテスト張が、意味ありげに両手の関節をポキポキと鳴らし始め、椅子《いす》からゆっくりと立ち上がった。

「で、ここんところ小悪党連中が立て続けに行方《ゆくえ》不明になったりぶっ殺されたりしてる物騒《ぶっそう》な状況の中で、俺達に足りないものは何だって？」

「……えーと」

「緊張感だよな？　ボス、テメエはさっき、緊張感が足りないって言ったんだよな？　いやあ、最近耳が遠くなっちまてな。思わず愛が足りないとか聞こえてテメエの頬骨《ほおぼね》を握《にぎ》り折る所だったぜ」

否定すれば頬骨どころではなく頸椎《けいつい》をへし折るといった表情で近づいてくる張に、ギータルリンは目を軽く逸《そ》らしながら言葉を紡ぐ。

「ボスという単語の直後に『テメエ』って二人称ヲつけるのはどうかと思うヨ？　それに頬骨を折るという生々しい表現も、その、怖いからマイナスだネ。君にはまず上司《じょうし》に対する敬愛という愛が足りないと思うんダ」

「よし、死ねこの盆暗三太郎《ぼんくらさんたろう》」

「三太郎って悪口は正直言って三太郎さんに失礼だよネゴゴゴゴゴ」

ネックハンギングツリーによって高々と持ち上げられるギータルリン。

「つーか、一番『人間に愛なんて不要だ』って言いそうな立場だろうが手前《てめえ》は。愛が世界を救うなんて言う犯罪組織の幹部、聞いた事もねえぞ？」

「ふ、ふフ……人間達の愛の力を見くびった悪のボスは愛の力に破れて死ヌ。それがルールだヨ。そして私はまだ死にたくナイ！　というわけデ、この島に住む底辺の人間同士、仲良く愛に生きようじゃないかネネネネネあれれれれ全然力を緩《ゆる》めてくれないネ、かっこいいこと言ったのニニニニニ」

「こういう奴《やつ》が女にトチ狂って戦争とか起こす独裁者になるんだろうな……。よし、今の内に死ね。そして未来の被害者達にあの世で詫《わ》びてこい」

「ムゴゴゴゴ、ちょ、マジやめテ、マジ、ギブ、ギブギブギブブブブブ」

顔色を青くするボスを横目に、彼の愛人らしき女二人はクスクスと笑うばかり。

「ちョ、見てないで助ケ……ぐもももモモモゴゴガガ」

そんないつもの光景を尻目《しりめ》に、護衛部隊は今日も変わらぬ調子で雑談を繰り広げる。

「さて、仕事仕事」

「やべえ、竹《たけ》さんからツケの督促状《とくそくじょう》が来てるぞ」

「次に金持たないで行ったら包丁《ほうちょう》投げられるな、確実に」

「……Zｚｚｚｚｚｚｚ……」

「アハハハハ！　ぎ、ぎ、ギータルリンさんが、あ、あ、愛って！　やめッ……ヒィッ！　ヒヒヒヒヒヤハハハハハハハッ！アハハハハハハハハハハハハハハ！　死んじゃうよう、笑い死にするよう！」

「今更《いまさら》笑い出すとは……たいした奴だ」

「ところで、戌井《いぬい》の奴がまた暴れてるらしいわね」

「あー、島の外から来たオノボリサン達相手らしいから問題ないんじゃないかな？」

「外の連中だぁ？　とっとと殺しちまえよそんなもん」

「また源《げん》さんは物騒《ぶっそう》な事をいう」

「下手《へた》に外の連中と揉《も》めてもいいこと無いって」

徐々《じょじょ》に別の話題にシフトし始め、このままボスの妄言《もうげん》は霧の如《ごと》く消え失《う》せるかと思われたのだが——


「す、すいません！　遅くなりました！」

事務所のドアが開き、そこに一人の人影が現れる。

前髪《がみ》によって己《おのれ》の目を完全に隠《かく》している、大人《おとな》しそうな印象の若い娘《むすめ》。

透き通るような白い肌《はだ》をしているが、しなやかに引き締まった腕《うで》は、見る者に貧弱という印象を与えない。スタイリッシュなデザインの革《かわ》スーツに、やはり同じようなデザインのズボンを穿《は》いている。スーツの下には薄手《うすで》のTシャツを一枚着ているだけで、前を閉じていないスーツの間から、艶《なまめ》かしい体のラインが見え隠《かく》れしている。

「おオ！　潤《じゅん》ちゃん、丁度《ちょうど》いいところニ！」

救いの天使が現れたとばかりに顔を輝かせ、ギータルリンはなんとか張《チャン》の手から逃れると、愛人達の陰に隠《かく》れながら、護衛部隊の隊長である目隠《かく》し娘——砂原《さはら》潤に声をかけた。

「いヤー、聞いてよ潤ちゃン！　護衛部隊のみんな酷《ひど》いんだヨ？　よってたかって私を取り囲んデ、先割れスプーンを私の眼球と下瞼《まぶた》の間に差し込ミ、そのまま手首のスナップを利かせテ、ポン、と眼球を抉《えぐ》り飛ばそうとするんダ！　ああ恐ろシイ！　ポポンのポンだヨ！」

「ひッ！　み、皆さんなんて事を！」

「やってねえ！」

実際の光景を想像して身震いする潤に否定の声をあげ、張はギータルリンを睨《にら》み付ける。

「この腐《くさ》れ赤錆《さび》緑苔野郎《ごけやろう》、生々しいのかどうか良く解《わか》らん嘘《うそ》を吐《つ》きやがって」

「赤錆緑苔野郎ときタ！　……まア、それはともかくダ」

ケロリとした表情をしつつも、愛人達の背中に隠れ続けるギータルリン。

彼は声と顔にだけ余裕《よゆう》の色を浮かべながら、潤に向かって語りかけた。

「やはりこの責任ハ、隊長である君にとってもらわないといけなイ！」

「わ、私ですか？」

事情が全く摑《つか》めぬまま、あたふたと周囲に視線を泳がせる潤。

続いて潤の耳に入った言葉は、彼女を更《さら》なる混乱の渦《うず》へとたたき落とすものだった。

「そこで愛ダ！　君にはちょっとばかしラブって貰《もら》おうカ！」

「あ、愛？　らぶる？」

「つまリ、アイラブユーに我愛你《ウォアイニー》に私は貴方《あなた》を愛しているだヨ！　あ、今気付いたけど凄《すご》イ！　英語にも中国語にも日本語にも「アイ」って発音があル！　素晴らしイ！　というわけデ、告白しよウ、そうしよウ！」

「こくは……えぇ、え？」

彼女の頭の中に、いくつもの疑問符が浮かんでは消えていく。

そして——彼女のボスである男は、洒落《しゃれ》にならない言葉を吐き出した。

「とりあえズ、戌井君を呼んでおいたから、思う存分に告白するといいヨ？」

△

▼

探偵《たんてい》姉弟の場合　その1

西区画　探偵事務所『プライベートアイ・りざあど』

西区画にある廃《はい》ホテルに、その事務所は存在した。

ホテルの一室の入口に、『プライベートアイ・りざあど』と書かれた蜥蜴《とかげ》型の看板《かんばん》が掲げられている。ツチノコのようなクリクリした概観《がいかん》につぶらな瞳《ひとみ》、剣呑《けんのん》とした空気の漂《ただよ》う人工島には似つかわしくない一品だった。もっとも廃ホテルの一室を無理矢理《むりやり》探偵事務所に改築したこの場所自体、周囲の空気から浮いているのだが。


探偵事務所。

そこは、正《まさ》に『探偵事務所』らしい——些《いささ》かそれらし過ぎる空間だった。

壁の一面にある窓を背景として、古びた木製のデスクに安物の革椅子《かわいす》。その前には来客用のソファと灰皿付きのガラステーブルが置かれている。机の上には一見大量の書類などが散らばっているが、その殆《ほとん》どは島内で配られている怪文書や怪しい宗教団体の宣伝文などだ。

まさしく島の中に降臨《こうりん》した探偵の為に造られた空間と言えたのだが――

いかんせん、その部屋の主《ぬし》が探偵らしくなさすぎた。


「ラジオを聞きましたかシャーロック！　街頭テレビだそうですよ！　犯罪の匂《にお》いがします！」

その天真爛漫《てんしんらんまん》な声を聞いた瞬間、シャーロック・リバプールの頬《ほお》に一筋の涙《なみだ》が伝う。

「え⁉　ど、どうしたんですかシャーロック！」

弟が見せた突然の涙《なみだ》に困惑《こんわく》し、オロオロしながら問いかける『自称』名探偵の少女――シャーロット・リバプール。

姉の動揺に対し、弟は全てを悟《さと》りきったような表情で涙を拭《ぬぐ》い、口を開く。

「とうとう姉さんの頭の中から脈絡という単語まで無くなったんだなあと思ったら……なんだか急に涙が……御免《ごめん》。解《わか》ってた筈《はず》なのに、御免よ姉さん」

「これは謎《なぞ》ですよ……シャーロックが私に謝るなんて。ノックスの十戒《じっかい》に当てはめて考えてみましょう。……でも、どうしましょう。この島って東洋人だらけだからノックスさんに従ったら推理小説書けません！　あ、そういえばノックスの十戒にも著作権があるから勝手に文章とか転載したら匂いけないらしいですよ？　事件の匂いがしますね！」

ノックスの十戒とは、作家のロナルド・ノックスによって書かれた、推理小説を書く際の作法を示した覚え書きのようなものだ。その中に『東洋人を登場させてはいけない』というものがある。これは『東洋人は気功など神秘のパワーを持っているから』というノックス流のジョークと言われているのだが――

当然ながら、街頭テレビともシャーロックの涙《なみだ》とも何ら関係は無い。

「あれ？　でも私は別に推理小説を書こうとしたわけじゃないですよね？　なんでノックスが出てきたんでしょう？　謎《なぞ》ですね！」

「姉さんがもう駄目《だめ》だ。前から駄目だったけど本当に駄目だ」

止めどなく溢《あふ》れる涙を止めるのに数分の時を要し、それが済んだ後に悟《さと》りを開いた表情で姉に尋ねかけるシャーロック。

「……で、なんで街頭テレビから犯罪の匂《にお》いがするの、姉さん。モニターに付いた埃《ほこり》の匂いを事件の匂いと勘違《かんちが》いしてるんじゃないのかな」

「シャーロックはいつも面白い事を言いますねー、埃に匂いなんて……あれ？　あるんでしたっけ？」

「で、何が犯罪の匂い？」

弟はもはや突っ込む事すらせず、聖者の笑顔を姉に向けた。

「ええと……そう！　街頭テレビですよ！　街頭テレビと言えば日本では戦後に流行《はや》ったと聞

いています！　昭和の時代ですよ！　昭和という事は大正に近いですよ！　大正と言えば江戸《えど》川乱歩《がわらんぽ》……明智《あけち》小五郎《こごろう》ですよ！　つまり大正には事件の匂いがします！　人類の危機です！」

「ハハハ、姉さんの中で大正はどんな凄《すさ》まじい暗黒時代なのかなあ」

「それに街頭テレビといえばプロレス……デストロイヤーという人が破壊《はかい》の限りを尽くしたと聞いています……。連続破壊魔《ま》が島に降臨《こうりん》！　探偵《たんてい》の腕《うで》の見せ所ですよ！」

「そんな事態が起こったら、探偵よりは警察の腕の見せ所じゃないかなあ」

既《すで》に理性を花畑の向こうに置いてきているのか、アハハウフフと無邪気《むじゃき》な笑みを浮かべて姉の相手をするシャーロック。そんな彼に、姉はどこか不安げな視線を送る。

「何を言ってるんですかシャーロック。この島に警察なんて来る筈《はず》ないじゃないですか？　もしかしてまた偽者《にせもの》と入れ替わってるんじゃ……」

「こ、こんな時だけ冷静な意見を言った上に、ここでその過去を穿《いじく》るかい姉さん？」

菩薩《ぼさつ》の笑顔に血管が浮かび、今にも羅刹《らせつ》の顔に変わりそうなシャーロック。

「え、ええと、ごめんなさいシャーロック、私何か怒らせる事をしましたか？」

「素直に謝る所が逆にフラストレーションを溜《た》めるねウフフ？」

『ウフフ』と棒《ぼう》読みの笑いを口にするシャーロックに、シャーロットは底知れぬ恐怖を感じたのだが――

　そんな彼女を解放すべく、事務所内の電話が鳴り響く。

ダイヤル式の黒電話から流れてくる独特のベル音。

実際は受話器にプッシュホンや液晶画面がついている、見た目だけをそれらしくしたユーモア商品だが、それを手に入れてからシャーロットはますます充実した探偵《たんてい》ライフを送っている。

この電話もまた、探偵になりきる為の彼女なりの小道具だったのだが、入ってきた客にはそれが原因で逆に能力を疑われる結果となっていた。

「はいもしもし！　毎度ありがとうございます！　こちら名探偵事務所『りざあど』です！」

何か間違った挨拶《あいさつ》をする女探偵に、電話口の向こうの『客』が言葉を紡《つむ》ぐ。

シャーロットはその受話器相手に愛想《あいそ》良く応対していたが、シャーロックはそれを見て一抹《いちまつ》の不安が過《よ》ぎった。

――姉さんの機嫌《きげん》がいいという事は、仕事の依頼だ。

こんな怪しげな探偵事務所に、島内では命綱となる金を支払ってまで仕事を頼む者はそう多くない。だからこそ、本来ならば喜ぶべきなのだろうが――シャーロックにとっては、仕事の依頼がある度に気が気ではない。

島の中で仕事をするという事は、それだけ危険に巻き込まれる可能性が増えるという事だ。

昔はそれだけで心臓が締め付けられる思いだったが、数ヶ月前のとある事件を契機《けいき》として、現在ではある程度姉の仕事を認めている。

だが、やはり不安は不安だ。

一体今日はどんな事件に巻き込まれるのかと思っていたシャーロックに、希望と自らへの礼《らい》賛《さん》に満ちた表情を浮かべたシャーロットが電話を切り——

「ふふふ……やりましたよ！　喜んで下さい！　なんと仕事の依頼です！」

「わあ凄《すご》い」

適当に相づちを打つ事にしたシャーロックだが、内心ではどんな依頼内容なのか気が気ではない状態だった。

そんな弟に対し、シャーロットはクルリラと回りながら胸を張る。

「なんと、西区画の偉い人からの依頼です！」

「は？」

「この島に入り込んで暴れてる、謎《なぞ》の余所者《よそもの》達……きっと犯罪結社ですよ！　その正体を暴《あば》き、白日《はくじつ》の下に晒《さら》す！　それが私達に与えられた使命なのです！」

△

▼

嬰麗《エイリー》鳳《ファン》の場合　その1

西区画　某《ぼう》中華飯店

『太飛《タイフェイ》。例の集団の調査はどうなっている？』

西区画のリーダーである麗鳳《リーファン》からの電話に、太飛は肩《かた》と首の肉の間に携帯電話を挟《はさ》み、器用に食事を続けながら会話する。

「もご……ああ、調査は進めてるよ？　ただ、現場の情報が少ないからねえ。俺《おれ》が直接行ったら解体されて肉屋に売られちゃうのが関《せき》の山だろ？　食べるのは好きだけど食べられるのは御《ご》免被《めんこうむ》りたいねえ。だってきっと痛いし、痛いとお腹《なか》が空《す》くだろうしねえ。もご……」

『……』

受話器の向こうから呆《あき》れた様子の溜息《ためいき》が聞こえるが、構わずにそのまま会話を続ける太飛。

「ともあれ、色々と手もつけたよ。西には何人か探偵《たんてい》もいるからねえ。それとなく情報を集めるように依頼しておいたよ」

『……探偵、だと？』

何故《なぜ》か、受話器の向こうの声が戸惑《とまど》いを見せる。

「もご……外部の人間に頼むのは気に入らないだろうけど、俺個人のお願いって事にしてあるし、こちらの情報は流してないからねえ。効率よく情報を集めるには下請《したう》けを上手《うま》く使うのもコツだよ……もご……まあ、その後の情報の真偽《しんぎ》を見極める、取捨《しゅしゃ》選択の作業が面倒ではあるんだけどね？」

『その探偵は……どんな連中なんだ？』

「ん？　いや、四人ぐらい色々な人に頼んだけど……ああ、そうそう、あの子もいるよ。ほら、半年ぐらい前に例の金島銀河《かなしまぎんが》の事件に巻き込まれた白人の子。今じゃリーレイと仲がいいっていうしねえ」

『……』

「うわ、この北京《ペキン》ダックのカレー粉あえ、凄《すご》く美味《おい》しい。邪道《じゃどう》かと思ったけどなんでも試して見るもんだねえ！　……あれ？　もしもし？　もしもし？」

電話は既《すで》に切れており、太飛は一瞬頭に疑問符を浮かべたが――

目の前に並んだ新たな料理に目を奪われ、さして気にする事も無く食事を続ける事にした。

自分の行動が、西区画のボスの心を激しく惑《まど》わしたということに、果たして気付いていたのかいないのか――食事を続ける彼の笑顔から、その真実を窺《うかが》い知る事はできなかった。

△
▼

雪村《ゆきむら》ナズナの場合　その1

一日前　東区画某所《ぼう》　武道場内

東区画の一角にある、総合スポーツジムとなる予定だった建造物がある。

何故《なぜ》人工島にスポーツジムが必要だったのかは解《わか》らないが、もしかしたら併設されているマリンスポーツ用の小さな港湾《こうわん》施設のついでとして造られたものかもしれない。

そんなスポーツジムの奥にある、畳敷《たたみじ》きと板張りの床《ゆか》の部屋が併設された武道場。

複数の部屋が連なるその場所は、島が廃墟《はいきょ》と化した現在でも綺麗《きれい》に整備されていて、畳にもカビ一つ生《は》えていない。

窓から差し込む日光が室内の板壁に跳《は》ね返り、独特の暖かみと、どこか気を引き締める感のある色となって全体を照らしだしていた。

スポーツジムの一部として造られた区画ではあるが、まさしく武道の為の場所といった場であり、混沌《こんとん》たるこの島の中において、数少ない整然たる空気に満ちた場所だ。


そんな修練の場に、全身を白い服と返り血の色で彩った、この場に全く相応《ふさわ》しくない外観の青年が現れ——ぎこちない笑みを浮かべながら口を開く。

「や、やあ、久しぶり」

ドギマギした調子で手を挙げる青年に、彼の眼前に立つ娘《むすめ》——雪村《ゆきむら》ナズナは、溜息《ためいき》を吐《つ》きながらも小さな笑いを浮かべて見せた。

「久しぶりって、一昨日《おととい》会ったばかりじゃない」

ショートカットの艶《つや》やかな黒髪《かみ》に、腰《こし》に差した日本刀。

それだけを見れば、この武道場がよく似合う娘だと言えるだろう。

彼女は東区画の護衛部隊の一員であるが、非番の時はこの武道場で寝泊まりする事も多いようで、今日も仕事の後に一人で鍛錬《たんれん》を続けている所に、タイミングを狙《ねら》ったかのよう白服の青年――雨霧《あまぎり》八雲《やくも》が現れたという次第である。

全く共通点のなさそうな男女の組み合わせだが、少なくともお互いに違和感や嫌悪感《けんおかん》を感じている様子は無いようだった。

八雲は何を話すべきか迷いつつ、とりあえず武道場の隅《すみ》にぺたりと座る。

「あ、えーと。俺《おれ》の事は気にしなくてもいいよ、続けて」

「そう？　退屈じゃない？」

ナズナは先刻から居合いの型稽古《げいこ》を続けていた。同じ動きの繰り返しの上に、自分の様《よう》な未熟者の型では、見ても特に面白くないのではなかろうかと思ったのだが――八雲はブンブンとリズミカルに首を振ると、柔《やわ》らかい笑顔と共に言葉を紡《つむ》ぎ出した。

「そんな事は無いよ。ナズナさんの動きは、その……素敵《すてき》だから」

「褒《ほ》めても何も出ないよ」

歯の浮くような八雲《やくも》の言葉を、ナズナはカラコロと笑って受け流す。

「何も出なくてもいいよ。俺《おれ》は幸せだから」

どこか浮世離れした調子の青年に「そう」とだけ返し、自らの稽古《けいこ》を続けるナズナ。

美しい型で刀を振るう娘《むすめ》と、それを純真な目で眺《なが》める色白の青年。

そこはかとなく雅《みやび》な雰《ふん》囲《い》気《き》を漂《ただよ》わせる空間。

窓から差し込む夕日に照らされるナズナの姿を見て、この瞬間が永遠になれば良いと思い、脳味噌《みそ》を限界までクロックアップしてその姿を眺めていたのだが――

耳にドタドタと騒《さわ》がしい足音が響き渡り、視界の隅《すみ》に複数の影が見えたため、八雲は残念そうな表情を作りながらゆ、っ、く、り、と我に返る。

「あー！　やくものおにいちゃんだ！」

「またきてる！」

現れたのは、五、六人ほどの少女達だ。外観は幼稚《ようち》園児《えんじ》から小学校の高学年ぐらいの間とバラバラで、彼女達は八雲とナズナの姿を見つけると、目を輝かせながら二人の元に駆《か》け寄ってきた。

「本当に仲いいんだから！」

「結婚しちゃいなよ」

「ねえ！　こくはくするの！　こくはく！」

「キスするの！」

「エッチなことするの！」

きゃあきゃあと騒ぎ立てる少女達を前に、ナズナは刀を鞘《さや》に収め、苦笑混じりに口を開く。

「まだキスはしません。告白は八雲から私にもうしました」

「ちょっ、や、やっぱりあれを告白ってカウントするの⁉」

「ま、答えは保留って感じかな。まだお互いを全然知らない状態だしね」

八雲はナズナの言葉にあからさまに狼狽《ろうばい》し、白い頰《ほお》を朱《しゅ》に染めながら転げ回る。

そんな八雲の動作が面白かったのか、少女達は殺人鬼《き》の青年を取り囲んで『ねえ、ダンスやってダンス！』『ロボットダンスがいい！』などと好き勝手な言葉を騒《さわ》ぎ始めた。

ナズナは八雲と少女達を眺めながら、先刻の苦笑とは違う、温かい微笑《ほほえ》みを浮かべる。

数ヶ月前――八雲がここに通い始めるようになるまでは、殆《ほとん》ど浮かべた事の無い笑みだ。

少女達は、ナズナが世話をしているこの島の孤児達だ。

最初は八雲の事を警戒していたようだが、八雲がダンスなどを披露《ひろう》してから、妙になついてしまっている。

――まあ、確かに八雲、あんなにダンスが上手《うま》いなんて思わなかったけど……。

――でも、服を返り血に染めた人間に慣れ親しむっていうのもどうなのかな。

子供達の将来が少し心配になったが、彼女は自分自身が既《すで》にこの殺人鬼《き》に慣れ親しんでしまっているという事を思い出し、自分には何も言う資格はあるまいと考えた。

そんな事を考えている間にも、子供達は八雲《やくも》との雑談で盛り上がり続ける。

「ねえねえ、ナズ姉に、プレゼントとか贈《おく》らないの！」

「プレゼント……」

八雲は暫《しば》し考え込み、ハッと気付いて顔をあげる。

「そういえば、ナズナさんの誕生日っていつ？」

何故《なぜ》そんな大事な事を今まで聞かなかったのかという後悔の念を籠《こ》めつつ、極めて平静を装って尋ねる八雲。

だが、対するナズナの答えは——

「無いよ」

「え？」

「いやー、私も元々孤児でね。拾ってくれた人もいいかげんでさー、色々あって誕生日無いんだよね、私」

「……」

何気ない調子で語られた言葉だが、八雲にとってそれは、10秒ほど熟考《じゅっこう》するに値する発言だった。その短い時間だったが、八雲にとっては通常の人間の数分に値する。

どのような密度で何を考えていたのかは解《わか》らないが、八雲はしばらく子供達にダンスのステップを教えた後、ゆっくりと出口に足を向けた。

「じゃ、今日はこれで。また来てもいいかな？」

自信なさげな確認の言葉に、ナズナは素っ気ない調子で言葉を返した。

「どうぞご自由に。ただ、前みたいに、私が非番の時になんかやらかして、潤《じゅん》や張《チャン》から逃げてる時にここに来るのは止《や》めてよね。私も立場上、あんたを突き出さないといけないからさ」

「大丈夫《だいじょうぶ》、上手《うま》く逃げ切ってから来るよ」

八雲は微妙《びみょう》に歯車の嚙《か》み合っていない答えを返して去っていったが、ナズナは特にそれを訂《てい》正《せい》する事はせず、ただ僅《わず》かな苦笑を口元に浮かべて送り出すだけだった。


そして、八雲が去った後——ナズナの妹分達が目を怪《あや》しく光らせながら問いかける。

「ねえねえ、ナズ姉は、八雲さんのこと好きなの？」

下世話《げせわ》な質問ではあったが、ナズナは嫌《いや》な顔一つせずに淡々と答える。

「んー、どうかな。まだ解らないよ」

「でも、ナズ姉が男の人とあんなに仲良くするのって珍しいよね？」

「嫌《きら》いじゃない、っていうのは確かだけどね」

サバサバと自分の気持ちを語るナズナに、子供達はやはりキャアキャアと黄色い声を上げ続けた。

「ねえ！　どんな所が気に入ったの！　男嫌《ぎら》いのナズ姉が！」

「そうだねー。あいつのいいところか……難しいね」

——ほんとに、なんだろう。

半年前のある事件が起こるまで、彼はナズナにとって敵《てき》でしかなかった。

だが、その事件を契機《けいき》に相手の心を知り、敵同士から『お友達』といった感じとなる。

よく告白した相手に『いいお友達でいましょう』と言って断るという話を聞くが、ナズナの場合は、肯定的《こうてい》な意味で友達から始めてみる事にしたのだ。

しかしながら、改めて『どこが気に入ったのか』と聞かれると迷ってしまう。

——なんとなく、ってのも八雲《やくも》に失礼かな。

「ねえねえ、どこー、どこー」

尚《なお》も無邪気《むじゃき》に尋ねてくる少女達の声に、ナズナはムウ、と考え込み——

その結果として、

「……顔かなー」

と、中途半端《ちゅうとはんぱ》に生々しい事を口にした。

もっとも、その中途半端さこそが、今の二人の関係に如実《にょじつ》に表れていると言えるのだが。

△
▼

雨霧《あまぎり》八雲の場合

散々迷った結果、俺《おれ》は決めた。

プレゼントだ。

明日、彼女に誕生日プレゼントを渡そう。

そして、彼女にこう言うんだ。

──俺が君に誕生日をプレゼントしてあげるよ。誕生日は今日だ。おめでとう。おめでとう。

ハッピーバースデー。ハッピーバースデー。メーデー。メーデー。

……完璧《かんぺき》だ！

……でも、メーデーってどういう意味だったっけか。

まあ、確かおめでたい時に言う言葉だった筈《はず》だ。

それはともかく、彼女に愛のプレゼントとして『誕生日』をプレゼントするとして、その誕生日そのものに対するお祝いのプレゼントはどうしよう。

普通、こんな時は何を贈《おく》るべきなんだろうか。

服かな。でも、この島の雑貨商から買える服なんかタカが知れてるからなあ。

困った時は人に尋ねるに限る。

昼寝仲間のリーレイに尋ねようとしたが、彼女は先日友達を亡くして哀《かな》しい思いをしているから、こんな事を聞くのは失礼だろう。

……そもそも、間を開けずにナズナさんに会いに行ったのも、フェイちゃんが殺されたというのを聞いて不安になったからだ。

ナズナさんは強いけれど、万が一という事もある。

俺《おれ》は殺人鬼《き》だけれど、何回かしか会ったことがないとはいえ、知り合いが死んだ事で喪失感《そうしつかん》を感じた。もしもナズナさんが同じ目にあったらと不安に思った。恐怖したんだ。

再確認した。やはり俺はナズナさんが好きだ。これは事実であり真実であり現実でもある。

だからこそ、プレゼント選びは慎重《しんちょう》にしたい。誰に意見を聞くべきか。

そう思いながら、昼寝スポットであるビルから降りると——変な男がビルの前をうろついていた。見ると、飯塚《いいづか》さんの所の子供達がワラワラと逃げていくではないか。どうやら彼らに案内されてここに来たようだ。

話を聞いてみると、どうやらリーレイ目当てで来たようだが……どうもこの島に来て日が浅い人間らしい。

丁度《ちょうど》いい。まだ本土の常識が残っている人間なら、女性へのプレゼントに何が相応《ふさわ》しいか知っているかもしれない。そう思って尋ねてみたところ――

「や……やや、やはり、手作りのチョコとかじゃないでしょうか」

……。

手作りチョコ。

どういう意味だ？

チョコと言えばバレンタインだ。バレンタインと言えば女が男にチョコを渡して想いを伝える日だった筈《はず》だが。いやまて、そう言えば俺が子供の頃にも、男が女に贈《おく》る逆チョコというのが流行《はや》ってたような気がする。それにしてもバレンタインか……ダンス大会で優勝した年は五十個ぐらい貰《もら》ったっけ。美味《おい》しかったなあ。

……いけない、話がそれる所だった。何故《なぜ》彼はチョコを誕生日プレゼントに贈るべきだと言うのだろうか。何かミステリーがあるに違いない。くそ、こんな時にシャーロットが居れば探偵《たんてい》らしく何か推理してくれるに違いないのに。

だが、彼女は俺の事が好きだと言った。そんな彼女に頼ってしまっては、何か勘違《かんちが》いさせてしまうかもしれない。……それに、俺も彼女に惹《ひ》かれてしまうかもしれない。それはいけない。

俺はナズナさん一筋なんだ。例え、まだ完全に振り向いて貰えていないとしても。

また話がそれた。ええと、なんだっけ。そう、バレンタインだ。

バレンタイン……そもそもバレンタインが何の日かという事から考えよう。

聖《セント》バレンタインという人が死んだ日だというのは知っている。確か、王様に逆らって他人の結婚式を祝福したから処刑されたとかなんとか……。酷《ひど》いな王様。結婚を祝福しただけで処刑だなんて、俺《おれ》よりも余程《よほど》恐ろしい殺人鬼《き》なんじゃないか？　あとどんなエピソードがあったかな……まてよ？　処刑の原因は牢獄《ろうごく》の中でもなんか奇跡《きせき》とか色々起こしたからだったような……。誰かの目を治したとかなんとか……奇跡を起こしたら死刑。酷いを通り越して怖いな王様。これが魔女《まじょ》狩りという奴《やつ》か。……つまり、バレンタインは王様に魔女扱いされたのか？　でも聖人なんだろう？　聖人を魔女扱いって、王様は何様なんだ？　……王様か。いやまて、そもそもバレンタインって男なんだっけか女なんだっけか。最後に確か、その目を治した相手に手紙を送ったというのは憶《おぼ》えているんだが……なんでこんな細かいエピソードを憶えているのに、男か女かを憶えてないんだ俺は。バレンタインさんはこんな俺を許してくれるだろうか。

話がそれた。

つまり……そう、手紙だ。バレンタインは手紙を送った。

ラブレターだ。

なるほど……確かに、男女の関係を形作る最初のプレゼントはラブレターかもしれないな。

俺は男に礼を言って、解放してやった。

しかし、リーレイになんの用だったんだ？　生き別れの妹がどうこう言っていたが、果たして本当かどうか。

まあいいや。リーレイなら、あんな男一人に襲《おそ》われた所でどうとでもなるだろうしな。

さて、あとは貰《もら》って嬉《うれ》しいラブレターとはどんなものかを考えなくては……。

やはり封筒の中にプレゼントを入れるのがいいのだろうか。

一体どんなプレゼントを同封すれば喜ばれるのか……ううむ、これは問題だ……

△
▼

砂原潤《さはらじゅん》の場合　その2

東区画　遊園地事務所

「え？」

潤は相手が何を言ったのか解《わか》らず、口をポカンと開けて首を傾《かし》げ——

ボスの言葉を理解した護衛部隊の面々は、十人十色《といろ》の表情を浮かべて息を呑《の》んだ。

潤が戌井隼人《いぬいはやと》に憧《あこが》れているというのは、護衛部隊の誰もが知っている。

しかし、恥ずかしがる潤の手前それは触《ふ》れない事にしているし——そもそも潤と戌井の間に殆《ほとん》ど接点らしき接点はない。

つまり彼を遠目に見たり島のラジオを聞いたりした潤《じゅん》が、彼に勝手に憧《あこが》れを抱《いだ》いている状況なのだ。護衛部隊の面々はそう思っている。

「……え？　え？　あ、あの、え？」

徐々《じょじょ》に状況を理解し始めたのか、潤は赤く火照《ほて》った顔で表情は青く染め上げるという器用な状態に陥《おちい》った。

「あ、あの！　戌井《いぬい》さんが来て、その、告白って！　え、ええ、えええええ!?　ど、どど、どういう事なんですかギータルリンさん！　説明して下さい！」

「この言葉を持って説明しよウ。『兎《うさぎ》は寂しいと死ぬ。人は愛がないと死ぬ。これらの事実は計算では証明できないが、芸術によって創作できる』BY、聖《セント》ジョロロギス三世。つまリ、そういう事サ」

「え？　……。　…………。　…………」

真剣な表情で放たれた言葉に、潤は暫《しば》し考え込み――

「あの、意味が良く解《わか》らないんですけど」

その呟《つぶや》きに便乗《びんじょう》する形で、カルロスがにやけながらツッコミを入れる。

「そもそも聖ジョロロギス三世って誰？」

「知らないのカ!?　なんと嘆《なげ》かわしイ！　君はそれでも我が護衛部隊の一員かネ！」

顔面を手で押さえながら嘆くボスを前に、カルロスは表情を変えぬまま周囲に問いかけた。

「おーい、誰か知ってる人いるか？」

ほぼ全員が首を横に振るのを確認して、カルロスは無念だとばかりに首を振る。

「すいませんが、ここにいる者は全員護衛部隊失格という事ですね。それじゃ我々はこれで解任という事で」

「ア、嘘《うそ》。御免《ごめん》なさイ。嘘つきましタ。私ちょっと嘘つきましタ。すいませン。聖ジョロロギス三世って私のハンドルネームでス」

「……自分のハンドルネームに『聖』ってつけてるの？」

「あレ？　ツッコミどころそコ!?　ともあれごめんなさイ、ゆるしてくださイ」

あっさりと謝って下手《したて》に出るボスに、潤が横から突っかかる。

「そ、それより！　どうして戌井さんがここに来るんですか！」

「私が呼んだからラ」

「なんで呼んだんですか！」

涙目《なみだめ》で訴える潤に、ギータルリンは遠くを見つめて思わせぶりに呟いた。

「慌《あわ》てふためきながらも最終的には素直になって戌井くんに告白する潤ちゃんの笑顔が見たイ……それじゃ不満かイ？」

「不満どころか、私が納得する要素が一欠片《ひとかけら》もないじゃないですか！」

珍しく声を荒げる護衛部隊の隊長を余所《よそ》に、護衛部隊の面子《メンツ》は先刻とは裏腹《うらはら》に『面白いイベントが始まった』という調子でざわめき始める。

「あれ、何、やっぱり潤《じゅん》ちゃんって戌井《いぬい》にホの字なの？」

「今時『ホの字』ってお前」

「まあ、西区画の作った写真つきの手配書を部屋に貼《は》ってるぐらいだからなあ」

「ああ、ボスに落書きされた奴《やつ》だろ？」

「しかし、潤があの七色髪《がみ》の変態とねえ」

「アハハハハハ！　おっかしーの！」

「バカ！　ミィ、人の恋心を笑うんじゃねえ！」

「でもさー、会う機会も多かったんだから、とっとと告《こく》っちゃえば良かったんじゃない？」

「そ、それができる子なら苦労しないんだな」

「まあ、カルロスなんか相手がスペイン語解《わか》らないのいいことに、女に会う度に『Yo lo amo』って言ってるしな」

「いやー、お望みとあらば日本語でも言うよー？」

「この色ボケはもう放っておこう」

好き勝手な事を騒《さわ》ぎ続ける面々を前に、潤は目眩《めまい》を覚えながらフラフラと部屋を後にする。

「あれ、潤ちゃン、何処《どこ》に行くんだイ？」

「ちょ、ちょっと洗面所に……」

混乱のあまり怒りすら湧《わ》き上がらないのか、潤は顔を真《ま》っ青《さお》にしながら廊下《ろうか》の奥にある洗面所へと足を踏み入れた。

バシャリ
蛇口《じゃぐち》から出した冷水で顔を洗い、潤は頭を冷やすと同時に自分の目をハッキリと覚《さ》まさせようとする。彼女は鏡に映る自分の顔を見て、何故《なぜ》こうなったのかを考える。

「ええと……」

まずは自分の気持ちを整理しなければならない。

自分は、戌井隼人《はやと》という男の事をどう思っているのか。


最初に出会ったのは、数年前の事だ。

まだ島に北区画と南区画も存在し、潤がまだ護衛部隊の隊長ではなかった頃——ギータルリンがその護衛部隊に対して、ある人物を警戒するようにという話を切り出した。

「あー、まア、取引相手みたいなもんなんだけどネ。正直、ちょっと危なっかしい子だから気を付けてネ」

そう言って皆に見せられたのは、遠くから撮影された、とある青年の写真。

髪《かみ》の毛が七色に輝いており、顔はハッキリと解《わか》らないが、その頭を見ただけで即座に判別することができるだろう。

「そんなに危険な相手と取引を行ったのですか？」

当時の護衛部隊長だった男の言葉に、ギータルリンは苦笑を浮かべて口を開いた。

「まあ、情報交換程度だけどネ。彼は事実上、最下層を統一したと言ってもいい人間ダ。それニ、実際話した感じなんだけどネ……早い話、源《げん》さんと同じタイプの人間だヨ」

「ん？　呼んだか？」

部屋の奥から、サングラスをかけた中年の男が声をあげる。

男は右手で手榴弾《しゅりゅうだん》を転がしながら、左手の酒瓶《さかびん》から直接中身を呷《あお》っていた。

「……納得しました」

そんな会話を横で聞きながら、潤《じゅん》はその戌井《いぬい》という人間が恐ろしい人間かもしれないと理解する。潤は同じ護衛部隊として源さんの事も好きだが、彼が歯止めの利かない異常者であるという事も理解している。

ましてやその戌井という男は、僅《わず》か数年で最下層の荒くれ者達をまとめ上げたのだという。きっと恐ろしい男に違いない。その男が源さんと同じように歯止めが利かないとなれば、確かに警戒して当たり前だろう。

潤は心の中の『警戒リスト』に戌井の名前と七色の髪を刻み込み、細心の注意を払うと心に決めていた。もしも東区画の、あるいはこの島の敵《てき》となるならば、自らが彼を打ち倒すという覚悟《かくご》も心に決めながら。


彼女がそうした覚悟を決め、気合いを入れる為にまずは空腹を満たす事にした夜。

自分が住んでいる部屋の下にあるラーメン屋に入り、一番高いメニューである『越佐大海戦《えつさだいかいせん》ラーメン』を頼んで食べていた時――彼女に一つの『出会い』が訪れる。

その『出会い』は、あまりにも唐突《とうとつ》で、あまりにも予想外で、そしてあまりにも馬鹿げた物だった。


「ちーす」

席が二つしかない店の中で、潤が一人でラーメンを啜《すす》っている状態。

そこに現れた二人目の客は、気軽な調子で店主に挨拶《あいさつ》しながら席についた。

潤は丁度麺《ちょうどめん》を口に運んでいた所で、特別その男に気を向ける事はなく、邪魔《じゃま》にならないように身を小さくしながら食事を続けていた。

と、皆に『竹《たけ》さん』と呼ばれる店主が、その来客に対してあっさりと告げる。

「よし、帰れ」

「!?」

「お前が居たら、同席の奴《やつ》のメシが不味《まず》くなるだろうが。客が居なくなるまで待て」

「そんな！　竹《たけ》さんマジで容赦《ようしゃ》ねえ！」

男は嘆きの声をあげ、自分の額《ひたい》をペシリと叩《たた》く。

潤《じゅん》は一瞬何事かと思って竹さんの顔を見るが、相変わらずの仏頂面《ぶっちょうづら》で、何を考えているのかは良く解《わか》らない。

そんな彼女に、男が後ろから声をかける。

「なあ、嬢《じょう》ちゃんもなんとか言ってやってくれよ。俺《おれ》が居ても別に困らないよな？」

「あ、は、はい、私は別に大丈夫《だいじょうぶ》で――」

突然話を振られた潤は、慌《あわ》てて男の方を振り向いたのだが――

「ヒャア⁉」

思わず悲鳴を上げて、仰《の》け反《ぞ》った拍子《ひょうし》に椅子《いす》から転げ落ちてしまう。

何しろ、狭《せま》い店内で、彼女と息の掛かる程《ほど》の距離に現れたその顔の上には――写真で見せられたばかりの、見事なまでの七色髪《がみ》が載《の》っていたのだから。

「ほれみろ！　ビビッてるじゃねえか！」

「あ、え、嘘《うそ》ぉ⁉　……えー、あー、悪い、脅《おど》かした？　つかしーな……虹《にじ》の妖精《ようせい》みたいな感じで、女の子にモテモテになるとか思ったのに……」

「妖精だかなんだかを見てキヤアキヤア騒《さわ》ぐ女にモテたいのか？　お前……」

呆《あき》れた調子で呟《つぶや》く竹さんに、七色髪の青年は胸を張って答えた。

「長い人生、それもまた良し！」

「今日にも撃《う》たれて死にそうな奴が何言ってんだ？」

「2時間あれば、映画一本分だぜ？　密度を濃《こ》くすりゃ充分長いって言えるさ」

青年は無邪気《むじゃき》な笑顔を浮かべ、椅子から落ちた潤に手を差し伸べる。

「大丈夫かい？　可愛《かわい》い嬢ちゃん。ごめんなー脅かしちゃって。許してくれるついでに、俺の映画のヒロインになってくれよ。なんちゃってな」

「あ……」

差し伸べられた手を握《にぎ》りながら、潤は何か言おうとしたのだが——

「寒いこと言って困らせてんじゃねぇ！　いいからとっとと出てけ！」

「ちぇ、解ったよ。じゃあまた閉店間際に来るわ」

結局何を言う間もなく、青年は外に出て行ってしまった。

彼が潤の立場を知っていたのかいないのか、それすらも解らぬまま、初めての出会いは僅《わず》か一分で終わってしまった。

それから時が経《た》ち――既《すで》にお互いの立場は理解しあっている状態だが、まともに会話をした事は殆《ほとん》ど無い。もっとも、途中戌井《とちゅういぬい》は一度この島を離れているので、実質的にそう長い時間同じ島で過ごしているというわけではないのだが。

そして、彼女は未だに自分の想いに整理が付かないままだった。

――私は、戌井さんに憧《あこが》れてる。うん、それは本当……かな。

島で起こったとある事件の時、戌井がその犯人であるとして島中に手配された事がある。

だが、その事件の真相をギータルリンから聞かされた潤《じゅん》は、自分への冤罪《えんざい》を受け入れた上で、更《さら》にその状況を利用する強《したた》かさを見て――『自分には無いものだ』と強い感銘を受けた。

しかし、憧れ＝恋心とは限らない。

カジノで働く友人の美咲《みさき》に相談したときは、強い剣幕《けんまく》で『そんな危ない男の人はやめておいた方がいいよ！　潤はただでさえ危ない仕事してるんだから！』と言われた。側《そば》にいたカルロスが『青春だねぇ』と言って美咲を見たら、美咲は『嫉妬《しっと》とかそういうんじゃ……！　バカっ！　カルロスさんのバカっ……！　あ、ああ、ご、ごめんなさいすいません！　バカなんて嘘《うそ》です！　寧《むし》ろ私がバカなんです！』と、混乱しながらその話を打ち切ってしまった為、結局潤の中に答えは出なかったのだが。

だが、もやもやした『何か』がある、というのは、ギータルリンは無論の事、護衛部隊の皆も気付いているようである。

——そうだ、ここで答えを決めなきゃ。

——好きなのかどうか……今、戌井《いぬい》さんを見て、ハッキリと決めよう。

——告白は無茶だとしても……少しでも……少しでも前に進まないと……。

どこまでもお人好しである彼女は、今回の件をギータルリンが与えてくれたチャンスであると受け取った。

一瞬、背中に背負っているチェーンソーのエンジンを入れ、その音と共にあがるテンションに自らの想いを委《ゆだ》ねようかとも考えたが、やはり冷静な時に言わないと意味はないだろう。

ハンカチで顔を拭《ふ》きながら、潤《じゅん》は静かに覚悟《かくご》を決め、緊張した足取りで皆の待つ仕事場へと戻っていった。

お人好しの彼女らしい、妙な感謝を胸に抱《いだ》きながら。

——ありがとうございます、ギータルリンさん。

——おかげで私、自分に素直に……。


「さん、はイ！」

『♪チャラララーチャラーチャラララーチャララー♪』

『パポアー♪　パポポアー』

『ドドゥっデュデュっツクツクシーツクツクシー♪』

『チャッチャッチャチャチャーララチャッチャーチャッチャッチャッチャチャーララララ♪』

事務所の大部屋の前に辿《たど》りついた潤の耳に聞こえたのは、奇妙《きみよう》な声の連なりだった。

見ると、ギータルリンが指揮棒《しきぼう》を振り、それに合わせて護衛部隊の隊員達が人間パーカッションのように無数の『音』を歌い上げている。

不気味極まりない光景。

意外に音楽としてサマになっているのが、余計に潤の心を掻《か》き乱す。

「あの……何をやっているんですか？」

「おオ、戻ったかネ」

ギータルリンが指揮を止めると同時に、隊員達が一斉《いっせい》に口を閉じる。

不安げに眺《なが》める潤に、ギータルリンは胸を張りながら一言。

「何ってアレだヨ。ＢＧＭの練習サ」

「ＢＧＭ？」

「そう、やっぱり音楽の一つでもなけりゃ、気分が出ないだロ？　即席で申し訳無いが、みんなのラヴパワーを受け取って超人強度七億《おく》ぐらいの名スキーヤーになっておくレ」

「ちょ、超人強度？　スキーヤー!?　……いえ、その……あの……もしかして、戌井さんと私の……その、二人っきりで会うわけじゃあないんですか？」

混乱しつつも、なんとか聞きたい事を尋ねる潤。

対するギータルリンの答えは――

「えッ？」

と、あからさまに『なんで二人きりになれるとか思ったの？』という意図が籠《こ》められた驚きの声だった。

不安になって護衛部隊の面子《メンツ》の方に目を向けると、皆は互いに顔を見合わせ――

白い歯を見せながら潤《じゅん》に笑いかけ、タイミング良く全員で親指を立てる。

「いえ、意味が解《わか》りませんから！　あ、あれ？　張《チャン》さんは……？」

このような悪ノリの歯止めとなる男の姿が見当たらない事に気付き、潤の心はますます不安の奥底に陥《おちい》った。

「ああ、『馬鹿馬鹿しくて怒る気も無くなった』って言ってメシ喰いに行っちゃったよ」

「そ、そんな！　……あれ？」

ふと、潤は気付く。

護衛部隊の面々の手に握《にぎ》られている、ピンク色の表紙の小冊子《しょうさっし》に。

「……なんですか、それ？」

「ああ、しおりだってさ。今、ボスがみんなに配ったんだよ」

「しおり？」

何か嫌《いや》な予感がして、彼女は手近にいた仲間からその冊子を借り、まずはそのタイトルに目を向け——

そして、それを見ただけで、彼女は力無く膝《ひざ》をつく結果となった。

『潤ちゃんラブラブ大作戦！　～温泉街の湯煙に響くエンジン音、好き好きチェーンソーは死神の香り～』

「……」

——……。

膝を本を同時に落とし、心身共に絶句する潤。

彼女は口をパクパクさせながらギータルリンの方を向くが、彼は何やらハンディカムを手に鼻唄を歌い始めていた。

「フフフンフン♪　さテ……じゃア、そろそろカメラを回すヨ？」

「え？」

彼が手にしているのは、本土で発売されたばかりの最新型ハンディカム。

「ちょッ……やめて下さい！　な、なんですか、カメラって！」

涙目《なみだめ》になりながら抗議の声をあげる潤だが、ギータルリンは不敵《ふてき》な笑みで語りかけた。

「ハハハ、しょうがないヨ。その冊子の裏側を見て御覧《ごらん》？」

「裏？」

潤は慌《あわ》てて床《ゆか》に落ちた本を拾い上げ、その裏表紙に書かれている文字を見る。

『協賛、ぶるぶる電波』

「……ええと……どういう事ですか？」

「最近ネ、葛原《くずはら》君達の自警団効果ヤ、イーリーの外面《そとづら》の良さが原因デ、西区画に住む人間が増えているんだヨ。いヤ、そりゃみかじめ料とかも少しは取ってるけド、それがメインの収入源ってわけじゃないかラ、そんな大きな問題でもないんだけどネ？」

「……はぁ」

「ただネ、ほら、外部のお金持ちとかをカジノに呼ぶとしてネ、人が全く住まないような区画に呼ぶって体裁《ていさい》が悪いしネエ、まあ、他にも色々と白かったり黒かったりする都合があるんダ」

組織のボスらしからぬ未来のプランを語るギータルリンだが、潤《じゅん》は戸惑《とまど》いながらもその話を聞き続ける。

「そして私は気付いタ！　東区画に足りないものノ、それは愛！」

「……」

護衛部隊の面々は、黒い理由もあると言い切った男が何を言うのかという顔でギータルリンを見ており、潤は「愛……」と相手の勢いに呑《の》まれかけた呟《つぶや》きを漏《も》らしていた。

「だからラ、君のように純真で可愛《かわい》い子のラブがあル……それを島のラジオト、あの最近噴水《ふんすい》の所にできた街頭テレビでみんなに知らしめようというのだヨ！」

「いえ、私、純真でも可愛くも……」

「東区画＝愛《ラヴ》！ これをきっかけに、潤ちゃんには島のアイドルとして人気を博して貰《もら》うヨ！」

潤の反論など聞いていないと言った調子で、ギータルリンはハイテンションに語り続ける。

「予定でハ、潤ちゃんが彼に告白してから3分程《ほど》でキスをすル」

「ちょちょ、ちょっと待って下さい！」

「その5分後に結婚式の開幕！ 戌井《いぬい》は叫ブ！ 『俺《おれ》達のラブは、まだ始まったばかりだ！』

と声高らかにニ！」

「確かに言いそうですけど！ いや、けけけけけけ、結婚って！」

怒濤《どとう》の勢いにツッコミが追いつかず、潤は為《な》す術もなくギータルリンの力技《ちからわざ》な話術に押さえつけられる。護衛部隊の隊員達も固唾《かたず》を呑んでそれを見守り、気の早い何人かが『おい、この島で祝儀《しゅうぎ》袋って売ってたっけか？』『運び屋のヤマトなら……』などと口にし始めた。

果たしてこのまま告白からキス、結婚に至るまで、潤のあらゆる初体験が戌井に捧《ささ》げられてしまうのかと思ったその時——

ギータルリンの目がギラリと光った事に、果たして何人の者が気付けただろうか。

「そして、キスした瞬間に開け放たれる扉《とびら》」

「第一私まだ結婚なんて……、え？」

「扉《とびら》から現れるのハ、私……手にしているのは巨大な十字架《か》……そウ、十字架型の巨大なチェ、、、、、、ーンソー！　これで奴《やつ》の身体《からだ》を切り刻むのサ。フフフフフフ」

「ちょっと、あの、ギータルリンさん？」

ギータルリンは取り巻きの女性達から大きな布包みを受け取ると、その中から一振りの巨大な物体を取り出した。

布の中から現れたのは、豪華《ごうか》な装飾が施された黒い十字架。

そして、その十字の一方は巨大な黒い刃《やいば》となっており、潤《じゅん》の持つチェーンソーよりも倍以上太い造りとなっている。

「なんか持ってきた⁉」

驚きの声を上げる護衛部隊の面々に対し、ギータルリンは笑う。

ただ笑う。

クフフと笑う。

狂的に、病的に。

「フフフフフ、どうだイ？　本土の取引先に特注で造ってもらったんだヨ。なあに、ほんの七〇〇万円程《ほど》、私の貯金の一部を使ってネ！」

「あ、あの……ギータルリンさん？」

「そウ！　その台本のタイトルにあル、死神の香りがする好き好きチェーンソー……それを潤ちゃんの武器と見せかけるのは視聴者の『チェーンソー＝潤ちゃん』という常識の盲点をついたトリック、実際は私のこのチェーンソーこそが本物の好き好きチェーンソーというわけサ！」

——『好き好きチェーンソー』って固有名詞なんだ……。

誰もがそう思ったが、今はもっと大事な事をツッコまねばならないと理解している。

だが、その大事なツッコミどころが多すぎて、誰も迂闊《うかつ》に口が出せない状況になっていた。

「ふふふ……多くの衆目《しゅうもく》の前デ、奴《やつ》はこの私の手によって地面と死の口吻《くちづけ》を交わすのだヨ」

「ぎ、ギータルリンさん⁉　ギータルリンさん⁉」

潤はゆさゆさとギータルリンの肩《かた》を揺するが、東区画のボスはそんな彼女の肩《かた》をポンと叩《たた》き返し、しみじみとした表情で語りかけた。

「私はネ、潤ちゃんを組織のコマとして利用する一方で、実の娘《むすめ》のように大切に思っているのも事実なんだヨ」

「あっさりコマとか言いやがった……」

「まあ、コマでも別にいいけどな」「アハハハハハハハ！　将棋《しょうぎ》の駒《こま》かもしれないしねー！」

「え？　寧《むし》ろそれでしょ？」「え、漫画のコマのコマじゃないの？　アハハハハッ！」

「なら、さしずめ俺《おれ》は将棋の駒でも超高級品といったところだな」「おお、流石《さすが》は源《げん》さん」

「そう……俺はダイヤでできた駒だ」「うわ、発想が安い」「流石は源さん！」

隊員達の無意味な会話を無視し、ギータルリンは天井《てんじょう》を仰《あお》ぎながら芝居《しばい》がかった声をあげる。

「だが、その潤《じゅん》ちゃんモ、いつかは結婚すル。そして誰かと新しい人生を歩んでしまうンダ。保護者として幸せになって貰《もら》いたイ……。だけド、あの狂犬の手に渡るかと思うト……私はもうなんていうカ、彼に対する黒い思いがムムのムクリと湧《わ》き上がるわけだヨ！」

「そんなッ！」

潤の叫びを皮切りに、部屋にいた他の面子《メンツ》もボスを批難し始めた。

「あんたヤケに戌井《いぬい》が気に入らなさそうだったけど、それが原因か！」

「妙に戌井に冷たい態度取るなあと思ったら！　もっとカッコイイ理由だと思ったのに」

「アハハハハハハハ！　ボスってバカだよねー！」

「円周率で言えば二万桁《けた》目ぐらいのヤバさだな」

「ZZZ……」

「……まあ、ボスの気持ちは解《わか》らんでもねぇ」

「げ、源《げん》さんは黙ってるんだな」

そんな室内に満ちる様々な声を聞かず、ギータルリンは尚《なお》も語り続ける。

「父親代わりとしテ、潤ちゃんの意思はできる限り尊重してあげたイ……だから彼を好きだという潤ちゃんを止めたりはしなイ！　……なラ、彼を殺せば万事解決というわけだヨ！」

「やめて下さいギータルリンさん！　そんなの、ギータルリンさん……じゃ……」

言いかけて、潤は相手が元からこういう人間だった事を思い出した。

「いえ、その、ギータルリンさんらしいと言えばらしいんですけど、でもその、戌井さんを殺すだなんて、そんなのはボスとしてというか人としてどうか……」

「何を言っているんだイ？　言いたい事があるならもっとハッキリ言うといいよクッフフ？」

怪しい笑みを溢《こぼ》しながら、興奮したギータルリンは十字架《か》型チェーンソーのスイッチを入れてしまう。


ガガガガガガガガガガガガガガガガガガガガガGGGGggggg――


興奮のあまり忘れていたのか、あるいは、全て計算した上での事なのか――

そのエンジン音は、一匹《びき》の猫《ねこ》を目覚めさせた。

潤の中に眠《ねむ》る、テンションという名の凶暴《きょうぼう》な猫。首輪にはアッパーと刻まれている。

猫は他人のエンジンの音を聞きつけ、潤の身体《からだ》を内側から激しくひっかいた。

「……フフ……アハハハハハ……」

「おヤ？」

前髪《がみ》の奥から覗《のぞ》く視線。

嬉々《きき》とした鬼気《きき》が潤の周囲に踊《おど》り、彼女の両腕《うで》がバネ人形のように跳《は》ね上がる。

背後に背負った収納ケースから如何《いか》にして取り出したのか――

彼女の手に握《にぎ》られていたのは、特殊な形をした二本のチェーンソー。

「……アハぁッッ！」

彼女は一声鳴くと、そのエンジンを噴《ふ》かす為の点火スロットルを思い切り引き絞《しぼ》った。

バルルルルルルルルルルルルルルルルRRRRrrrr——

そして、周囲にはエンジン音の三重奏が響き渡り——

△
▼

雪村《ゆきむら》ナズナの場合　その2

東区画　遊園地入り口
「いやー、確かに今日はカジノで大勝ちさせて貰《もら》ったけどよー、ちょっと追い出すのが早すぎるんじゃねえ？」
七色の髪《かみ》をした男の問いに、ナズナは溜息《ためいき》混じりに答えを返す。

「あんた、最近変な連中と揉《も》めてるんでしょ。長居されてそいつらの襲撃《しゅうげき》があっても困るしね」

「大丈夫《だいじょうぶ》だって。あいつら大した連中じゃねえから、普通の警備の連中だけで充分だぜ？」

「あそこには流れ弾《だま》に当たりそうな子がいるから、もめ事自体起こしたく無いの」

ナズナは刀の鞘先《さやさき》を肩《かた》におきながら、凛《りん》とした表情で語りかけた。

「それに、あんた元々ボスに呼ばれてたでしょ。まったく、ボスも何を考えてるんだか」

「しっかし、おたくのボス、俺《おれ》になんの用だって？　そろそろ邪魔《じゃま》になってきたから俺を護衛部隊の全員で始末しようっていう罠《わな》とかじゃないよな？　それはそれで楽しそうだけど」

「そんなつもりなら、この時点でアンタはカルロスに頭を撃《う》ち抜かれてるよ」

「ハッ、おっかないねぇ」

軽口を叩《たた》きながらも、その男が常に周囲に気を張り巡《めぐ》らせているのはナズナにも良く解《わか》った。

ただの軽い男のようにも見えるが、この男はかつて最下層を支配した『危険人物』なのだ。

カジノの警備を終えたナズナは、彼を引き連れてこの事務所にまで戻ってきたのだが――そんな彼女の耳に、聞き慣れた音が響いてくる。

――エンジン音？

ナズナは嫌《いや》な予感がしながら、眼前にある事務所に目を向けた。

潤《じゅん》のチェーンソーらしきエンジンと、聞き覚えの無い別のエンジン音。そして、バリバリと何かが削《けず》られる音や、硝子《ガラス》の割れる音がナズナと客人の耳朶《じだ》を打つ。

二人は事務所の側面に回り込み、ドアの奥からその内部の光景を見たのだが――

事務所の中では三つのエンジン音に囲まれた潤《じゅん》が恍惚《こうこつ》とした目つきでチェーンソーを振り回しており、巨大な十字架《か》型のチェーンソーを持ったギータルリンが取り巻きの女二人に守られながら逃げまどう姿があった。

更《さら》に、源《げん》さんが懐《ふところ》から大量の手榴弾《しゅりゅうだん》を取り出してピンを抜こうとしており、周囲の護衛部隊達が必死にそれを止めている、

「……」

「……」

暫《しば》しの沈黙《ちんもく》を挟《はさ》んで、戌井《いぬい》が一言呟《つぶや》いた。

「……楽しそうだな」

「……。あー……えーと……取り込んでるみたいだから、今日はこれで帰ってもいいと思う」

淡々と呟くナズナとは対照的に、戌井は事務所内に入るか入るまいか迷いつつ拳《こぶし》を握《にぎ》る。

「糞《くそ》ッ……！　もっと早く来れば良かった……！　途中《とちゅう》参加じゃ完全にノリ切れねぇし、事情が分からないんじゃ、どうやって乱入すれば美味しいのかが解《わか》らねぇ！」

好き勝手呟く戌井に、ナズナは「いいから帰って」と言おうとしたのだが――

「なあ、マジでこれどうなってるんだ⁉　なんていうか、俺《おれ》が憧《あこが》れてたシチュエーションだよおい！　まるで『フロム・ダスク・ティル・ドーン』の後半みてえだ！　ああ、今からでも乱入して何かやりてえけど、ちょっと教えてくれ、俺は誰の味方としてこの中に乱入すれば一番派手で格好良く見える？」

　本気で悔《くや》しがっているのか、ナズナの肩《かた》を揺らしながら興奮した口調で尋ねる戌井。

「え、ええー……？」

ナズナは急速に倦怠感《けんたいかん》が溜《た》まる様子を表情に浮かべ、露骨《ろこつ》に嫌《いや》そうな表情で息を吐《は》く。

背後の事務所からはエンジン音と破壊《はかい》音が響き続ける中、さてどのように眼前の男を黙らせようかと思っていたのだが——

「なにしてるのかな」

唐突《とうとつ》に、戌井の背後から響き渡った言葉が周囲の空気を支配する。

「もしかして……ナズナさんに、とても酷《ひど》い事をしようとしてるんじゃないかい？　例えば……その、こんな事を言うのもなんだけど、ナンパ、とか……そんな酷い事をしようとしているんじゃあないだろうね？」

ゾワリ、と、戌井の背中に怖気《おぞけ》が走る。

狗木《くぎ》に銃《じゅう》を向けられた時の心地よい緊迫感とは違う、純粋な怖気だ。

背後に立つのが誰であるか確信しつつ、戌井は肩を竦《すく》めつつ笑いながら振り返った。

「この子はあんたの彼女なのかい？　そりゃ悪かったな」

——だが、まあ、前ほどは怖くなったしなこいつ。

そう思い、半分安心していた戌井《いぬい》だったが——

「友達だよ。友達から始めたんだ」

彼の安堵《あんど》は、目の前の殺人鬼の視線《き》に一瞬で砕《くだ》かれる。

殺人鬼——雨霧八雲《あまぎりやくも》の目は、澄《す》んでいるのにどこまでも暗く、暗く、暗い。

——あ、駄目《だめ》だ。やっぱ怖《こえ》ぇわコイツ。

「ＯＫＯＫ、お前ら二人の友情に完敗だ。俺《おれ》はその友情に感動し、友情の象徴たる走れメロスの如《ごと》く走るとしよう。まあ3日後に戻っちゃこないけどな！」

戌井はビシリと親指を立てると、そのまま一目散《いちもくさん》に駆《か》け出した。

脳裏《のうり》に浮かぶのは、数年前に一度殺されかけた瞬間の記憶《きおく》。

——ま、今死ぬと色々面倒な事になっちまうからな。

戌井は死を感じているというのに、その状況すらも楽しんでいる自分に苦笑しながら——同時に、ポケットの中にある一つのデータを落とさぬように気遣《きづか》いながら。

「くッ……追いかけたい所だけど……今はナズナさんの方が大事だ」

遊園地のフェンスを軽々飛び越える犬を見送った後、殺人鬼はハッとしてナズナに向き直る。

「あ、ち、違うよ？　今は、って言ったけど、嘘《うそ》。本当はずっとナズナさんの方が……その」

「いや、どうでもいいよ。……何の用なの？　こんな所まで。張《チャン》の旦那《だんな》とかに見つかったら偉《えら》いことになるよ？」

「あ、ああ」

殺人鬼——八雲はナズナの声に照れた表情を浮かべつつ、暗い微笑《ほほえ》みと共に声をあげた。

「ナズナさん、今日……君は新しい自分に生まれ変わるんだよ。フフフ」

一瞬の沈黙《ちんもく》が二人の間を走り抜け、数秒の後、ナズナはただ、醒《さ》めた反応を返す。

「……なんだか、私がこれから殺されるか監禁《かんきん》されて手足をもがれそうな感じの台詞《せりふ》だね」

「……何かいま、俺、また間違えた気がする」

「いいよ、解《わか》ってるから」

この数ヶ月で八雲の性格を大分理解したようで、ナズナは特に気にした様子もない。

「で、続きは？」

ナズナに促《うなが》され、八雲はきょろきょろと視線を泳がせながら、手にしていた一通の封筒を手渡した。

「うん……そうだね。あの……ナズナさん。誕生日おめでとう。ハッピーバースデー」

「え？」

「ナズナさんへのプレゼント。誕生日をあげる。それが今日で……ええと、あ、大安《たいあん》の日とか、何か祝日とかと合わせた方が良かったかな？　それなら俺《おれ》は、その日まで待つけど」

「……」

「それで、誕生日をまず普通の贈《おく》り物としてプレゼントして、その手紙は誕生日プレゼントで……ええと、ややこしくなってきたけど、とにかくおめでとう」

最初は、何を言っているのか解《わか》らなかった。

だが、昨日《きのう》の会話を思い出したのだろう。ナズナは暫《しば》し戸惑《とまど》い――そして、小さく息を吐《は》き出しながら封筒を掲げ――

「開けていい？」

「いいよ」

コクリと頷《うなず》く八雲《やくも》の前で、ナズナは封筒の中身を取り出した。余程《よほど》急いで書いたのか、封筒には糊付《のりづ》けすらされていなかった。

中に書いてあったのは、シンプルな文章だった。

『好きだと告白したいので、今夜12時、噴水《ふんすい》広場のモニター前に来て下さい』

「……」

「……」

再び、沈黙《ちんもく》が二人を支配する。

だが、ナズナにとっては先刻とは違う意味を持つ沈黙だった。

不味《まず》いことをしただろうかと不安げな顔の殺人鬼《き》を、ナズナは真《ま》っ直《す》ぐに見つめ返し――

「誕生日、か」

静寂《せいじゃく》を打ち破るべく、彼女は静かに呟《つぶや》いた。

「私が……そんな、人並みに幸せな日なんかあってもいいのかな？」

「あたりまえじゃないか」

「前に話した事あるよね、私はボスの命令で何人も殺したって」

「……」

「あの武道場の子達も、私が何をしてるのか気付いてるみたいだけど、一言もそれを口にしようとしないんだ」

ナズナの表情に影が差す。

何かを諦《あきら》めているかのような表情。悟《さと》りというにはあまりにも後ろ向きな印象で、自分自身を否定していると受け取る事もできる目をしていた。

「あんたには言っておくけどさ……。あの子達のうち、何人かの親は、わた……」

だが――何かを言いかけた所で、八雲が続きを遮《さえぎ》った。

「駄目《だめ》」

「え？」

「何を言いたいのか、大体解《わか》るよ。でも、その続きは、きっとまだ……お互い良く知らない俺《おれ》なんかに話していい事じゃない」

珍しく、真剣な目をしていた。

いつでも彼は真剣なのだろうが、一際《ひときわ》瞳《ひとみ》の中に宿る光に力が籠《こ》もっている。

「だから……ちゃんと恋人になって、もっと俺がナズナさんの気持ちが解って、ナズナさんの力になれるようになった時、聞かせて貰《もら》えると……嬉《うれ》しい」

「……」

相手の言葉を聞き、ナズナは三度目の沈黙《ちんもく》に陥《おちい》りかけたが――

クスリと笑って、サバサバとした調子で口を開いた。

「そっか、そうだね。御免《ごめん》ね、辛気《しんき》くさい話しちゃって」

そこでナズナはいつもの凛《りん》とした表情に戻り、その中に僅《わず》かな微笑《ほほえ》みを浮かべながら八雲《やくも》の手紙を見返した。

「でも、この手紙……もう告白しちゃってるじゃない」

「……まあ、そうなるかもしれないね」

「素直にデートしたいって書けばいいのに」

「いや、手紙に何かプレゼントを同封しようと思ったんだけどさ、何も思いつかなかったんだ」

如何《いか》にも八雲らしい考え方を、ナズナはあっさりと受け入れる。

「プレゼントだらけだね」

「だから、俺は俺をプレゼントする事にしたんだ」

「……」

「今晩、俺は君の行きたい所に行くし、何かできる事があれば手伝うよ。いつまで、って言われると、特に決めてないから……その、ナズナさんの気がすむまでって事になるけど」

押しつけがましい提案だ。

半ばストーカーとも受け取られる物言いだが、そこに悪意も善意も無く、ナズナが『嫌《いや》』と拒絶すれば素直に謝ってくる事だろう。

だが、そんな八雲の捻《ひね》くれた無邪気《むじゃき》さを知っているからこそ——

ナズナは、敢《あ》えてもう一度同じ事を繰り返す。

「やっぱり……素直にデートしたいって書けばいいのに」

彼女はこの一瞬だけ過去も現実も全て忘れ、ただ目の前の青年だけに笑いかけた。

「いいよ、明日《あした》は非番だしね。今日は朝まで付き合ってあげる」

「……ッッッ！」

八雲の中に電流が走る。

頭のクロック数を最大限に押し上げ、数秒の時を無限に引き延ばす殺人鬼《き》。そして彼は、今の喜びを自分の中の『永遠』に刻みつけた。

背後からは、未だにエンジン音と喧噪《けんそう》が聞こえてくる。

そんな告白には最も程遠《ほどとお》い空気の中——

一人の男は最大限の幸せを。

一人の女は、ほんの小さな幸せを見つけ——

島の空気の中に、僅《わず》かに甘《あま》い色を滲《にじ》ませた。

△

▼

探偵《たんてい》姉弟の場合　その2

夜の帳《とばり》が下りた『島』の中、太陽のように美しく輝く金色の髪《かみ》が、西区画の路地裏をとてとてと移動する。

西区画の中でも大分東寄りの区画であり、自警団の警備も手薄《てうす》になっている地区だ。その代わりに自警団ではない、西区画を仕切る大陸系マフィアが見張りを置いているらしいが、その姿は表だっては見受けられない。

そんな閑散《かんさん》としつつも物騒《ぶっそう》な空気が漂《ただよ》う中、美しい金髪《きんぱつ》の持ち主は、背後を歩く黒髪の弟に自信満々に言葉を紡《つむ》ぐ。

「さあ、尾行はこれからですよ！　シャーロック！」

「これからも何も、まだ怪しい奴《やつ》を見つけてもいないじゃないか。もう諦《あきら》めて帰ろうよ」

「何を言っているんですか！　私達の尾行はまだ始まったばかりです！」

「またどこかで変な言葉を覚えたんだね……」

諦念《ていねん》に満ちた溜息《ためいき》を吐《は》き出すシャーロックの言葉を聞いているのかいないのか、姉のシャルは目を輝かせながら興奮混じりに口を開いた。

「それにさっき、電話があったんです！　非通知で！」

「電話……？　ああ、そういえば依頼がきた少し後にあったね。すぐに切れちゃったみたいだけど、なんだったの？」

「ええとですね、『命が惜《お》しければ、この事件から手を引け』とだけ言って切られました！」

「よし、帰ろう」

即断したシャーロックは、姉の手を摑《つか》んで引き摺《ず》るようにその場を立ち去ろうとした。

「ま、待って下さいシャーロック！　事件は家で起きてるんじゃありません！　現場で起きてるんです！」

「姉さんの頭の中が僕にとっては大事件だ」

そう言った所で、シャーロックの研《と》ぎ澄《す》まされた感覚が何かに気付いたようで、思わず自らの足を止め、姉の口を塞《ふさ》いだ。

「もごご？」

「静かに」

そのまま路地の物陰に身を潜《ひそ》めた瞬間——

彼らの向かっていた先から、複数の男達が慌《あわ》ただしく移動してくるのが見えた。

息を潜める二人の横を、男達は緊迫した表情で駆《か》け抜けていく。

「どこだ？」

「今、噴水《ふんすい》広場の方に向かってるらしい」

「一斉《いっせい》に仕留《しと》めるぞ」

男達の口からはそんな会話が漏《も》れ出しており、その声と目にはあからさまな殺気が籠《こ》められていた。

シャーロックは緊張しながら姉の身体《からだ》を抱《だ》き込む形で押さえつけていたが、男達が去った後、別の形で緊張する結果となった。

「ご、ごめん。大丈夫《だいじょうぶ》？」

慌《あわ》てて姉の身体を離し、シャーロックは姉の顔を見る。

シャルは特に抱きしめられた事は気にしていないようで、男達の去った方向を見ながら、やはりいつも通りの調子で口を開いた。

「これは……事件ですよ！」

「事件だね。だから帰ろう！」

「駄目《だめ》ですよ！　事件が起こると解《わか》っているなら、未然に防ぐのが探偵《たんてい》の仕事。事件が起こった後に事件を解決して褒《ほ》められるのは、事件が起こる事を知らなかった探偵だけです！」

彼女の瞳《ひとみ》に宿る目が、今にも駆け出して男達を追うと告げている。

だが、シャーロックは溜息《ためいき》を吐《つ》くが、あえて諦《あきら》める事はせず、姉に対して足掻《あが》いて見せた。

「姉さんは……。何度も言った事だけど……姉さんは、好きな人とか居ないのかい？」

「なッ……なんですか突然！　それはその……好きな人とか、いたり居なかったり……」

顔を赤くして答える姉に、弟は真剣な顔のまま言葉を続けた。

「同じように、姉さんの事が好きな人が居たとして……姉さんが危険な事をして死んだり傷ついたりしたら、どんなに悲しむと思う？」

「……」

黙り込む姉を見て、シャーロックの心に何故《なぜ》か罪悪感の棘《とげ》が突き刺さる。

だが、心を鬼《おに》にしなければと思いつつ耐える彼に、姉が言った。

「シャーロック」

「な、なに？　解《わか》ってくれたのかい？」

「好きだとか愛するとか、そういう事を考えたら……私は、ますます先に進まざるを得ません」

「……ッ！　どうして！」

少しだけ哀《かな》しげな笑顔を浮かべた姉。長年連れ添ったシャーロックは、そんな彼女の意図を理解していたが——それでも、それを認めたくなくて敢《あ》えて口に出して尋ねてしまう。

「だって私は……この島と、この島の人達が好きなんですから」

「……」

今度は、シャーロックが黙《だま》り込む番だった。

そして、シャルはそんな弟に対して、止《とど》めとなる言葉を紡《つむ》ぎ出す。

「い、シャーロックが私の事を心配してくれるみたいに、私も島のみんなが心配なんです」

「……ッ」

——姉さん。

自分の全てを見透《みす》かした言葉を、なんの計算もなく吐《は》き出す無邪気《むじゃき》な口元。

——姉さんは……やっぱり卑怯《ひきょう》だ。

心の中で呟《つぶや》きながら、思い返す。

今の台詞《せりふ》のやり取りを、この島に来てから何度繰り返しただろうと。

——三十五回だ。

こうして数を数える事まで、もう三十回以上も繰り返した事になる。

それでも毎回こうして同じ胸の熱さを覚える事に鑑《かんが》み、シャーロックは考える。

自分はどうしようもないバカで、やはり姉は無邪気な卑怯者だと——

そして、馬鹿な自分はそんな卑怯者の姉が好きなのだと理解した。

△
▼

嬰麗《エイリーファン》鳳の場合　その2

暗い部屋の中。

窓の外に浮かぶ島の夜景を見つめながら、嬰麗鳳は過去を想う。

自分には、噎《む》せ返るような血に満ちた空気以外、吸う事すら許されないと思っていた。

物心ついた時から組織の幹部候補として育てられ、学校にすら行かされる事無く、全て嬰家という閉じた世界の中で育てられた。

そして、この島にやって来て、やっと新しい世界が開けたと思ったら——何のことはない。

この島の中は、嬰家の内部よりもずっと荒《すさ》んだ、どうしようもない空気に満ちていたのだ。

——そうだ。自分に必要なのは、この空気だけだ。

麗鳳《リーファン》は、若くしてそう悟《さと》った。

例えどれだけ力を付けようとも、この世界で成り上がり続ければ、より濃《こ》い血煙《ちけむり》の中に身を投じる事になるだろう。

逃げ出せば、やはり裏切り者として追われる事となるだろう。

そもそも、逃げるなどという選択肢《し》など選びたくもないのだが。

そんな世界の中で、唯一《ゆいいつ》違う色をしている存在がいた。

イーリーとリーレイの母親である、青い瞳《ひとみ》の女だった。

英国から来た父の妾《めかけ》だそうだが、イーリーを生んですぐに家を追い出された。

幼い頃の記憶しかないが——あの空気の中で、その女だけは優しかった。幼くして母を無くした麗鳳に、まるで本当の母親のように接してきたのだ。

麗鳳には、それがたまらなく嫌《いや》だった。

自分達と違う存在が、自分に優しくするのが、幼心にも気持ち悪かったのだ。自分がこの女の空気に染まってしまえば、父や世界から見捨てられてしまうのではないかと。

そして、その女が居なくなって安堵《あんど》した。

安堵したのだと思っていた。

数年後にその女が死んだと聞いた時も、『島』の中にイーリーの妹である娘《むすめ》がいると聞いた時も、苛立《いらだ》たしいとしか思えなかった。

だが、リーレイという名の空気など微塵《みじん》も気にしない『異物』と、半年前に出会った一人の娘が、そんな自分の意識を少しずつ、しかし劇的に変え始めている事に気が付いた。

果たしてそれが自分にとって毒なのかどうか、それを見極めようと——

麗鳳は、静かにその変化を受け入れ続けた。いつか答えの出るその日まで。


ホテルの地下に入り、護衛と共に駐車場の車へと乗り込んだ所で、麗鳳の携帯が振動する。

『やあ、例の連中、東で狗木《くぎ》くんと交戦しているみたいだよ……もご』

電話の向こうから聞こえてきたのは、太飛《タイヘエイ》のノンビリとした報告だった。

「そうか。我々も今から向かう所だ」

『君自ら？　まあ、前から君は前線に出張《でば》るのが好きだったからねぇ。モゴ……でも、組織の後をついでトップになったんだから、少しは自重《じちょう》した方がいい、って言っておくよ。止めないのは、君が前線で流れ弾《だま》に当たって死ぬ事を望んでる奴《やつ》か、老師みたいに面白がってるか、麗《リー》蕾《レイ》みたいに何も考えてないかの三択なんだからねぇ』

「構わん。狭い島だ。どこに居ようと一緒だ。……そういうお前は、俺《おれ》を気遣《きづか》ってご機嫌《きげん》取りか？　似合わない事をするな」

『気遣うつもりならもっとマシな言葉遣いで話してるよ。モゴ……ところで、監視カメラで面白いものを見つけたよ。モゴ……』

「なんだ？」

『例の探偵《たんてい》……もご……ほら、金髪《きんぱつ》の子』

「……！　そうか……。まあ、巻き込まれぬ事を祈るとしよう」

『おや、イーリーが言ってたみたいに、本当に君のお気に入りなのかい？』

「馬鹿な……。西区画にはあいうマヌケでも住めるという宣伝塔《とう》のようなものだ。それを失うのは自警団や住民の士気に関わる。それだけの事だ」

『その割には、夕方に電話して警告してたじゃない』

「……ッ！　太飛《タイフェイ》……貴様……」

『電話を盗聴《とうちょう》されないようにする手順は前に教えただろ？　相当焦《あせ》ってたんだねえ、君。まあ、俺《おれ》の心の中にしまっておくし、そもそも恋愛は自由だと思うよ？　そもそもあの子、イーリーとリーレイの母親に――――』

麗鳳《リーファン》は一方的に電話を切り、努めて平静な調子で周囲の護衛達に語りかけた。

「全く、太飛の奴《やつ》、ホテルに飯店を十件も増やせなどと言い出して……困った奴だ」

護衛達にはデタラメを吹き込みながら、麗鳳は作り笑いの下で静かに考え込む。

護衛達は全員それが嘘《うそ》であり、麗鳳がいつかの事件で出会った金髪の少女に、本人も気付かぬまま御執心《ごしゅうしん》である……という事まで理解しているのだが、理解した上で彼らは沈黙《ちんもく》を守り続けた。蔑《さげす》みも笑いも無く、ただボスの選んだ道こそが正道であるとでも言うかのように。

そんな部下達の思いを知ってか知らずか、麗鳳は思索《しさく》にふけっていた。

——全く、太飛の奴め……。いつかあの油を絞《しぼ》ってやるぞ。

——だが、奴の情報力は組織の要《かなめ》でもあるからな……迂闊《うかつ》に敵《てき》にも回せん。

——それにしても……恋愛が自由だなどと巫山戯《ふざけ》た事を……。

そう思いつつも、心中《しんちゅう》では一つの懸念《けねん》が頭をもたげる。

自分はもしかしたら——あのイーリー達の母親である西洋人に対して、憧《あこが》れを抱《いだ》いていたのではないだろうかと。

そして、同じく周囲の殺伐《さつばつ》とした空気に染まらぬ、あの青い目の探偵に、同じ思いを抱いているのではないかと。

——馬鹿な。

——あのような小娘《こむすめ》に……。

——……。

——まあ、それはそれで良かろう。

——女など、我が生の中では些事《さじ》に過ぎぬのだからな。

——誰を好こうが同じ事だ。誰を好こうがな。

麗鳳は顔色を変えぬまま、部下達を引き連れて命のやり取りをする鉄火場《てっかば》へと向かう。

頭の片隅《かたすみ》の、あの無邪気《むじゃき》な微笑《ほほえ》みを消し去る事もできぬまま。

△

▼

みんなの場合

東区画某《ぼう》所

探偵《たんてい》姉弟が不審者《ふしんしゃ》達を見かける20分程《ほど》前──

「はう……」

奇妙《きみょう》な溜息《ためいき》を吐《つ》きながら、潤《じゅん》はとぼとぼと夜の路地を歩いていた。

三つのチェーンソーのエンジンが全て燃料切れで止まった後、彼女は事務所の中の惨状《さんじょう》に気が付いた。

奇跡《きせき》的に、ギータルリンを除いて怪我人《けがにん》は出なかったものの、事務所の中はエイリアンとプレデターが台風の中で殺し合った後のような状態になっていたのである。

その事でも随分と落ち込んだのだが──

「ああ、戌井《いぬい》ならさっき来たけど、中の惨状を見て帰ったよ」

というナズナの言葉が、何よりも潤を落ち込ませた。

——見られた。

——よりによって、あんな酷《ひど》い状態の所を。

理性こそ飛んではいないものの、興奮して別の世界にトんでしまっている自分を見られてしまった事は、彼女にとって何よりも恥ずかしかった。

あの状態の自分が嫌《きら》いなわけではないが、よりによって事務所の中でボスを相手にチェーンソーを振り回している所など、他者から見ればどんな危険人物に見えるだろうか。

深い溜息を何度も吐《は》き出しながら、潤は島の夜道を歩き続ける。

——結局、戌井さんには会う事すらできなかったし……。

——次に会えた時、どんな顔をすればいいんだろう……。

そもそも、こんな島に住む自分が、こんな島を愛している自分が、人並みに恋愛などをする資格があるのだろうか。

戌井は確かにこの島の象徴のような存在だ。だからこそ潤は彼に特別な憧《あこが》れを抱《いだ》いているのかもしれない。

だが、その場合はその場合で、自分のような存在が島の象徴たる男に恋愛感情などを抱いてしまって良い物かと不安になる。

中途半端《ちゅうとはんぱ》な自分自身に嫌気《いやけ》が差しながら、潤は夜の町を宛《あ》ても無く彷徨《さまよ》っていたのだが——

不意に、彼女の携帯に連絡が入る。

『アハハハハ！　潤《じゅん》ちゃん！　ミイだよ！　元気してた？　落ち込んだら駄目《だめ》だよ？　アハハハハハ！』

笑い上戸《じょうご》である部下の声を聞きながら、潤はそのいつも通りの声に釣《つ》られて少し微笑《ほほえ》んだのだが――

『あのねあのね、西方面の緩衝《かんしょう》地帯のビル街で銃撃戦《じゅうげきせん》だってさ！　戌井《いぬい》チャンと西のほら、狗木《くぎ》ちゃんだっけ？　あの二人がパンパンパンパン……パンパンだって！　アハハハハハハ！』

何がおかしいのかさっぱり解《わか》らないが、とりあえず連絡の内容は理解できた。

潤は即座に頭の中身を切り替え、即座に現場へと向かって走り出す。

切り替えた先にも戌井の存在があるという事に、少しだけ妙な感情を抱《いだ》きながら。

△

▼

ピピピ、という電子音が携帯電話から鳴り響き、雨霧八雲《あまぎりやくも》は目を覚ます。

「……ファ……ああ、、、、、、、、、、もう5分も寝ちゃったか。ナズナさんとの約束の時間まであと一時間……そろそろ向かおう」

たった5分の睡眠《すいみん》で満足だというように腰《こし》を上げると、屋上の真ん中で寝ている花飾りの少女を起こさぬよう、そっとビルの壁面を降りていった。

その最中に夜空を見上げ、殺人鬼《き》は思う。

――なんて綺麗《きれい》な星空だろう。

――ナズナさんと二人でこの夜空を見上げられれば、俺《おれ》はそれだけで満足さ。

△
▼

「……早すぎたかな」

一方で――雪村《ゆきむら》ナズナは、既《すで》に噴水《ふんすい》前に辿《たど》り着いていた。

何しろ『デート』などというものをしたことが無い（護衛部隊の仕事でまねごとをさせられた事はあるが）ので、どのくらい前に現場に着けば良い物か目算《もくさん》が立たなかったのだ。

世話をしてる少女達は、夜はいつも信頼できる人間の所に預けているので特に問題はない。

彼女が今考えているのは、この夜中にこの島で、一体どこに行こうかという事だった。

――どこかで星空でも見上げてのんびり過ごす……。

――なんて言ったら、八雲に笑われるよね、やっぱり。

妙な所で殺人鬼とシンクロしながら、殺し屋の女は視界の隅《すみ》の違和感に気付く。

「ん?」

——誰か来たね。……なんだ、戌井《いぬい》か。

路地の奥に七色の髪《かみ》が見えたので、ナズナは一端《いったん》その場を離れる事にした。

向こうはまだこちらに気付いていないようなので、そのまま気付かれぬ方がいいだろう。

——うっかり話したりして、その最中に八雲《やくも》が来たりしたら……

——今度こそあいつ、戌井を殺しかねないからね。

△

▼

潤《じゅん》がビルの側《そば》に辿《たど》り着くと、そこには大量に倒れている男達がおり、その身体《からだ》を西区画の黒服達が数人で回収している所だった。

彼女は見つかれば厄介《やっかい》な事になると思い、身を潜《ひそ》めて遠くからその様子を窺《うかが》う事にしたのだが——ふと、視界の隅《すみ》に蠢《うごめ》く影を見つけた。

純白の服の下半分を血に染めた、島内最悪の殺人鬼《き》だ。

——雨霧《あまぎり》八雲さんだ。

——どうしてこんな所に?

ナズナが彼とコンタクトを取るようになって以来、前よりは彼による東区画での騒《さわ》ぎは減っている。だが、現在でも警戒対象に変わりはなく、護衛部隊の面々はナズナもいつか、彼に何かされてしまうのではないかと心配していた。

——八雲さんが……この事件に絡《から》んでる？

まさかと思いながらも、潤は静かにその後をつける事にした。

△

▼

死体や怪我人《けがにん》の回収の現場に到着した麗凰《リーファン》は、自ら現場に立ち、地面に転がる男達を眺《なが》めていた。

「全く、緩《ゆる》みきった面構《つらがま》えの連中だ。こんな連中が島で好き勝手しているというのか？」

苛立《いらだ》ちを隠《かく》さずに死体を見下ろしていたのだが——ふと、視界の隅に蠢く影を見つけた。

——あれは……東の猫《ねこ》。

——何故《なぜ》、ここに……。

現場から離れるように、島の中央部に向かって駆《か》けていく東区画の護衛部隊長。

——何か絡んでいるのか？

そう判断した麗凰は、護衛を四人ほど引き連れ、音もなくその後をつける事にした。

△
▼

「ちょっと早く来すぎたかな。……ん？　あいつら、何やってるんだ？」

八雲《やくも》が噴水《ふんすい》広場の入口に辿《たど》り着くと、そこではまさに戌井《いぬい》と狗木《くぎ》が戦っている最中だった。

お互いに銃《じゅう》は使用していないようだが、相手の急所などを露骨《ろこつ》に狙《ねら》った肉弾戦《にくだんせん》を繰り広げている。

八雲は特に興味も無さげにその様子を見つめ、巻き込まれても面倒だと、広場を取り囲むモールの二階へと移動した。

「どうでもいいけど、一時間以内には終わらせて欲しいなあ。ナズナさんとの待ち合わせの邪《じゃ》魔《ま》だから」

そして、その直後——

チンピラ風の乱入者達が現れ、広場内に鋭い銃声《じゅうせい》を鳴り響かせた。

△
▼

そして――

八雲を追った先で潤《じゅん》が見たのは、戌井と狗木が銃を持った男達に囲まれている光景だった。

「!?」

何事かと動きを止めたが、護衛部隊としての経験がすぐに心を平静に押し戻し、周囲の状況を冷静に確認する。

戌井の顔には余裕《よゆう》があるようだ。

狗木の顔には、そもそも表情らしきものが感じられない。

――手助けしないと……。

即座に背中のチェーンソーを取り出すが、エンジンを掛ける前に、身体《からだ》が止まる。

昼間の事を思い出したからだ。

このまま再び凶暴《きょうぼう》な自分を戌井の前で見せてしまっても良いものなのか？

その考えが彼女の身体を支配する。

だが、しかし――

彼女がその考えに動きを止めたのは、僅か0・1秒に過ぎなかった。

自分自身の醜態《しゅうたい》を晒《さら》したくないからと、動ける時に動かぬ人間に護衛部隊の隊長は務まらない。その事を彼女の身体が、彼女の心が、彼女の魂《たましい》の中のエンジンが、何よりも強く理解していたのだ。

動きを止めぬまま、潤《じゅん》の中には別の懸念《けねん》も浮かんでいた。

このまま東区画の護衛部隊長という立場の自分が、戌井《いぬい》と妙な連中の争いに参加してしまっても良いのだろうか？

だが——彼女はその疑問を、たった一言でねじ伏せた。


——今は……非番ッ！


そして、エンジンのスロットルを引き絞《しぼ》る。

エンジンを入れる事は、紛《まぎ》れもなく自分の意思。

つまり、この後の自分も、紛れもなく自分なのだ。

それを偽《いつわ》って戌井に好かれても何の意味もない。

そんな、微妙《びみょう》に公私混同な事を考えながら——

彼女は噴水《ふんすい》前の広場にて、高らかに高らかにエンジン音を響かせた。

バルルルルルルルルルルルルルルルルルRRRRRrrrr――

△
▼

エンジン音に驚き――続いて、チンピラ集団の中に躍《おど》り込む潤の姿を見た。

戌井達とチンピラ達のやりとりの様子を物陰から窺《うかが》っていたナズナは、突然鳴り響いたその

「潤？」

「……もしかして戌井の後をつけてたの？　やっぱり戌井の事がそこまで好きなんだ……」

妙な勘違《かんちが》いをしつつも、決して間違いとは言えない結論を導き出すナズナ。

――しょうがないな。

――この後、私もデートする事だし……。

――まだ私は八雲《やくも》の事が好きになるかどうか解《わか》らないけど……

――験担《げんかつ》ぎの意味で、潤の恋愛も応援しようかな……っと！

そして、彼女は駆《か》け出した。

音もなく、足音を完全に消し去り――

彼女は流れる一陣《いちじん》の風となり、極めて利己的な理由でその混戦の中に足を踏み入れた。

△
▼

モールの二階から様子を窺《うかが》っていた八雲《やくも》は、驚きの声を上げ——気付けば駆《か》け出していた。

「ナズナさん!?」

——なんということだろう。

——ナズナさん、こんなに早く集合場所に来てただなんて。……あれ？　もしかして11時って書いてしまっていたんだろうか。だとしたら大問題だ。

——いや、それ以前に……まるでこれじゃ、ナズナさんを呼びつけた俺《おれ》が、ナズナさんを罠《わな》に嵌《は》めたと思われるんじゃないだろうか？　だってそうだろう？　手紙に呼び出されて行ったら、銃《じゅう》を持ったチンピラ達が現れたんだ。これじゃ俺がナズナさんを罠に嵌めたと思われても仕方がない！

——どうしよう、どうすれば誤解を解《と》けるだろう……！

——あ、そうか。

——簡単じゃないか……！

——全員、俺が倒せばいいんだ！

——というか、誤解とかどうでもいい。

——例え誤解されて、ナズナさんから殺される事になっても——

——俺は、ナズナさんを守らなきゃ。

——俺は、ナズナさんが好きなんだから。

▽
▼

「くそッ……！　なんなんだあいつら！」

広場の外側で、万一の事を考えて待機《たいき》していたチンピラ達が、その光景を見て背筋に冷や汗《あせ》を流し始める。

「聞いてねえぞ……なんだよこの島！　化け物だらけじゃねえか！」

「……しょうがねえ、ガスを使うぞ」

そう言って男の一人が手にしたのは、手榴弾《しゅりゅうだん》のような形をした物体だった。

どうやら神経性のガスをまき散らす一品のようで、男はそのピンを引き抜こうとしたのだが——

「そこまでです！」

と、凛《りん》としているものの、妙に気の抜ける声が男達の背後から響き渡った。

するとそこには、およそこの島には似つかわしくない、生気に満ちた金髪《きんぱつ》の少女の姿が。

「なんだてめえ！」

「フフフ……犯人はこの中に居ます！」

全く空気の読めぬ発言をする娘《むすめ》に、男達は一瞬顔を見合わせた。

「なんだこいつ……頭湧《わ》いてるのか？」

「だが、丁度《ちょうど》いい……こいつを人質《ひとじち》にすれば、何人か動き止められるんじゃねえか？」

男達は即座に決断すると、ニヤニヤと笑いながら懐《ふところ》の銃《じゅう》を取り出した。

「で？　なんの犯人がこの中にいるって？」

「え？　えーと……その……銃刀法違反……？」

姉のピンチを物陰から見守っていたシャーロックは、手に銃を握《にぎ》りながらタイミングを見計らっていた。男達から見て、シャルとは逆の物陰からだ。

敵《てき》は三人。

三発で一気に仕留《しと》めなければ、自分も姉も終わりだ。

銃の達人でもない自分にそんな真似《まね》ができるだろうかと思いながらも、時間が彼の背中を後押しする。

――よし、今だ！

男達の視線が全て姉に向けられた瞬間、シャーロックは前に出ようとしたのだが――

彼の突撃《とつげき》は、その横を無音で擦《す》り抜ける、一人の男の影に遮《さえぎ》られた。

「罪状は、我が島で呼吸をしたこと」

「あ……？」

その声が男達の耳に届いた時には、全てが終わっていた。

銃を持った男達の手首から先が、ボトリ、ボトリと鈍《にぶ》い音を立てて床《ゆか》に落ちる。

それに続き、激しい血飛沫《ちしぶき》が男達の手から漏《も》れ——

「判決は……死だ」

男達が悲鳴をあげるよりも早く、その喉笛《のどぶえ》から新たな血飛沫が舞い上がる。

それを成した男は、顔色一つ変えぬまま——血の滴《したた》る青竜刀《せいりゅうとう》の石突きを、力強く地面に打ち鳴らした。

「貴方《あなた》は……」

目を丸くしながら呟《つぶや》かれたシャルの声を背中に受けながら、麗鳳《リーファン》は自らの行為に苦笑する。

――俺《おれ》も、まだ未熟《みじゆく》だな。

――こんな小娘《こむすめ》をわざわざ助けるとは。

だが、結果として、その女の目の前で人を殺した。

やはり、自分にはこのような空気を吸う事しか許されぬらしい。

――さあ、悲鳴をあげろ。

――俺を恐れろ。

――島を畏《おそ》れろ。

――お前のような女は、この島では悲鳴がお似合いなのだ。

自分自身にそう言い聞かせながら、麗鳳《リーファン》は静かに女を振り返ったのだが――

シャルはその手をとり、純粋な笑顔を麗鳳に向け、言った。

「ありがとうございます……！　助けてくれたんですね！」

「なッ……」

「夕方も、電話をくれたじゃないですか！　あの声、やっぱり貴方《あなた》だったんですね！　あれは、私達を危険に巻き込まないようにしてくれる為だったんですね！」

返り血を浴びた鋭い眼光の男を前に、シャルはなんの恐れも抱《いだ》かず、やはり――やはり麗鳳を取り巻く空気を打ち壊《こわ》した。

麗鳳はその事実をどう受け止めるべきか判断できず――逆にシャルに目を合わせる事ができ

なくなって、誤魔化《ごまか》すように目を逸《そ》らしながら言葉を紡《つむ》ぐ。

「勘違《かんちが》いをするな」

「別に、貴様の為にやったわけではない」

その様子を背後から見ていたシャーロックは、心中《しんちゅう》で一つの単語が思いついたのだが——

——……『ツンデレ』……？

命が惜《お》しいので、それは口に出さぬ事にした。

△

▼

敵《てき》があらかた片付いた事を確認し、ナズナは面倒くさい後始末に関わるのも御免《ごめん》だとばかりに、手早く広場を後にした。

すると、当然のように後ろに人影が付いてくる。

ナズナは路地の奥で足を止めると、苦笑を浮かべながら白い追跡者《ついせきしゃ》に語りかける。

「助けに来てくれたんだね」

「余計なお世話だったかな。いや、そうだよね。ナズナさんは強いから助けなんて要《い》らないって解《わか》ってたけど……それでも、助けたかったんだ」

その後も長々と言い訳のような言葉を続けては『いや、こんな事が言いたいわけじゃないんだ』と自己嫌悪《けんお》に陥《おちい》る八雲《やくも》。

そんな彼を、面白い生き物を見るような目で暫《しばら》く眺《なが》めた後——

「ありがとね」

と、ただ一言だけ呟《つぶや》いた。

八雲はその一言だけで、全てが報われたというように顔を輝かせる。

そんな男の顔を見ながら、ナズナはいつも通りの顔に戻って尋ねかけた。

「ところで、どこに行く？」

「ナズナさんが決めていいよ」

「……んー。今だったら、西区画の飯塚《いいづか》さんが夜釣《づ》りを始めてる頃かな……」

ナズナは島の中の知識をフルに活用しつつ——結果的に、自分の最初の思いを組み込んだ希望を口にした。

「私も夜釣りは趣味なんだよね。滅多に掛からないけど……。釣り糸をタラして、星でも見ながら適当に話す、とかじゃ……つまらないよね、やっぱり」

「滅相《めっそう》もない！」

脳の回転が異常に速い彼にしては珍しく、何も考えないまま一瞬で答えを返す。

ナズナはその様子に驚きつつも、サバサバとした表情で八雲《やくも》の肩《かた》に手を置いた。

「ま、ゆっくり考えようか」

そして、少しだけ意地の悪い笑みを浮かべながら囁《ささや》きかける。

「約束の時間——貴方《あなた》が私に告白するまで、まだまだ30分以上あるしね」

結局、約束の時間に八雲がどのような『二度目の告白』をしたのか。そして、その後彼らがどこに向かったのか——

それはまた、別の話。

△

▼

チンピラの男達が全員戦闘不能となり、事態は3分と掛からずに終息を迎えた。

——あれ？　今、八雲さんとナズナさんが居たような気がしたけど。

——でも、それは後でいいです！

——目の前に！　目の前にいる！

——戌井《いぬい》さんが！　あの戌井さんが！

潤《じゅん》は自分の前に戌井が立っている事に気付き、目を輝かせながら自分の気持ちを整理する。

——さあ、言わなくちゃ！　最初に会ったときに言われた、あの言葉への答えを！

——「私でよければ、あなたという映画のヒロインになります！」って！

——さあ、さあ……！

「わた————。————ヒロイ————なりまー」

「え？　なんだって!?　エンジンの音で聞こえねーって！」

戌井の叫びに、潤はハッと気付いてエンジンを切った。

そして——

「あ、聞こえるようになった。で、なんだって？」

「えッ!?　あ、は、はい……」

——……。

「わたし……その……あの……。あれ……？」

——恥ずかしい……。

——告白するのも恥ずかしいけど、その……。あなたのヒロインになりますっていう言葉も
……恥ずかしい……ですよね、これ……！

エンジン音が切れると同時に、テンションが素《す》に戻った潤は、結局何も言い出す事ができず、
ただアウアウと口許を歪《ゆが》ませた。

「なんだよ、相変わらず変な奴《やつ》だなあ」

カラカラと笑いながら言う戌井《いぬい》。

潤《じゅん》は、相手が嫌悪感《けんおかん》を抱《いだ》いていない事に安堵《あんど》しつつも、変な奴という認識を与えている事に少なからず落ち込んだ。

だが——

「でも、かっこよかったぜ？　今度俺《おれ》にも、チェーンソーの使い方教えてくれよ」

楽しそうに笑いながら、冗談《じょうだん》とも本気とも付かない事を言う戌井。

「は、はい！」

潤は力強く頷《うなず》き、自分の心が妙に満たされていくのを感じていた。

「え!?　おい、なんで泣いてるんだよ？」

「え……あ、あはは、なんででしょうね！」

嬉《うれ》しさのあまりに涙《なみだ》が出てきた潤は、手で顔を拭《ぬぐ》いながら——感動に身を震《ふる》わせる。

自分にとって、憧《あこが》れの存在である戌井と共に戦い、そして認められたという事は——もしかしたら口吻《くちづけ》以上の充実感なのではないだろうかと。

もっとも、戌井とキスをした事がないので、それを確かめる事はできないのだが——

少なくとも、彼女の心は小さな幸せに満ちていた。

　こうして、複数の男女の夜は更《ふ》けていく。

　それが愛なのか恋なのか、そんな事も理解できぬまま――

　彼らは、自分達の心の変化を少しだけ受け入れつつあった。

△
▼

翌日　東区画　医療施設内

「人生っていうのハ、愛が無いと空《むな》しいねエ」

　ベッドの上でそう呟《つぶや》いたのは、全身に包帯《ほうたい》を巻いたギータルリンだった。

　あの後、十字架《か》型チェーンソーを持ったまま転んでしまい、自分の両足を切りつけてしまったのだ。

　咄嗟《とっさ》に取り巻きの女性二人が身体《からだ》を支えたから軽傷で済んだものの、暫《しばら》くは安静という事で組織内の病院に入れられた。

　もっとも、その後護衛部隊の皆と食事から戻ってきた張《チャン》にやられた傷のせいで、今のようなミイラ状態になってしまったのだが。

更《さら》に東区画の幹部達が次々と病室にやってきて、代わる代わる説教をしていった。

取り巻きの女達も食事に出て行ってしまい、護衛も病室の外で見張っている形となり――ただ、がらんとした空間だけがギータルリンを抱擁《ほうよう》する。

「……ネットで、恋愛映画でも見よウ」

しみじみと呟《つぶや》きながら、ギータルリンはネットに接続されたテレビのスイッチを入れた。


「人間に足りないもノ、それは愛だヨ。愛」


と、適当な事を呟きながら――

今日も彼は、愛し続ける。

自分自身の人生と、それを取り囲む人工島《世界》の全てを平等に――

彼の心は、歪《ゆが》みながらも確かに愛に満ちていた。

第四話　完

第五話『I & I《ワンワン》』

その画面にまず映されたのは、無機質な字幕だった。

【罪状：強盗《ごうとう》殺人】

【中学時代に同級生を集団リンチで殺害した首謀者《しゅぼうしゃ》】

【その後、少年刑務所に服役《ふくえき》後、僅《わず》か3年で出所】

【僅か3ヶ月後に強盗殺人を犯し、逃亡中の所を発見、拘束《こうそく》した】

字幕が終わると、画面に映された物は——どこか閉じられた空間の中のようだ。

だが、周囲の壁の独特な汚《きたな》さや床《ゆか》の状態などから、恐らくはこの島のどこかだろうと推測できる。

画面の中央に映し出されるのは、口を縛《しば》られた若い男。

手錠《てじょう》によって手足を拘束《こうそく》され、足をもがれた昆虫のように床の上をばたついている。

目に浮かぶのは絶望。

カメラが徐々《じょじょ》に引いていき、部屋全体の様子が映し出された。

閉ざされた空間の中で、蛍光灯《けいこうとう》の明かりが部屋の中を冷たく照らし出している。

そして——男の周りには、角材や金属バットなどを持った複数の人影が存在していた。

彼らは皆、目出し帽《ぼう》やマスクを被《かぶ》って顔を隠《かく》しており、一言も声を発しない。

どうにも陳腐《ちんぷ》な光景だったが、その陳腐さが逆におぞましく感じられる映像だった。

拘束《こうそく》された男がもがき、地面に手足を擦《こす》らせる音だけがカメラの中に響いている。

20秒ほど経過した所で、覆面《ふくめん》の男達の一人が動きを見せた。

シンプルに角材を振り上げ、男の足に思い切り振り下ろす。

嫌《いや》な音がして、角材が折れる。恐らく、折れたのは角材だけではないだろう。

その歪《いびつ》な破壊《はかい》音を皮切りとして、他の男達もゆっくりと得物《えもの》を振り上げ——

△

▼

「ト、まア、こういうわけだヨ」

パソコン上のメディアプレーヤーを停止させ、全身に包帯《ほうたい》を巻いたギータルリンがニヘラと笑う。

「この後、ペンチとか金槌《かなづち》とかハサミとか野菜の皮むき器とか色々出てくるけど、見るかイ？」

「い、いや、活け作りは趣味じゃねえんでな」

淡々とした口調とは裏腹《うらはら》に強い不快感を表しているのは、東区画の護衛部隊の一員であるグレイテスト張《チャン》だ。その横にはカルロスやリリなど数人の隊員が並び、ベッドの上でマウスを操作しているギータルリンが今回の事件について説明を続けていた。

「これは録画だけどネ。時折《ときおり》生放送もやるらしイ。配信は基本的にストリーミング、これの為だけに作られた専用の再生ソフトを持っていないと接続すらできなイ」

「つまり、何か……。本土の連中は、殺人《スナッフ》フィルムでこの島をハリウッド級の観光地にしようって魂胆《こんたん》か？」

「観客はたったの三千人程度だけどネ」

ギータルリンの説明を聞くに従い、張の眉間《みけん》に刻まれる皺《しわ》が徐々《じょじょ》に深くなっていく。

ここ暫《しばら》くの間、島で起きていた殺人事件。

主に悪党と呼ばれる類《たぐい》の人間が殺されたり失踪《しっそう》したりしている事件について、ギータルリンが解《わか》っている事を説明するという名目で護衛部隊の一部を呼びつけたのだ。

何でも、夕べ大捕物《おおとりもの》があり、島を荒らしていたチンピラ達に多数の死傷者が出たとの事で——その生存者を、西区画と東区画がそれぞれ回収したのだという。

「まあ、殆《ほとん》ど西区画が連れていっちゃったからラ、私が解るのは一部なんだけド……直前にあの狂犬から情報を買い付けたわけサ」

「チェーンソーで斬《き》りつけようとしてた相手から、よくもまあいけしゃあしゃあと取引できたもんだね。流石《さすが》はボスだ」

「フフフ……これぞまさしク、顔で笑って心で泣いてという奴《やつ》だヨ」

カルロスの皮肉を微妙《びみょう》にズレた例えで受け流し、ギータルリンはその後も淡々と事件の裏側について説明を続けていった。

『彼ら』は元はオレオレ詐欺《さぎ》などを行っていたチンピラのグループだったらしい。だが、勢力を伸ばし、裏のルートのコネを色々と手に入れていくに従い——一つの新しい商売に手を染め始めた。

それが——正義の味方と称して、悪人の処刑シーンの映像を売るという商売だった。

殺人フィルムを愛好するような類《たぐい》の、尚《なお》かつ権力や金を持つ人間を探《さが》しあて、高額の報酬《ほうしゅう》や庇護《ひご》を条件に、その映像を閲覧《えつらん》する権利を与える会員制の秘密倶楽部《クラブ》。

通常ならば、そんな危険な橋を渡る者など殆《ほとん》どいない筈《はず》だった。

だが——

「殺されるのがどうしようもない犯罪者デ、法の裁きも受けずに逃げ回っているような輩《やから》だとしよウ。それを正義の名の下に処刑すル。そういう名目にするだけで、会員は驚く程《ほど》に増えたそうだヨ。正義という大義名分を掲げる事によっテ、観客達の罪悪《ざいあく》感を減らしタ。それだけの事ダヨ。映画の違法コピーとかを『宣伝しているんだ』と言えば罪悪感が薄《うす》らぐのと一緒かナ」

正義という名の宣伝システム。

誰もが虚構に過ぎないと理解しつつも、それは倫理観のギリギリの境界で揺らぐ者達の心を押すには充分な宣伝文句だったと言えよう。

「まあ……今の字幕に出たみてえな外道《げどう》な連中なら、そういう死に方する事もあるだろうな。こんな真似《まね》は肯定《こうてい》するわけじゃねえが、まあ溜飲《りゅういん》が下がる奴もいるんだろうよ。社会正義でもなんでもねえが……俺《おれ》らみたいなクズがどうこう言える話でもねえからな」

苛立《いらだ》たしげに話す張《チャン》に対し、ギータルリンはケラケラと笑いながら口を開いた。

「殺された人達ガ、本当にそんな悪事を働いていたらの話だけどネ」

「……やっぱり、字幕はフカシか？」

張の言葉に、ギータルリンはあっさりと頷《うなず》いて見せる。

「この画面の中で殺されてるのハ、確かにチンピラで悪党と呼ばれる類《たぐい》の人間だったけどね、殺しまではやってなイ。確か、闇金《やみきん》に嵌《は》められて破綻《はたん》した悪徳司法書士だったかネ。そうそう、他の例では……どう見ても浮浪者って格好の老人を『秘書を何人も自殺に追いやり、不正な献《けん》金《きん》を20億受け取った法の目をかいくぐる政治家』って紹介してたネ」

「いくらなんでも無茶があり過ぎるだろ」

「観客は騙《だま》されたフリをするのサ。彼らの真の目的は正義じゃなくテ、あくまで『人が死ぬ所を見たい』って事なんだからネ。観客は日本国内だけじゃなク、世界中に三千人ダ。しかも増え続けているらしイ。いやはヤ、古代ローマのコロシアムの中デ、奴隷《どれい》戦士に罪人を殺させてるのを見物するような感覚なんだろうネ」

それは人間の業《ごう》であるから仕方ないとでも言う態度のギータルリンにも苛立《いらだ》ちを感じながら、張《チャン》はその怒りを抑《おさ》えて問いかける。

「……で、どうすんだ？」

「どうもこうモ、彼らはこの島に住んでる人間ならいくら殺しても警察は動かないって理解してるわけだからネ。……自分達が殺されても誰も動いてくれなイ、って事を嫌《いや》という程《ほど》に理解して貰《もら》うだけだヨ。もっとモ、昨日《きのう》ので大分懲《こ》りただろうけどネ」

ギータルリンはそう言いながら、チンピラの生存者から聞き出したパスワードを使って会員達のサイトに接続し、そこに暗号で書かれていた文章を戌井《いぬい》から聞いた解読表にしたがって翻《ほん》訳《やく》したのだが――

「……御免《ごめん》」

と、突然妙な事を言い出した。

「何だよ？」

「大分懲りたかモ、って言ったけド、甘《あま》かったみたイ」

「は？」

張の問いかけに対し、ギータルリンはそこでやっと笑顔を消し――少しだけつまらなさそうな顔をして呟《つぶや》いた。

「……『今日は午後3時から生放送。修学旅行中に宿に火をつけクラスメイトを焼き殺した美少女に取り憑《つ》いた悪魔《あくま》を祓《はら》う』……だってサ」

△

▼

西区画　飯塚《いいづか》食堂

「勘弁《かんべん》して下さいよー、自警団の旦那《だんな》ったら」

「うるせえ、葛原《くずはら》さんが戻って来るまで大人《おとな》しく待ってろ」

自警団の一人に見張られ、飯塚食堂の隅《すみ》の椅子《いす》に縛《しば》り付けられているのは——

七色髪《がみ》を靡《なび》かせる、一匹《びき》の狂犬だった。

戌井は夕べ、噴水《ふんすい》前でのもめ事の後、潤《じゅん》達と別れてあの場所を後にした。狗木《くぎ》は狗木で、何故《なぜ》か現場に来ていた麗鳳《リーファン》に色々と問い詰められている状況だったので、巻き込まれる前にとんずらしたという次第なのだが——

「まさかねー、よそ見してる時にぶつかったのが、よりにもよって葛原さんだなんてさー。この映画みたいなタイミングに拍手したいね俺《おれ》は。縛《しば》られてるから無理だけど」

「お前も年貢《ねんぐ》の納め時って奴《やつ》だ。とにかく、葛原《くずはら》さんが来たら全部話して貰《もら》うぞ。お前が揉《も》めてる連中がどこの誰なのか、どうしてお前が狙《ねら》われてるのかを包み隠《かく》さずな」

「せめて弁護士を呼んでくれ。バストサイズ90以上の超セクシーでむちむちな弁護士」

「元関取の弁護士でも呼んでやる」

そんな愚《ぐ》にも付かない会話を続けながら、葛原が戻るのを待っていた所――戌井《いぬい》の胸元から、とある映画音楽の着信音が響き渡る。

「悪《わり》い、大事な電話かもしれないから、縄《なわ》を外してくんねえか？」

「駄目《だめ》だ。そのまま電話しろ」

自警団の男は戌井のポケットから携帯電話を抜き取ると、そのまま着信ボタンを押して戌井の耳と肩《かた》の間に挟《はさ》み込んだ。

戌井は首で器用にそれを調節し、上手《うま》く会話ができる体勢にまで持って行った。

「はいもしもし……。……。……まじで？」

受話器の向こうの声を聞いて、何やら目を白黒させている戌井。

何事かと思い、その会話に聴力を集中させようとしたのだが――

それを妨害するかのように、

「あー、クズの部下一号に戌井のアンちゃんじゃん」

「とうとう捕まったのか、戌井の兄貴」

「ねんぐのおさめどきだ！」

「くいてしね！」

すると、そこに飯塚《いいづか》食堂の子供達がワラワラと集まって、自警団と戌井をからかい始める。

「ほら、邪魔《じゃま》すんじゃないよあんたら。……ところで、夕海《ユア》ちゃんを見なかったかい？」

僅《わず》かに顔を曇らせて、飯塚食堂の母親がやって来て——

飯塚食堂の女将《おかみ》は自分の息子《むすこ》達に同居人の少女の事を尋ねかけた。

「ううん？　見てないよ？」

「またどっか行ってんだろ」

「夕海は強い子だから……」「子供は風の子だから……」

子供達は適当に巫山戯《ふざけ》た答えを返すが、母親は何か考え込むような顔をして、自警団の男に尋ねかけた。

「あなたは夕海ちゃん見かけなかったかい？　朝からいないんだけどさ、あの子が地図作りに行くのはもっぱら昼御飯の後なのにって思って……ちょっと心配になってね」

「いえ、俺は特に……ああ、後で自警団のみんなにも聞いておきますよ」

自警団の男は、そう言いながら戌井の方に向き直ったのだが——

そんな彼の目の前で、虹《にじ》髪の男がゆっくりと立ち上がる。

「悪《わり》い、旦那《だんな》」

「あ……？」

いつの間にか手足を縛《しば》っていた縄《なわ》がほどかれ、完全に自由の身となっている。

戌井《いぬい》は小さく頭を下げると、自警団の男に申し訳無さそうに口を開き——

「ちょっと、急ぎの用ができたわ。本土に行ってくる」

そのまま、一目散《いちもくさん》に駆《か》け出し、人の間を鼠《ねずみ》のように擦《す》り抜けながら食堂を後にした。

「お、おい！」

後を追おうとする自警団員だったが、僅《わず》か数秒で『絶対に追いつけない』と悟《さと》り——無線機を手に、冷や汗《あせ》を掻《か》きながら呟《つぶや》いた。

「……葛原《くずはら》さんになんて言やいいんだよ、畜生《ちくしょう》！」

△
▼

戌井に掛かってきた電話は、東区画の人間からのものだった。

ギータルリンは何故《なぜ》か戌井の事を快く思っていないらしく、代理人からの電話が主な連絡手段だったのだが——その内容は、『島から少女か、あるいは若い娘《むすめ》が攫《さら》われたらしい。処刑決行は本日15時』というものであった。

更《さら》に、その電話の最中に眼前から聞こえてきたのが——知り合いである少女が行方《ゆくえ》不明になったという話だった。

——ったく。今から急げば……時間ギリギリか？

戌井は、自分が摑《つか》んでいた『情報』を元に、本土に向かって駆《か》け出した。

背後から自警団が追ってくる気配はない、それでも、彼は走り続ける。

——俺《おれ》は状況を楽しんでるつもりだったが……。

——流石《さすが》に、夕海《ユア》ちゃんが攫われた状況までは楽しめねえな。

彼は気付いているのかいないのか——

島に来たばかりの頃の戌井隼人《はやと》ならば、夕海が殺されようとも、それを映画になぞらえて己《おのれ》の糧《かて》にしていた事だろう。

狗木《くき》が戌井や葛原と出会って変化したように、彼もまた、狗木や葛原、あるいはこの島そのものによって僅かに変化を迎えつつあった。

その変化が彼をどのような方向に導くのか、誰にも予測させぬまま。

△

▼

2時間後　本土某所《ぼう》　倉庫街

「……そろそろか」

強面《こわもて》の男が、腕《うで》時計を確認しながら呟《つぶや》いた。

部下の男達は、皆緊迫《きんぱく》した表情で『正義の執行《しっこう》』が行われる時間を迎えようとしていた。

正義の執行と呼ばれる、彼らの収入源である一つの儀式《ぎしき》。それが茶番どころか、正義という単語への裏切りにも等しい行為だという事を誰よりも理解しているのは、他ならぬ彼ら自身だ。

そして、茶番だとしても、彼らは既《すで》に戻れない所まで来てしまっている。

だが——島で何度も人を殺した者も、こうして本土で仕事を行うとなった途端《とたん》に不思議な緊張を感じている。

やはり、彼らにとってもあの『島』は特別なのだろう。

何をしても許される不思議の国。

そういう認識が心の中に働いているのかもしれない。

だからこそ、どんなに残酷《ざんこく》な事もできるのかもしれない。

男達の周囲に、いつもとは違う空気が満ちているのを感じ取ったのか——強面の男は首をコキリと鳴らしながら、部下達に微笑《ほほえ》みかける。

「何故《なぜ》笑わない？　笑えよ」

「……」

部下達は顔を強《こわ》ばらせるが、会長はクツクツと笑いながら、そんな男達を安堵《あんど》させる言葉を紡《つむ》ぎ出した。

「若い女の悪人ってのは、前々から要望が高かったからなぁ。お得意様に写真を公開したら、その時点で録画データに二〇〇万出すと言ってきた御客様もいるし——裏の方のお得意さんからは、心ばかりの援助をして下さるそうだ」

「援助、ですか？」

「ああ、昨日《きのう》のアレで大分こっちも武器を無くしたからな……。今朝《けさ》、連絡が来たよ。新しい武器を寄付して下さるそうだ」

△
▼

「金島銀河《かなしまぎんが》です」

倉庫の入口の前に現れた男は、サングラスの位置を指で直しながらそう告げた。

男の背後には小型トラックが止められており、運転席には如何《いか》にも運送業者という服装の男が待機《たいき》していた。そして、その荷台にはセメント袋らしきものが大量に積み込まれている。

「ああ、あんたが例の、組の方からの紹介だって人かい」

チンピラ達の一人が挨拶《あいさつ》もそこそこにセメント袋《ぶくろ》に近づき、おもむろにその一つを破き開いた。すると、中から大量の藁《わら》が溢《こぼ》れ、合間から黒光りする金属が顔を覗《のぞ》かせた。

「……間違い無いな。本当にいいのかい？」

「安物なんで命中精度は低いですが……向かい合って相手を脅《おど》すのには充分でしょう。それと、サイレンサーと一体型になっているタイプの銃《じゅう》ですので。料金の方は、あらかじめ受け取っておりますのでお気になさらずに」

淡々と言葉を紡《つむ》ぐ『武器商人』を警戒しつつも、男達は大量の武器に興奮を覚え始めていた。

「では、そちらの上の方に詳《くわ》しい話を通しておきたいのですが」

「おっと待ちな。その前に、身体検査はさせてもらうぜ」

「護身用の銃ぐらいは持ち合わせていますがね」

男はそういうと、懐《ふところ》から一丁《ちょう》の銃を取り出し、銃身《じゅうしん》を握《にぎ》って軽く振って見せる。

「一応、預からせて貰《もら》うぜ」

差し出された銃を受け取った後、チンピラの一人がコートの下の背広や腰回《こしまわ》りを叩《たた》いてチェックするが、さしあたって銃器《じゅうき》などは見あたらない。

チンピラ達は僅《わず》かに警戒を残したまま、倉庫の扉《とびら》を開き始めた。

そして、その瞬間——異変は起こった。

最初に声を上げたのは、金島銀河《かなしまぎんが》と名乗った武器商人の男だった。

「……あれは？」

「あん？」

倉庫街の入口の方に目を向ける男につられ、チンピラ達がそちらに目を向けると——

遥《はる》か遠くから、何かが物凄《ものすご》い勢いでこちらに近づいてくるのが見える。

バイクだろうか？

男達は一瞬そう思ったのだが——近づいてくるにつれ、それがエンジン音など響かせていない事に気が付いた。

「自転車……？」

あまりにも場違いな乗り物、しかもたった一台の接近に、男達はそれが襲撃者《しゅうげきしゃ》かもしれないなどとは欠片《かけら》も思わなかったのだが——

それに乗っている男の髪《かみ》の毛の色を見て、チンピラ達の血の気が失《う》せる。

七色の髪を風に靡《なび》かせながら、一人の男がマウンテンバイクを駆《か》り、それこそ弾丸《だんがん》のような勢いでこちらに走ってくるではないか。

「あ、あいつだ！　あいつが来やがった！」

「中の連中を呼べぇ！」

チンピラ達は蜂《はち》の巣を突《つつ》いたような大騒《おおさわ》ぎになり、何人かはトラックの荷台から早速《さっそく》サイレンサー付きの銃《じゅう》を手にしている。

そんな中──武器商人の男は全く焦《あせ》った表情を見せなかった。

自転車に対してやや斜めに身体《からだ》を向けると、右腕《うで》を前に差し出した。

次の瞬間──どのようなギミックになっているのか、男のコートの裾《すそ》から一丁《ちょう》の拳銃《けんじゅう》が飛び出し、そのまま掌《てのひら》の中に収まった。小型ではあるが銃身《じゅうしん》が妙に長く、袖《そで》の中で肘《ひじ》関節ギリギリに隠《かく》していたものと思われた。

「なッ!?」

チンピラ達の驚きの声を余所《よそ》に、男は一欠片《ひとかけら》の躊躇《ためら》いもなく、マウンテンバイクを漕《こ》ぐ男に向かって引き金上の指を引き絞《しぼ》り──

チャキリという軽い排莢音《はいきょうおん》に混じり、シュ、と、くぐもった音が周囲に響く。

それは最新型のサイレンサーを通した銃声《じゅうせい》だったのだが、あまりに銃声らしくない音だった為に、チンピラ達には何が起こったのか理解できなかった。

だが、自転車上の男は撃《う》たれる事に感づいたようで、一瞬早く体重を移動させて自転車そのものを傾けた。

「ヒョオウッ！」

風を切る音が身体の横をかすめ、虹《にじ》色の髪《かみ》をブワリと揺らす。

「……あいつ……！」

ニヤリと笑いながら、自転車の漕《こ》ぎ手——戌井隼人《いぬいはやと》は、片手でハンドルを握《にぎ》り、もう片方の手で腰《こし》から銃を抜きはなった。

こちらもサイレンサーが付いていたようで、バス、バス、と、くぐもった音が周囲に響き、銃口《じゅうこう》から飛び出した亜音速弾《サブソニックだん》が武器商人の元へと向かう。

「……」

武器商人の男は相手の銃口を見て、自分には当たらぬとばかりに動かない。

やはりギリギリの所を弾丸《だんがん》が通り抜けるが、こちらは戌井とは違って眉《まゆ》一つ動かさなかった。

ただし——代わりに、武器商人の後ろにいた男に流れ弾《だま》が当たり、悲鳴を上げる間もなく地面に崩《くず》れ落ちる。

「う、撃てぇ！」

その光景を見た男の叫びを皮切りに、倉庫の中から現れた十人程度の男達が、戌井に向かって一斉《いっせい》に銃《じゅう》を撃《う》ち始めた。

だが、戌井《いぬい》はそれを予見《よけん》したように、一瞬早くハンドルを捻《ひね》り——倉庫と倉庫の間の路地に自転車を滑《すべ》り込ませた。

「追え！」

男達は一斉に倉庫横の路地へと駆《か》け寄っていく。倉庫の横の道は長い一直線となっており、一斉に撃《う》てば流石《さすが》に避《よ》けきれるものではないだろう。

彼らはそう判断したのだが——武器商人の男だけはその場から一歩も動かなかった。

先刻ボディチェックをしたチンピラが駆け寄ってきて、叫ぶ。

「手前《てめえ》！　まだ銃持ってんじゃやねえか！　巫山戯《ふざけ》やがって！」

相手のコメカミに自らの銃を突きつけようとしたチンピラだが——

その寸前に、カシャン、という何かの仕掛けが動くような音が聞こえ——

武器商人の左手に現れたもう一丁《ちょう》の銃が、チンピラの頭に容赦《ようしゃ》なく鉛弾《なまりだま》をめり込ませた。

背後で自分達の仲間が一人倒れた事にも気付かず、路地の横に向かった男達は銃を抜きながら曲がり角まで辿《たど》り着き——信じられない光景を見た。

逃げていった筈《はず》の戌井は既《すで》に一八〇度車体を転身させており、猛《もう》スピードでこちらに向かっていた。のみならず——戌井と共に跳《は》ねたマウンテンバイクが、ほんの一瞬とはいえ壁を走り、自分達を見下ろす形でこちらに突っ込んでくるではないか。

慌《あわ》てて男達は銃を上に上げようとするが、間に合わない。

戌井は更《さら》に壁を蹴《け》り、自転車をほぼ地面と水平に寝かせてチンピラ達の頭上を飛び越える。

そして、すれ違いざまに数発の銃弾《じゅうだん》を眼下に叩《たた》き込み、瞬時に三人のチンピラ達を無力化してしまった。

着地と同時に前を見る。

「うお!?」

眼前に迫るのは、銃をこちらに向けたサングラスの武器商人。

だが——戌井はそれが武器商人ではない事を知っている。

寧《むし》ろ、彼がこの場で『金島銀河《かなしまぎんが》』という死者の名前を語っている事を知らなかった。

——狗木ちゃんよぉ……。

——なーんで、ここに居るんだ……よっと！

咄嗟《とっさ》にペダルを漕《こ》ぎ、相手の定めた弾道《だんどう》から身体《からだ》を反《そ》らす。

先刻と同じように、一瞬前まで自分の身体があった場所を空気の裂《さ》ける音が走り——

背後にいたチンピラ達の背に、流れ弾が容赦なく突き刺さる。

更に、ついでとばかりに武器商人——のフリをした狗木誠一《くぎせいいち》が弾丸を放ち、路地の入口に溜《た》まっていた男達の残りを撃ち抜いた。

そして、間髪入《かんはつい》れずに戌井《いぬい》に向けても引き金を引いた。

戌井はその弾道《だんどう》を先読みし、巧《たく》みなハンドリングで回避《かいひ》すると——お返しとばかりに狗木《くぎ》の前を走り抜けながら数発の銃弾《じゅうだん》を浴びせかける。

狗木は流石《さすが》に静止を続ける事はせず、一瞬早く地を蹴《け》っていた。

だが、狗木を狙《ねら》ったのは最初の一発だけで——残りの弾幕《だんまく》は、倉庫の入口から湧《わ》き出した数人の男達へと叩《たた》き込まれる。

更《さら》に、倉庫の裏側を見張っていた者達が集まり始め、戌井と狗木は更に銃撃戦《じゅうげきせん》を続ける羽目《はめ》となった。

無論、その最中にもお互いに『流れ弾《だま》』を撃《う》ち合いながら。


「がッ……て、……めえ、ら……」

うめき声を上げながら倒れ伏すチンピラ達。

その声が途切《とぎ》れると同時に戌井は自転車を止め、ニヤニヤと笑いながら狗木へと語りかけた。

「何やってんだよ、こんなとこで」

「……こっちの台詞《せりふ》だ」

明らかに不機嫌《ふきげん》になっている狗木に対し、戌井は寧《むし》ろ上機嫌な調子で口を開き続ける。

「ったく、まさか島の外でまで会って撃ち合うハメになるたぁ……。こりゃマジで運命って奴《やつ》なのかもな。……しかし、まさかお前がここにわざわざ来るとは思わなかったぜ」

言ってから、戌井は思い出す。

かつて狗木は夕海《ユア》を殺そうとした事があり、それが契機《けいき》となって葛原《くずはら》に追われた事があるという事を。

「ハハッ！　夕海ちゃんか、それとも葛原さんへの罪滅ぼしってわけか？　お前も意外と義理堅いとこあるじゃねえか！」

「……？」

「まあ、そっちにゃ西区画の意向もあるのかもしれねえが、俺《おれ》は人質《ひとじち》のお姫様《ひめ》を助けに来ただけだ。今日の所はマジで殺し合いは控えめにしとこうや」

軽口を叩《たた》くが、その目は闘犬《とうけん》のようにギラついており、周囲に気を張り詰めたままだ。

狗木だけではなく、トラックの中や、倉庫の入口、その他の物陰にも細かく注意を巡《めぐ》らせていた。

一方、狗木は軍用犬を思わせる冷たく鋭い視線で戌井を睨《にら》み付けていたが、やはり周囲に警戒しているのは同じ事だ。

そして、次の瞬間――倉庫の入口から、低い男の声が響く。

「やってくれたな……手前《てめえ》ら」

怒気の籠《こ》もった声。その威圧《いあつ》感から、恐らくはチンピラ達の中心人物といったところだろう。

しかし倉庫の入口を見ても姿は見えず、こちらを警戒して入口の陰から話しているようだ。

まだ倉庫内に何人いるのか解《わか》らない。

「なんで『組』の紹介《しようかい》の武器商人が戌井《いぬい》と手を組んでるのかは知らねえが……まあ、殺しながらゆっくり聞きやすむ事だ」

「……」

狗木《くぎ》は自分に向けられた殺意を受け流しながら、ただ沈黙《ちんもく》を守ってその場に立ち続ける。

一方、戌井はあくまで余裕《よゆう》の表情を浮かべたまま、倉庫の中の男に軽口を叩《たた》きつけた。

「おいおい、今の俺《おれ》らのやり取りが『手を組んでる』って見えるような老眼じゃ、もう引退の時期だろ、おっさん。バットマンとジョーカーの見分けどころか、トゥーフェイスの右側と左側の区別も付かないようじゃや、正義の味方として洒落《しやれ》にならねえぞ?」

「黙れ! 下手《へた》な真似《まね》はすんじゃねえ……このガキが死ぬ事になるぞ」

人質《ひとじち》が側《そば》にいるという宣言に、戌井は珍しく表情を曇らせる。

「チッ……人質取る正義の味方なんて聞いた事……いや、あるか……まあいいや」

夕海《ユア》が人質に取られている以上、いつもよりは幾分慎重《いくぶんしんちよう》にならざるを得ない。戌井はなんとか相手の隙《すき》を探ろうとしつつ、

──こいつと連携《れんけい》が取れれば楽勝なんだろうけどなあ。

──ま、無理だろうなぁ。

──つーか、俺の方を先に撃《う》つ可能性もあるぐらいだ。

心の中で苦笑を浮かべつつ、戌井は狗木と敵《てき》のボス、両方に意識を向け続ける。

そして──

「さっきの話は聞こえたぞ？　戌井……お前は、このお姫《ひめ》様を助けに来たらしいなぁ」

勝ち誇った声が響くと、強面《こわもて》の男は扉《とびら》の陰から人質の少女を引き連れ、その姿を現した。

倉庫の暗がりから出てきた人質の少女を見た瞬間、戌井は──

△
▼

島内西区画　飯塚《いいづか》食堂
「ただいま！」
「夕海！　どこに行ってたんだい？」
唐突《とうとつ》に帰ってきた少女の姿に、女将《おかみ》や自警団員は目を丸くして驚き──同時に、強い安堵《あんど》の吐息《といき》を漏《も》らす。

「ごめんなさい、ネジロ君から『新しい抜け道が見つかった』って聞いて、いてもたってもいられなくなっちゃって……」

女将《おかみ》もとりあえず夕海《ユア》の無事を喜びつつ、呆《あき》れた調子で叱《しか》りつける。

「全く……昼御飯が冷めちゃうでしょ。ちゃんと連絡ぐらいしなさい」

「はあい」

そんな少女と母親のやり取りを見て、他の子供達が『ずりぃ！　なんで包丁《ほうちょう》で叩《たた》かれないんだよ！』『母ちゃんは夕海にだけやさしいんだ！』『ひいきだ！』『鬼《おに》だ！』『おによめだ！』と騒《さわ》ぎ立てるが、夕海はエヘへと笑いながらその罵声《ばせい》を受け流した。

一時的な不安は持ち上がったものの――女将や自警団員達はすぐにいつも通りの表情を取り戻し、夕海は最初からいつもと変わらぬ無邪気《むじゃき》な笑顔を浮かべている。

現在島の外で起こっている、殺伐《さつばつ》とした事態に気付く事もなく――

今日も、島はいつも通りの顔を見せていた。

△

▼

「あれ……？」

倉庫の陰から、戌井《いぬい》と狗木《くぎ》の前に現れた少女。

強面《こわもて》の男の横に立ち、後ろにいる二人のチンピラに見張られている『人質《ひとじち》』だ。

その姿を見て、狗木はなんのリアクションも示さず――

戌井は、梟《ふくろう》のように目を丸くして口をぽかんと開け広げた。

「ちょッ……」

「さぁ、とっとと銃《じゅう》を捨てろ」

「え、いや、待って？」

「今更遅《いまさらおせ》えんだよ！　命乞《ご》いなんてよ！」

強面の男の怒声を余所《よそ》に、戌井は混乱しながら――改めて人質の少女に目を向けた。

手錠《てじょう》を嵌《は》められ、強面の男に引き連れられて来たのは、頭に白い花飾りを付けた、死体のような瞳の色が特徴的な少女。

少女は戌井や狗木の顔を見ても別段変わった反応は示さず、ただ一言だけ口にする。

「……眠《ねむ》い」

そんな少女の呟《つぶや》きを聞いて、強面は嫌《いや》らしい笑みを浮かべて口を開いた。

「はッ！　このお姫《ひめ》様は自分の状況が解《わか》ってねえみてえだな！　どうせ今から永遠の眠《ねむ》りにつくってのによぉ！　お前らと一緒にな！」

男はそう言いながら、銃《じゆう》を戌井《いぬい》に向けようとしたのだが――

「どうした？　あの世でお姫様のお供《とも》ができるんだ。光栄に思って笑え……」

その顔面に、軽く鋭い衝撃《しようげき》が走る。

「ッ!?」

左目の辺りが麻痺《まひ》したような感覚が襲《おそ》い、男は急に世界が暗くなったという錯覚《さつかく》に襲われた。

だが、それは錯覚に過ぎず――世界はまだ光に包まれている事を確認する。

視界が生きている右目で、何が起こったのか確認すべく周囲を見渡すと――

「なッ……？」

左に立つ人質《ひとじち》の少女の手から、いつの間にか手錠《てじよう》が外れているのが見えた。

少女は右手の中に何かを転がしており――その白い掌《てのひら》が、何故《なぜ》か赤く濡《ぬ》れている。

そして、気付く。

気付いてしまう。

少女の右手の中を転がる、赤い筋のついた球体が――自分の左目であるという事に。

「あ……あぁぁ？　ぐあぁ!?　なッ……!?」

自分の左目がえぐり取られた事に気付くと同時に、激しい痛みが頭の中を支配する。

そこでようやく異常に気付いたのだろう。少女の後ろにいたチンピラ達が、驚きながらも手にした銃を少女に向けようとしたのだが――

少女は強面《こわもて》から奪った左目を上に投げると、銃を持った男達の手をそれぞれ掴《つか》み、互いの足下へ向けさせた。

流れるような動き。しかし男達は力の流れを崩《くず》され、そのまま引き金を引かされてしまう。

銃声《じゆうせい》が鳴り響き、互いの膝《ひざ》に赤い穴が穿《うが》たれた。

『グアアッッ！』

二人のチンピラは悲鳴をハモらせ――自分達の顔に何か衝撃が走る事に気が付いた。

そして、少女の眼前に、一瞬前に放った目玉が落ちてくる。

少女――リーレイはそれを手にすると、チンピラ達からも奪った眼球をそれぞれ放り、お手玉のような感覚で空中に転がし続ける。

「私、今、鉄パイプ無い」

悲鳴をあげて呻《うめ》く男達を前に、リーレイは淡々とした調子で呟《つぶや》いた。

「だから、上手く手加減できない。……必要も、無い」

少女の目は己《おのれ》の感情を殺しているが、口元は少しだけつまらなそうに歪《ゆが》んでいた。

「フェイ、殺した、お前達の仲間か」

「？　？　!?」

突然出てきた『フェイ』という単語。

当然ながら、強面《こわもて》達に心当たりはない。

偽《いつわ》りだと知りつつ『正義の味方』を名乗っていた男達は知らなかった。数日前、本当に『自分は正義だ』と信じて一人の少女を殺した男がいたという事を。

更《さら》に皮肉な事に、その男の死体はたまたまチンピラ達の側《そば》に転がる結果となり、西区画の手によって『正義の味方の一味』として処理されていた事も。

「フェイ、夢の中で、もう笑ってる。でも私、怒る。お前達、可愛《かわい》くない」

だが、すでにリーレイにとって彼らがその男と関係あろうがあるまいが、どうでも良い事となっていた。

彼女はただ、兄に言われた通りに囮《おとり》となり、狗木《くぎ》と連携《れんけい》して彼らを潰《つぶ》すという——与えられた仕事をこなすだけなのだから。

ただ、彼らが夢の中の『悪夢』に似た雰囲気《ふんいき》を持つと感じたリーレイは、少しだけ私情を挟《はさ》み——一瞬の間をおいて、宙《ちゅう》を舞う球体が六個に増えた。

そしてそれは、三人のチンピラ達に永遠の暗闇《くらやみ》が訪れた事を示している。

『あああああっあああああ！　ああっああっあああっああああああ！』

もはや上司《じょうし》と部下の区別も付かぬ絶叫を聞きながら、リーレイは淡々と断罪の言葉を呟《つぶや》いた。

「お前達、死ぬ、ゆっくり、死ぬ」

△
▼

数分後　東区画　医療区画

予告にあった時間が訪れ、護衛部隊の面子《メンツ》は固唾《かたず》を呑《の》んでギータルリンのパソコンモニターを覗《のぞ》き込んだのだが——

画面に映されたのは、床《ゆか》を転げ回る複数の男達だった。

「なんだ？　ガキじゃねえじゃねえか」

安堵《あんど》してよいのかどうか解《わか》らぬといった張《チャン》の言葉に、ギータルリンは納得がいったように口を開く。

「おヤ……どうやら、西の人達がなにかしたみたいだネ」

画面に続いて現れたのは、鉄パイプを持ったチャイナドレスの少女の姿だった。

頭に付けた花飾りを見て、護衛部隊の面々はそれが誰であるかを理解する。

そして、少女は地面に転がる男達に、ゆっくりと鉄パイプを振り上げ——

画面の中で繰り広げられる惨劇《さんげき》を退屈そうに眺《なが》めながら、護衛部隊の一人が声をあげる。

「ところで、戌井《いぬい》の奴《やつ》が追われてたのって、ここのアドレスとかパスワードのデータを持ってたからってことですか？」

カルロスの問いに、ギータルリンはケロリと笑いながら答えを返す。

「まさカ、それだけじゃあそこまで大がかりな真似《まね》して取り返そうとはしないヨ」

「ってことは？」

「彼が奴らから奪《うば》った情報ハ……この殺人ショーを見て拍手喝采《はくしゅかっさい》を送っていた、世界中の大金持ちや権力者の皆様方、その名簿と取引の証拠の数々だヨ」

そう言いながら、ギータルリンはパソコン上でとあるデータを開いた見せた。

「これがその名簿《めいぼ》か？」

張《チャン》の問いに、ギータルリンは目を輝かせながら頷《うなず》いた。

「その通りだヨ。彼らは今頃この映像を見て焦《あせ》ってるだろうネエ。何しろ資金を出資までしてるんだから、たまたまネットで見てしまいましタ、じゃ済まないヨ。フフフ、さっそく今晩あたりから、『お前の秘密を知ってるゾ』っていう電話を掛けて反応を窺《うかが》う事にするヨ。ネットにこの事実を公開して破滅させるのはそれからでいいヤ。……あア、どう狼狽《ろうばい》するか楽しみで仕方ないイ！」

「本当に性格悪い野郎《やろう》だ。……ま、こいつらにゃ同情はしねえが」

「我々は正義の味方じゃないからネ。悪人らしく楽しませて貰《もら》うサ」

全身を包帯《ほうたい》に包んだギータルリンは、そんな自分の状態を忘れて楽しそうに笑う。

「大金を出して買おうかとした時、戌井が言ったんダ。『西区画と名簿を半分ずつ分けるなら、タダにしてやる』ってネ。彼は彼デ、この島のパワーバランスを取ろうとしているのかもしれないネ。まったく……大した狂犬だヨ」

戌井という男に対して僅《わず》かに賞賛《しょうさん》らしき言葉を呟《つぶや》き、ギータルリンは千五百人分の名簿データを眺《なが》めながら呟いた。

「それにしてモ、自業自得《じごうじとく》とはいエ……西区画に名前が渡っちゃった人達は可哀相《かわいそう》だヨ」

「あのサディストっぽい刺青《いれずみ》君に、死ぬまで財産を絞《しぼ》り取られる運命になるわけだからねエ」

△
▼

西区画某所《ぼう》
「もご……で、これが戌井君がタダで送ってきたデータだよ。もご……半分だけとはいえ、千五百人。しかも、名前が知られてるような有名人もかなり多いね。っていうかそういう人を中心に声をかけてたんだろうけど……もご」

モニターに映るリーレイの『舞い』を眺《なが》めながら、太飛《タイフェイ》は肉まんを頬張《ほおば》りながら書類の束《たば》を麗鳳《リーファン》へと差し出した。

それを受け取りながら、西区画のボスは呆《あき》れた調子で口を開く。

「……よくもまあ、そんなものを見ながらメシが食えるな」

「年中血の臭《にお》いを漂《ただよ》わせてる君に言われたくないなあ。もご……。確かに食欲は無くなるけどね、リーレイにこんな真似《まね》させてるのは僕らなんだから、目を逸《そ》らすわけにもいかないだろ？」

真面目《まじめ》な事を語っているように思えるのだが、手にした肉まんがその全てを台無しにしている。麗鳳はそんな彼の言葉を聞き流しつつ、名簿《めいぼ》に目を通しながら呟《つぶや》いた。

「まあ、我々はこの名簿を元にせいぜい商売をさせてもらうとしよう。これを足がかりに、組織の手を更《さら》に広げられるからな」

「早速《さっそく》、その名簿を使って狗木《くぎ》君を武器商人だって思わせられたからね。戌井隼人《いぬいはやと》が来たせいで、あんまり意味なかったみたいだけど。……うわ、この肉まん、冷めかけてるのにまだ美味《おい》しい。今度買い置きしておこう……」

次々と肉まんを頬張《ほおば》る太飛を無視し、麗鳳は名簿を手に不敵《ふてき》な笑みを浮かべて独りごちる。

「それにしても、東区画の方に名前が渡った連中は気の毒としか言いようがないな」

「あのギータルリンとかいう変態に、死ぬまで弄《もてあそ》ばれる命運となったのだからな」

△
▼

数分前　本土某所《ぼう》　倉庫街

リーレイは呻《うめ》く男達を倉庫の中に引きずり込み、その姿を見ながらトラックの運転席に乗っていた男が扉《とびら》を開く。彼は西区画の人間らしく、荷台から一本の鉄パイプを取り出してリーレイを追った。

一瞬だけ狗木に目を向けたが、狗木は視線だけでリーレイに続くように指示し、男は迷わず倉庫の中へと消えていった。

そして——波の音だけが響く倉庫街の中で、二匹《ひき》の犬が向かいあう。

「で、どうする？」

最初に口を開いたのは、やはり戌井だった。

「お前の銃《じゅう》、残り何発ある？　俺《おれ》のカウントが確かなら、あと左手の銃に一発残ってる、って感じだと思うんだが」

狗木《くぎ》はその問いには答えず、左手の銃《じゅう》を持ち上げながら質問を返す。

「そういうお前の銃も……残り一発じゃあないのか？」

「よく数えてるねぇ。まあ、ここに来た時に弾倉《だんそう》がフルだったらの話だけどな」

「……」

「……試してみるか？」

戌井《いぬい》もまた、相手に合わせるように右手の銃を持ち上げる。

その動きは綺麗《きれい》に同調しており、まさしく鏡映しのようだった。

「結局、俺《おれ》達はこうして銃を向け合うハメになっちまうんだな」

苦笑を浮かべる戌井だが、その顔に無念な後悔は欠片《かけら》も無い。

まるで再会を懐《なつ》かしむような、しみじみとした口調で語りかける。

「まだ、俺が憎《にく》いのかい？」

「さあな」

風が、二人の間を駆《か》け抜ける。

戌井は口元を一層楽しそうに歪《ゆが》めると、答えが分かっている問いを口にした。

「じゃあ、なんで銃を向ける？」

「お前が……俺に銃を向けるからだ」

銃声《じゅうせい》。

二つの排莢音《はいきょうおん》が同時に響き、二発の弾丸《だんがん》は殺意と共に波の音を切り裂《さ》いた。

そして――弾丸は、それぞれの胸元に吸い込まれ、服を突き破り、その心臓を破壊《はかい》した。


「……」

「……」

戌井《いぬい》と狗木《くぎ》は、銃を構えたまま互いの背後に目を向ける。

自分の後ろからは、「ぐが……」と、それぞれ同じようなうめき声が聞こえ――

彼らの視界には、お互いの背後から銃を向けていたチンピラの残党達が倒れる姿が見えた。

二人は最後の弾丸で、お互いの身体《からだ》ではなく、漁夫の利を得ようとしていたチンピラ達を撃《う》ち抜いた事になる。

「おいおい、今のって、初めての共闘らしい共闘じゃねぇ?」

「……」

「どうよ、こういうのも面白いだろ?」

戌井は興奮混じりの声をあげるが、狗木はやはり暗い表情を灯《とも》すのみ。

結果的に双方《そうほう》の命が助かった形だが、それは偶然《ぐうぜん》の結果に過ぎない。

もしもチンピラ達がたまたま二人生き残っており、お互いの背後に立たなければ——やはり、何らかの形で決着はついていただろう。

戌井は銃を腰《こし》に仕舞《しま》いながら、苦笑混じりの溜息《ためいき》を吐《は》き出した。

「全く、昨日《きのう》は飛び降り自殺の奴《やつ》に邪魔《じゃま》されるわ、チンピラ連中に邪魔されるわ、今日もまたやっぱり俺《おれ》らの決着は他人に邪魔されたわけだ。最初に邪魔したのは葛原《くずはら》さんだけどな」

「……そうだな」

「俺らがしょっちゅう殺《や》りあうのも運命なら、ケリが中々つかねぇのも運命なのかね」

冗談《じょうだん》交じりの戌井に対し、狗木はほんの僅《わず》かに微笑《ほほえ》みながら首を振る。

「俺は、自分の人生を運命などという言葉では片付けない」

その微笑みは、決して前向きなものではなく——全てを諦《あきら》めたからこそ浮かべる事ができる、そんな類《たぐい》の表情だった。

「香奈枝《かなえ》を殺したのも……この島に逃げ込んだのも……俺の選んだ結果だ。……そうだろう？」

物珍しく自分の内面を吐露《とろ》する狗木に対し、戌井は狗木と別種の笑いを浮かべながら頷《うなず》いた。

「同感だ」

再び、二人の間に風が走り抜ける。

「……じゃ、俺《おれ》は帰るわ。とんだ勘違《かんちが》いでここまで来ちまったからな。警官に職質《しょくしつ》される前にとんずらしねえと、えらい事になる」

これ以上は語り合うべきではない。

そう判断したのだろうか、戌井《いぬい》はゆっくりと狗木《くぎ》に対して背を向けた。

マウンテンバイクに跨《また》がりながら、戌井は何か思いついたとばかりに動きをとめ、半分だけ振りかえりながら、同じ場所に佇《たたず》み続ける狗木へと声をかける。

「それでも俺は、これからの運命を信じて敢《あ》えて言うぜ。またお前と何かやらかす事になる運命を信じてな」

戌井は笑う。ただ笑う。

顔面に凶悪《きょうあく》な微笑《ほほえ》みを貼《は》り付けた狂犬は、万感の想いを籠《こ》めて『その言葉』を口にした。

「いずれ、な」

その言葉を聞いて、忠犬は一切の感情を見せぬ表情のまま、同じ言葉を口にする。

「……いずれな」

倉庫街には波の音が響き続け、二匹《ひき》の犬は互いを振り返る事は無い。

興味を失ったわけではない。

再び顔を合わせる事も、吼《ほ》え合う事もあるだろう。

だが、今はその時ではない。

互いにそう理解している二人は、それぞれの形で事件から身を引いた。

それこそ、そこに映るものが自分だと気付き——鏡に背を向けて立ち去る犬のように。

完

『出口』

島内中央部　噴水《ふんすい》広場

「ふーん、それで本土にゃ血の雨が降りましたってわけか。大変だったんだな」

「俺《おれ》は、いつも通り西区画をパトロールしてただけだ。頑張《がんば》ったのは他の連中さ」

「謙遜《けんそん》すんなって。おめーの『いつも通り』がこの島に与えてる影響ってのは結構でかいんだぜ？　ヒハハハハハ」

脚立《きゃたつ》に登り、モニターを調節しながらケリーが高らかに笑う。

「戌井《いぬい》の奴《やつ》、夕海《ユア》ちゃんが攫《さら》われたと勘違《かんちが》いして動いたんだって？　いいとこあるじゃんあいつ！　ヒヤハハ！」

「どうだかな。あいつも何考えてんだか……」

その脚立を押さえながら、葛原《くずはら》は苦笑いを浮かべてケリーの相手を続けている。

「でも、良かったじゃねえかよ。その煮崩《にくず》れた脳味噌《みそ》みてえな連中はもういねえんだろ？」

「まあな……。元が断たれたんだ。島でこれ以上なんか続けるメリットはねえさ」

淡々とした調子で語る葛原《くずはら》だが、何か色々と今回の事件に思う所があったのだろう。どこか声の奥底に暗澹《あんたん》とした雰囲気《ふんいき》を感じさせていた。

ケリーはそんな葛原を気遣《きづか》っているのかいないのか、ヘラヘラと笑いながら敢《あ》えてその話題を続けていく。

「しかし、正義の味方を名乗って適当に虐殺《ぎゃくさつ》たぁな。笑わせるし笑えねえ。ガキの頃はこの世には正義も悪もねぇとか青臭《あおくせ》ぇこと考えてたが、今じゃこの島が楽しいばっかりに、別の意味で正義だの悪だのがどうでも良くなっちまったよ！　ヒャハハハハハ！」

子供のような調子で語り続けるケリーに、葛原も調子を合わせて青臭い事を口にする。

「一人よがりでもなく、本当に万人の為になる正義の味方なんてもんは、絶対いないとは言わねえが、滅多にいるもんじゃねえんだよ。それこそ、テレビ画面の中に求めるべきもんだろ」

どこか醒《さ》めた調子で語る葛原に、ケリーは何か言おうとしたのだが——

葛原の腰《こし》に付けられた無線機のスピーカーから響いた自警団員の叫びが、二人の時間をあっさりと奪い去った。

『葛原さん！　どこにいるんですか！』

「どうした？」

『ラッツのガキどもがまた西区画で暴れてて……飯塚《いいづか》さんとこの子達もとっつかまっちまった

とかで、偉い騒《さわ》ぎになってますよ！』

「……すぐに行く。詳《くわ》しい場所を教えろ」

部下から場所を聞き出すと同時に、葛原は真剣な顔つきになってケリーに言った。

「作業の途中《とちゆう》なのに悪いな、行ってくる」

「謝る事じゃねえだろ。行ってこいよ。まあ、せいぜい気張って死んでこい。島の未来を担《にな》う糞《くそ》ガキどもの為にな！　ヒハハハハ！」

狂った笑いに送り出され、葛原は噴水《ふんすい》広場を後にする。

ケリーはその背を最後まで見送る事なく脚立《きやたつ》から降り、整備の終わったモニターを眺《なが》めながら呟《つぶや》いた。

「私は、万人の正義の味方なんて望んでないさ」

口調はどこかしみじみとしていたが、ケリーは満面の笑みを浮かべていた。

「ただ、私と、この島を守ってくれる味方なら……確かに、画面の中にいるよ」

電源の切れたモニターの硝子《ガラス》面に映るのは、現場に向かって駆《か》けていく葛原の背中。

そして、島の中央部を行き来する多くの住民達の姿。

ケリーはそんな人々の流れを眺《なが》めながら、次なる主役の姿を探し始める。

自分のラジオでとりあげる事ができるような主役から、誰にも知られぬまま消えていく主役まで——全てが平等に島の中を血液のように流れていた。
この島自体が一種の英雄である事を認識し、彼女は胸を躍《おど》らせながらモニターの電源に手を伸ばす。

そして、次にモニターに映し出されたものは——

完

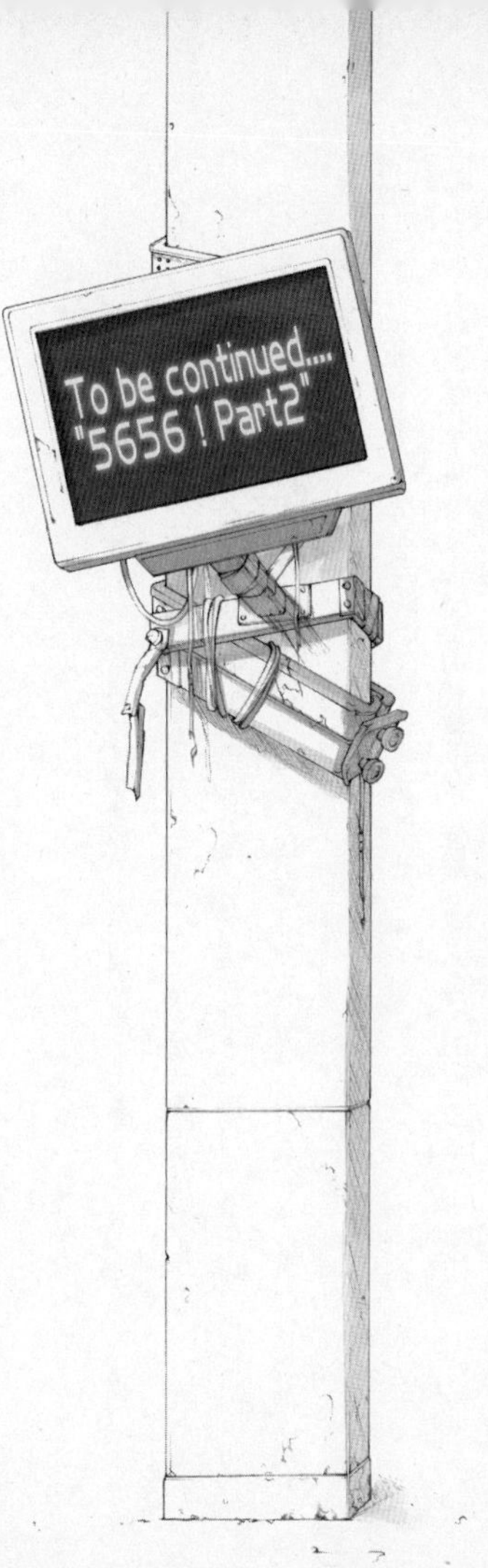
To be continued....
"5656 ! Part2"

あとがき

どうも、成田良悟です。

これは私の中で『越佐大橋シリーズ』と銘打っているシリーズの短編集（？）です。『5656』というタイトルに惹かれて手にとって頂いた方々は、これまでの長編シリーズの『バウワウ！』『MewMew！』『がるぐる！（上巻・下巻）』の四冊から順に楽しんでいただければより面白く読んでいただけるかと思います。統一シリーズ名をつけておけばよかったと思っても後の祭りです。祭りなので楽しまなければ損です。踊りましょう踊りましょう。

……すいません、混乱しています。

というわけで、越佐大橋シリーズ読者の皆様、お待たせ致しました！

短編集なのか長編なのか良く解らない造りですが、戌井VS狗木、麗蕾《リーレイ》の睡眠譚、島のラブコメ話の三つストーリーをお楽しみ頂けたのならば幸いです……！

そういえば、以前にも書いた記憶がありますが——麗蕾《リーレイ》とナズナは、ヤスダスズヒトさんのイラストから生まれたキャラクターです。まさかここまで私の中で育つとは思わず、ヤスダさんには本当に感謝です……！　これだから絵師さんとの戦い(?)は気を抜けません。

『日常』を描くのはどうにも不慣れなので、果たしてきちんと読者の皆さんに『島』の空気が伝わったのかどうか解りませんが、作品内の中に観光客気分で訪れたと思って楽しんで頂ければと……。


ともあれ、『5656弐(仮題)』では、葛原とネジロのハートフルな追いかけっこ(銃声や爆発あり)や、竹さんと源さんの過去が明かされる島の外でのとある抗争を描いたクライムアクション、飯塚さんちの子供達の冒険譚等、また色々と外伝的な話を描ければなあと思いますので、葛原ファンやネジロファンや竹さんファン(いるのかどうかは不明)の皆さんは、気長にお待ち下されば幸いです！


さて、作者の近況としましては、椅子が壊れたり吐血して胃カメラやったり(結局軽度のマロリーワイス症候群でそんな心配は無いものでしたが)、首のストレッチを自己流でやろうとしてブチリと音がして一週間首が動かなくなったり等と色々ありましたが、とりあえず元気です。

来年もたくさん書かねばですので、なんとか身体を休めたりしつつ執筆を続けられればと思います……。早く色々落ちつかせて、『針山さん』の短編や、あるいは構想中の新シリーズである近未来ロボットバトルものとか、クリーチャー執事ものとか、普通のラブコメとかを始めたいのですが、何年先になるやら！　ああ、私があと三人いれば！

そんな駄目な妄想をする毎日です。

しかし私が『俺も純粋なラブコメ作品を書いてみたいなあ』と言ったら、知り合いの多くに『無理』と嘲笑されました。『なにぃ！　なら俺のラブコメ魂見せてやんよ！　次の短編集の「５６５６」を見ておけ！』と言って、四話の『唇×唇《チュウチュウ》』を書いたのですが――

……これは果たしてラブコメだったんでしょうか。とりあえずナズナの所の女の子達と飯塚食堂の子供達で集団お見合いみたいな事をさせたら、子供同士の遠足みたいでほのぼのしそうだなあと思いましたがどうでしょう。駄目ですか。駄目ですね。

他にも、この夏に発刊されたコラボ小説にて色々書き下ろしなどさせて頂いたり、『電撃文庫ＭＡＧＡＧＩＮＥ増刊　とらドラＶＳ禁書目録』という雑誌において、『悪魔城ドラキュラ』の外伝的な小説を書かせて頂きました……！

おかげさまで、今後も色々な仕事をさせて頂く事ができそうです。これも一重に、応援して下さっている読者の皆さんのおかげです……！

さて、少し話は変わりますが――

現在、ヤスダスズヒトさんの『夜桜四重奏』と、かつて電撃イラスト大賞の受賞作にて『バウワウ！』のイラストを描いてくださった珈琲さん（カトウハルアキさん）の『ヒャッコ！』がアニメが放映中です。これも何かの御縁と、電撃

のアニメ作品と共にお楽しみ頂ければなによりで御座います！（……電撃アニメと放映時間被ってたらどうしよう）

※以下は恒例である御礼関係になります。

いつもいつも御迷惑をおかけしております担当編集の和田《ばびお》さん。並びに鈴木統括編集長（なんか肩書きが変わった!?）やジャスミン編集長、シャルのモデルになったKさんを始めとした編集部の皆さん。

毎度毎度仕事が遅くて御迷惑をおかけしている校閲の皆さん。並びに本の装飾を整えて下さるデザイナーの皆様。宣伝部や出版部、営業部などアスキー・メディアワークスの皆さん。

いつも様々な面でお世話になっております家族並びに友人知人、特に『S市』の皆さん。

色々な場所でお世話になっております電撃作家並びにイラストレーターの皆さん。

『夜桜四重奏』のアニメも始まり、今まで以上にお忙しい中で、素晴らしいイラストを描いて下さったヤスダスズヒトさん。表紙のキャラクター数に思わず鼻血が出ました。

そして、この本に目を通して下さったすべての皆様。

――以上の方々に、最大級の感謝を――ありがとうございました！

２００８年９月　自宅にて

新しく届いた『アーロンチェア』という椅子の座り心地に感動しながら。

成田良悟

◉成田良悟著作リスト

「バッカーノ！ The Rolling Bootlegs」（電撃文庫）
「バッカーノ！1931鈍行編 The Grand Punk Railroad」（同）
「バッカーノ！1931特急編 The Grand Punk Railroad」（同）
「バッカーノ！1932 Drug & The Dominos」（同）
「バッカーノ！2001 The Children Of Bottle」（同）
「バッカーノ！1933〈上〉 THE SLASH ～クモリノチアメ～」（同）
「バッカーノ！1933〈下〉 THE SLASH ～チノアメハ、ハレ～」（同）
「バッカーノ！1934獄中編 Alice In Jails」（同）
「バッカーノ！1934娑婆編 Alice In Jails」（同）

「バッカーノ！　1934完結編　Peter Pan In Chains」（同）
「バッカーノ！　1705　THE Ironic Light Orchestra」（同）
「バッカーノ！　2002【A side】Bullet Garden」（同）
「バッカーノ！　2002【B side】Blood Sabbath」（同）
「バウワウ！　Two Dog Night」（同）
「Mew Mew！　Crazy Cat's Night」（同）
「がるぐる！〈上〉　Dancing Beast Night」（同）
「がるぐる！〈下〉　Dancing Beast Night」（同）
「デュラララ!!」（同）
「デュラララ!!×2」（同）
「デュラララ!!×3」（同）
「デュラララ!!×4」（同）
「ヴぁんぷ！」（同）
「ヴぁんぷ！Ⅱ」（同）
「ヴぁんぷ！Ⅲ」（同）
「ヴぁんぷ！Ⅳ」（同）
「世界の中心、針山さん」（同）
「世界の中心、針山さん②」（同）

本書に対するご意見、ご感想をお寄せください。

■

あて先

〒160-8326　東京都新宿区西新宿4-34-7
アスキー・メディアワークス電撃文庫編集部
「成田良悟先生」係
「ヤスダスズヒト先生」係

■

電撃文庫

5656！

Knights' Strange Night

成田良悟《なりたりょうご》

発　行　二〇〇八年十一月十日　初版発行
二〇一〇年　四　月二日　三版発行

発行者　髙野　潔

発行所　株式会社アスキー・メディアワークス
〒一六〇-八三二六　東京都新宿区西新宿四-三十四-七
電話〇三-六八六六-七三一一（編集）

発売元　株式会社角川グループパブリッシング
〒一〇二-八一七七　東京都千代田区富士見二-十三-三
電話〇三-三二三八-八六〇五（営業）

装丁者　荻窪裕司（META＋MANIERA）

印刷・製本　加藤製版印刷株式会社

ISBN978-4-04-867346-4　C0193

電撃文庫創刊に際して

文庫は、我が国にとどまらず、世界の書籍の流れのなかで〝小さな巨人〟としての地位を築いてきた。古今東西の名著を、廉価で手に入りやすい形で提供してきたからこそ、人は文庫を自分の師として、また青春の想い出として、語りついできたのである。

その源を、文化的にはドイツのレクラム文庫に求めるにせよ、規模の上でイギリスのペンギンブックスに求めるにせよ、いま文庫は知識人の層の多様化に従って、ますますその意義を大きくしていると言ってよい。

文庫出版の意味するものは、激動の現代のみならず将来にわたって、大きくなることはあっても、小さくなることはないだろう。

「電撃文庫」は、そのように多様化した対象に応え、歴史に耐えうる作品を収録するのはもちろん、新しい世紀を迎えるにあたって、既成の枠をこえる新鮮で強烈なアイ・オープナーたりたい。

その特異さ故に、この存在は、かつて文庫がはじめて出版世界に登場したときと、同じ戸惑いを読書人に与えるかもしれない。

しかし、〈Changing Time, Changing Publishing〉時代は変わって、出版も変わる。時を重ねるなかで、精神の糧として、心の一隅を占めるものとして、次なる文化の担い手の若者たちに確かな評価を得られると信じて、ここに「電撃文庫」を出版する。

1993年6月10日
角川歴彦

電撃文庫

バウワウ！ Two Dog Night

成田良悟
イラスト／ヤスダスズヒト

ISBN4-8402-2549-4

九龍城さながらの無法都市と化した人工島を訪れた二人の少年。彼らはその街で全く違う道を歩む。だがその姿は、鏡に映る己を吠える犬のようでもあった——。

な-9-5 0876

Mew Mew！ Crazy Cat's Night

成田良悟
イラスト／ヤスダスズヒト

ISBN4-8402-2730-4

無法都市と化した人工島。そこに住む少女・潤《ジュン》はまるで〝猫〟だった。可愛らしくて、しなやかで、気まぐれで——そして全てを切り裂く〝爪〟を持っていて——。

な-9-9 0962

がるぐる！〈上〉 Dancing Beast Night

成田良悟
イラスト／ヤスダスズヒト

ISBN4-8402-3233-4

無法都市と化した人工島に虹色の髪の男が帰ってくる。そして始まる全ての人々を巻き込んだ殺人鬼の暴走劇。それはまるで島全体を揺るがす咆哮のような——。

な-9-16 1182

がるぐる！〈下〉 Dancing Beast Night

成田良悟
イラスト／ヤスダスズヒト

ISBN4-8402-3431-0

人工島を揺るがす爆炎が象徴するものは、美女と野獣（Girl & Ghoul）の結末か、戌と狗（Garuu VS Guruu）の結末か、それとも越佐大橋シリーズの閉幕か——。

な-9-17 1260

5656《ゴロゴロ》！ Knights' Strange Night

成田良悟
イラスト／ヤスダスズヒト

ISBN978-4-8402-867346-4

「片方が動けば片方も動く。そういうものなんだよ、あの二人は」戌井隼人と狗木誠一。二匹の犬はそれが運命だというように殺し合う。越佐大橋シリーズ外伝！

な-9-28 1680

電撃文庫

バッカーノ！1933〈上〉THE SLASH ～クモリノチアメ～

成田良悟
イラスト／エナミカツミ

ISBN4-8402-2787-X

奴らは無邪気で残酷で陽気で残酷で優しくて残酷で天然で残酷で――そして斬るのが大好きで……。刃物使い達の死闘は雨を呼ぶ。それは、嵐への予兆――。

な-9-10 0990

バッカーノ！1933〈下〉THE SLASH ～チノアメハ、ハレ～

成田良悟
イラスト／エナミカツミ

ISBN4-8402-2850-7

再び相見える刃物使いたち。だが彼らの死闘《バッカーノ》はもっと危ない奴らを呼び寄せてしまった。血の雨が止む時、雲間から覗く陽光を浴びるのは誰だ――？

な-9-11 1014

バッカーノ！1934 獄中篇 Alice In Jails

成田良悟
イラスト／エナミカツミ

ISBN4-8402-3585-6

泥棒は逮捕され刑務所に。幹部は身代わりで刑務所に。殺人狂は最初から刑務所に。アルカトラズ刑務所に一筋縄ではいかない男達が集い、最悪の事件の幕が開ける。

な-9-19 1331

バッカーノ！1934 娑婆編 Alice In Jails

成田良悟
イラスト／エナミカツミ

ISBN4-8402-3636-4

副社長は情報を得るためシカゴへ。破壊魔はNYを追い出されシカゴへ。奇妙な集団はボスの命令でシカゴへ。そして、全土を揺るがす事件の真相が――!?

な-9-20 1357

バッカーノ！1934 完結編 Peter Pan In Chains

成田良悟
イラスト／エナミカツミ

ISBN978-4-8402-3805-2

娑婆《シカゴ》を揺るがした三百箇所同時爆破事件と二百人の失踪。獄中《アルカトラズ》で起きた殺し屋と不死者を巡る騒動。それに巻き込まれた泣き虫《ジャ》不良少年《グジー》と爆弾魔《ニース》の運命は――!?

な-9-22 1415

電撃文庫

バッカーノ！1705 The Ironic Light Orchestra

成田良悟
イラスト／エナミカツミ

ISBN978-4-8402-3910-3

1705年のイタリア。15歳のヒューイは人生に退屈し、絶望し、この世界の破壊を考え続けていた。そして、奇妙な連続殺人事件が起き、一人の少年に出会い――。

な-9-23 1454

バッカーノ！2002【A side】Bullet Garden

成田良悟
イラスト／エナミカツミ

ISBN978-4-8402-4027-7

フィーロとエニスの『新婚旅行』に連れられ、日本に向かう事となったチェス。双子の豪華客船が太平洋上ですれ違う時、船は惨劇と混沌に呑み込まれていく――。

な-9-24 1495

バッカーノ！2002【B side】Blood Sabbath

成田良悟
イラスト／エナミカツミ

ISBN978-4-8402-4069-7

双子の豪華客船は未曾有の危機に瀕していた。チェス達の乗る『エントランス』に衝突しようと迫る、もう一方の『イグジット』。その船上に存在したモノとは――!?

な-9-25 1513

デュラララ!!

成田良悟
イラスト／ヤスダスズヒト

ISBN4-8402-2646-6

池袋にはキレた奴らが集う。非日常に憧れる高校生、チンピラ、電波娘、情報屋、闇医者、そして"首なしライダー《デュラハン》"。彼らは歪んでいるけれど――恋だってするのだ。

な-9-7 0917

デュラララ!!×2

成田良悟
イラスト／ヤスダスズヒト

ISBN4-8402-3000-5

自分から人を愛することが不器用な人間が集う街、池袋。その街が、連続通り魔事件の発生により徐々に壊れ始めていく。そして、首なし《デュラハン》ライダーとの関係は――!?

な-9-12 1068

電撃文庫

デュラララ!!×3
成田良悟
イラスト/ヤスダスズヒト

ISBN4-8402-3516-3

池袋に黄色いバンダナを巻いた黄巾賊が溢れ、切り裂き事件の後始末に乗り出した。来良学園の仲良し三人組が様々なことを思う中、首なし《デュラハン》ライダーは――。

な-9-18　1301

デュラララ!!×4
成田良悟
イラスト/ヤスダスズヒト

ISBN978-4-8402-4186-1

池袋の街に新たな火種がやってくる。奇妙な双子に有名アイドル、果ては殺し屋に殺人鬼。テレビや雑誌が映し出す池袋の休日に、首なし《デュラハン》ライダーはどう踊るのか――。

な-9-26　1561

ヴぁんぷ!
成田良悟
イラスト/エナミカツミ

ISBN4-8402-2688-1

ゲルハルト・フォン・バルシュタインは一風変わった子爵《ししゃく》であった。まず彼は〝吸血鬼〟であり、しかも〝紳士〟である。だが最も彼を際立たせていたもの、それは――。

な-9-8　0936

ヴぁんぷ!II
成田良悟
イラスト/エナミカツミ

ISBN4-8402-3060-9

彼らの渾名はニーズホッグとフレースヴェルグ《死者の魂を喰らう者》。吸血鬼達から『魂喰らい』と恐れられる『食鬼人《イーター》』の目的は、バルンシュタインに復讐を果たすこと――。

な-9-13　1104

ヴぁんぷ!III
成田良悟
イラスト/エナミカツミ

ISBN4-8402-3128-1

カルナバル祭で賑わうグローワース島だが、食鬼人《イーター》や組織から送られた吸血鬼たちによる侵攻は確実に進んでいた。そして、吸血鬼が活発になる夜の帳が降りていき――。

な-9-14　1133

電撃文庫

ヴぁんぷ！Ⅳ
成田良悟
イラスト／エナミカツミ
ISBN978-4-04-867173-6

ドイツ南部で起きた謎の村人失踪事件。それを受けて吸血鬼の『組織』が動き出す。そしてミヒャエルは、フェレットのためにある決意を抱き、島を離れ――。

な-9-27　1632

世界の中心、針山さん
成田良悟
イラスト／ヤスダスズヒト&エナミカツミ
ISBN4-8402-3177-X

埼玉県所沢市を舞台に巻き起こる様々な出来事。それらの事件に必ず絡む一人の人物の名は――⁉ 人気イラストレーターコンビで贈る短編連作、文庫化決定！

な-9-15　1158

世界の中心、針山さん②
成田良悟
イラスト／エナミカツミ&ヤスダスズヒト
ISBN978-4-8402-3724-6

タクシーにまつわる都市伝説。強すぎて無敵な下級戦闘員の悲哀。殺し屋と死霊術師と呪術師の争い。埼玉県所沢市で起こった事件の中心に、いつも彼がいる――。

な-9-21　1391

烙印の紋章 たそがれの星に龍は吠える
杉原智則
イラスト／3
ISBN978-4-04-867063-0

瓜二つの皇子とすり替わった剣闘士。相手を篭絡して自国の利益を図ろうとする皇女。二人の婚姻によりメフィウスとガーベラは講和を結ぶことになるが――。

す-3-15　1592

烙印の紋章Ⅱ 陰謀の都を竜は駆ける
杉原智則
イラスト／3
ISBN978-4-04-867347-1

剣奴から皇子になりかわり初陣で勝利したオルバ。帝都に凱旋した彼は建国祭をめぐる不穏な噂を探るため、剣闘士として大会に出場することになるが――。

す-3-16　1681

電撃文庫

灼眼のシャナ

高橋弥七郎
イラスト／いとうのいぢ

ISBN4－8402－2218－5

平凡な生活を送る高校生・悠二の許に少女は突然やってきた。炎を操る彼女は悠二を〝非日常〟へいざなう。『いずれ存在が消える者』であった悠二の運命は!?

た-14-3　0733

灼眼のシャナII

高橋弥七郎
イラスト／いとうのいぢ

ISBN4－8402－2321－1

『すでに存在亡き者』悠二は、自分の消失を知りながらも普段通り日常を過ごしていた。悠二を護る灼眼の少女・シャナはそんな彼を見て……。

た-14-4　0782

灼眼のシャナIII

高橋弥七郎
イラスト／いとうのいぢ

ISBN4－8402－2410－2

吉田一美は決意する。最強の敵に立ち向かうことを。シャナは初めて気づく。この感情の正体。息を潜め、忍び寄る〝紅世の徒〟。そして、坂井悠二は——。

た-14-5　0814

灼眼のシャナIV

高橋弥七郎
イラスト／いとうのいぢ

ISBN4－8402－2439－0

敵の自在法『揺りかごの園』に捕まったシャナと悠二。シャナは敵を討たんと山吹色の空へと飛翔する。悠二は、友達を、学校を、吉田一美を守るため、ただ走る!!

た-14-6　0831

灼眼のシャナV

高橋弥七郎
イラスト／いとうのいぢ

ISBN4－8402－2519－2

アラストール、ヴィルヘルミナ、謎の白骨。彼らが取り巻く紅い少女こそ、『炎髪灼眼の討ち手』シャナ。彼女が生まれた秘密がついに紐解かれる——。

た-14-7　0868

電撃文庫

灼眼のシャナⅥ

高橋弥七郎
イラスト／いとうのいぢ

ISBN4－8402－2608－3

今までの自分には無かった、とある感情が芽生えたシャナ。今までの自分には無かった、小さな勇気を望む吉田一美。二人の想いの裏には、一人の少年の姿が……。

た-14-8　0901

灼眼のシャナⅦ

高橋弥七郎
イラスト／いとうのいぢ

ISBN4－8402－2725－X

坂井悠二はすでに死んでいた。真実を知ってしまった吉田一美は絶望していた。絶望して、そして悠二から逃げ出した。空には、歪んだ花火が上がっていた——。

た-14-10　0957

灼眼のシャナⅧ

高橋弥七郎
イラスト／いとうのいぢ

ISBN4－8402－2833－7

〝教授〟とドミノが企てた〝実験〟を退けた悠二とシャナ。次に彼らを待ち受けていたのは「期末試験」という〝日常〟だった。シャナは女子高生に戻ろうとするが……!?

た-14-11　1001

灼眼のシャナⅨ

高橋弥七郎
イラスト／いとうのいぢ

ISBN4－8402－2881－7

「〝ミステス〟を破壊するのであります」ヴィルヘルミナの冷酷な言葉に、シャナは凍りつき、そして拒絶する。悠二を巡り二人は対峙した——！　激動の第Ⅸ巻！

た-14-12　1050

灼眼のシャナⅩ

高橋弥七郎
イラスト／いとうのいぢ

ISBN4－8402－3142－7

一つの大きな戦があった。決して人が知ることのない、〝紅世《ぐぜ》の徒《ともがら》〟とフレイムヘイズの、秘された戦い。それは、もうひとりの『炎髪灼眼の討ち手』の物語だった。

た-14-14　1140

電撃文庫

灼眼のシャナ XI
高橋弥七郎
イラスト／いとうのいぢ

ISBN4-8402-3204-0

坂井悠二の許に〝日常〟が帰ってきた。御崎高校には学園祭の季節が訪れ、シャナもそれを楽しもうとするが、吉田一美と仲良くする悠二を見て、気持ちが不安定に……。

た-14-15 1166

灼眼のシャナ XII
高橋弥七郎
イラスト／いとうのいぢ

ISBN4-8402-3304-7

日常の中の非日常、御崎高校主催の学園祭「清秋祭」を楽しむ悠二たち。そこに、何処からか風が流れてきた。〝紅世の徒〟の自在法を纏った、妖しい風だった……。

た-14-16 1217

灼眼のシャナ XIII
高橋弥七郎
イラスト／いとうのいぢ

ISBN4-8402-3549-X

『零時迷子』を巡り、〝彩飄《さいひょう》〟フィレスの襲撃を受けた悠二。〝銀〟の出現も相俟って、事態はさらなる変化を起こす。それは、あの〝徒〟顕現の予兆……！

た-14-18 1313

灼眼のシャナ XIV
高橋弥七郎
イラスト／いとうのいぢ

ISBN978-4-8402-3719-2

クリスマスを迎えた御崎市では、二人の少女に決断の時が訪れていた。一人の少年――坂井悠二を巡る、シャナと吉田一美の決断の時が。

た-14-19 1386

灼眼のシャナ XV
高橋弥七郎
イラスト／いとうのいぢ

ISBN978-4-8402-3929-5

〝教授〟と呼ばれる〝紅世の王〟が最も忌み嫌う存在……『鬼功の繰り手』サーレ。未熟なフレイムヘイズの少女を従えた彼が向かった先は、紺碧の海に囲まれた街だった。

た-14-20 1464

「この島に住む人間には三種類いる。

　まず、空気の読める愚者と、空気の読めない愚者。
そして、最後の一種もやはり愚者。
空気が読めるのに、敢えてそれを無視する連中。
あの東区画の詐欺師に、虹頭の犬、
ラジオの女……私の『影』もその一人。
彼の場合は、自分自身を否定する為に
敢えて空気を読まない。一番の愚者」

「そもそも、今回の馬鹿げた祭りには極力参加せず、
遠くから事態を見守る事が正解だというのに……。
それを解っていながら——
彼らは、その災禍に進んで足を踏み入れる。
……誠一に至っては、私が何を言おうと、
あの虹犬とのじゃれ合いだけは止めようとしない。
本当に愚かな、私の狗」

「ま、男なんて少しぐらい愚かな方が愛らしいのよ。
貴方にはまだ解らないだろうけどね、麗蕾《リーレイ》」

Design Yoshihiko Kamabe

5656!
Knights' Strange Night
ゴロゴロ
成田良悟
Ryohgo Narita
イラスト:ヤスダスズヒト
Illustration：Suzuhito Yasuda